BÜZZ

Título original: *The Rachel Incident*

Publisher **ANDERSON CAVALCANTE**
Executiva **CÉFARA MORAES**
Coordenadora editorial **DIANA SZYLIT**
Editor-assistente **NESTOR TURANO JR.**
Analista editorial **ÉRIKA TAMASHIRO**
Estagiária editorial **BEATRIZ FURTADO**
Preparação **ANGÉLICA ANDRADE**
Revisão **VICTÓRIA GERACE, GIULIA MOLINA FROST** e **GIOVANNA CALEIRO**
Direção de arte **GABRIELA CASTRO**
Designers **LETÍCIA DE CÁSSIA** e **STEPHANIE Y. SHU**
Imagem de capa **GOCE ILIEVSKI**
Design de capa **ELLEN ROCKELL – LBBG**

Comercial **VANESSA ALMEIDA, TACIANE FERREIRA, TAÍRES PEREIRA** e **ALINE CRUZ**
Comunicação e marketing **LEONARDO CAVARZAM, ISABELLE PELOZZO, RAFAELLA RHEIN** e **ANA CLARA DE OLIVEIRA**
Eventos **MARISA MARIANNO** e **RAYANA ALANA**
Operações **VERA DANTAS, FLÁVIO BOMBARDI, WILLIAM ARAÚJO, RAFAEL VALENTIN** e **ZENI MARTINS DOS SANTOS**

Nesta edição, respeitou-se o novo Acordo Ortográfico da Língua Portuguesa.

Dados Internacionais de Catalogação na Publicação (CIP)
(Câmara Brasileira do Livro, SP, Brasil)

O'Donoghue, Caroline
O lance com Rachel / Caroline O'Donoghue
Tradução: Camila von Holdefer
São Paulo: Buzz Editora, 2025
304 pp.

Título original: *The Rachel Incident*
ISBN 978-65-5393-472-6

1. Ficção irlandesa 2. LGBTQIAPN+ – Siglas I. Título.

25-276642 CDD Ir823

Índice para catálogo sistemático:
1. Ficção: Literatura irlandesa Ir823

Eliete Marques da Silva, Bibliotecária, CRB 8/9380

Buzz Editora Ltda.
Av. Paulista, 726, Mezanino
CEP 01310-100, São Paulo, SP
[55 11] 4171 2317
www.buzzeditora.com

Caroline O'Donoghue

O LANCE COM RACHEL

Tradução **CAMILA VON HOLDEFER**

Para os homens de minha vida.
A Ryan Farrell, por me amar no passado,
Gavin Day, por me amar agora,
e ao meu pai, por me amar sempre.

Nunca tive a intenção de escrever sobre nada disso.

Sei que os jornalistas dizem isso o tempo inteiro, mas no meu caso é verdade. Quase todos nós vivenciamos alguma grande experiência que esperamos transformar em livro um dia. Juro por Deus que nunca tive essa intenção. Desmistifiquei o processo de criação de livros aos vinte e um anos e, desde então, nunca senti qualquer vontade de me envolver com isso.

1

Na verdade, só falo do dr. Byrne com James Devlin, então sempre presumi que, se o primeiro voltasse à minha vida, seria através do segundo.

Estava errada. Ele veio através do *Toy Show*.

O *Late Late Toy Show* é um evento anual da televisão irlandesa em que criancinhas avaliam os melhores brinquedos do ano e aconselham outras crianças sobre o que colocar na lista para o Papai Noel. É importante se você for uma criança na Irlanda, e ainda mais importante se for um adulto irlandês que mora no exterior. É difícil de explicar para quem está de fora. Isso, por si só, é parte do apelo. Ou você entende ou não entende. Ou é um de nós ou não é. Talvez seja porque tantas pessoas afirmam ser irlandesas que colocamos nossas piadas internas em prateleiras cada vez mais altas, de modo que o restante das pessoas tenha que pedir a um membro da equipe para pegá-las.

Em todo o mundo, há transmissões coletivas em que adultos irlandeses torcem por crianças de cinco anos testando Polly Pockets ao vivo na televisão. Sou editora do *Hibernian Post*, um jornal para irlandeses na Grã-Bretanha. É meu trabalho escrever sobre movimentos de expatriados e, portanto, é meu trabalho escrever sobre o *Toy Show*.

— Tem certeza? Não quero mandar você até o Soho no frio, três semanas antes do Natal — diz Angela.

— Está tudo bem — respondo, enrolando um longo cachecol até o queixo e me sufocando brevemente no processo.

— Não quero parecer *aquela* colega. Mas na sua condição atual... — diz ela.

— É sério, estou ótima.

Esfrego o topo da barriga, pois acabei de entrar em um período de relativa calma na gravidez. A náusea forte e a incerteza perigosa dos primeiros meses tinham me dado a sensação de estar nos estágios iniciais de uma longa viagem de caça às baleias. Afinal, já tive um aborto espontâneo. Mas, no sétimo mês, cheguei a uma espécie de delírio melancólico em alto mar. Não consigo imaginar terra firme. Na minha cabeça, vou ficar grávida para sempre.

Vou até o bar do Soho que, pelo menos por uma noite, se tornou um refúgio para quem tem saudades de casa. Costumava ir a muitas dessas noitadas de expatriados, organizadas em torno de referendos e demandas por mudanças. Eu me importava muito. Estava empenhada. Também estava ganhando muito dinheiro. Os jornais ingleses publicavam muitas matérias sobre a luta irlandesa pelo aborto, e fui uma das pessoas que contrataram para escrevê-las. Entrevistei ativistas, pessoas da ONG Marie Stopes, pessoas que perderam filhas ou esposas devido a partos complicados e um médico que se recusou a escolher o bem-estar da mãe. Foi um período curtíssimo, em que ser uma jornalista irlandesa na Inglaterra significava alguma coisa. Ia a protestos e acabava em festas depois. Minha lista de contatos estava lotada de pessoas para as quais prometia algo, bêbada, algum tipo de cobertura que decididamente não cabia a mim oferecer.

Ainda hoje, quatro anos e uma atualização do iPhone depois, meu celular se agarra a ela. CLARA REVOGAÇÃO, SIOBHAN REVOGAÇÃO, ASHLING REVOGAÇÃO, DONNACHA REVOGAÇÃO.Estranhas umas às outras, mas brevemente conectadas a uma árvore genealógica de pessoas que queriam a mesma coisa, e agora que a temos, quase nada as conecta de fato.

Estamos felizes por ter o aborto e o casamento homossexual, mas estamos sozinhas em noites como essa.

Não há assentos livres e, no meu atual surto de loucura em alto mar, esqueço que agora tenho direito a uma cadeira. Um homem mais ou menos da minha idade, alegremente sentado com um grupo de amigos, me oferece a sua.

— Não quero separar vocês.

O grupo, aproveitando muito a noitada, me parece majoritariamente gay. Por cortesia aos deuses sociais gays, tenho que pelo menos fingir que resisto a ser a mulher heterossexual intrusa. Estou, claro, louca para me integrar ao grupo.

Ele balança a cabeça e me guia, de modo gentil, até seu assento.

— Não se preocupe, dona, não se preocupe — diz ele, o sotaque de Dublin abrindo caminho. — Que tipo de pessoa a gente seria se deixasse uma mulher grávida em pé no Natal?

— O que o menino Jesus acharia disso? — comenta outro, e, como agora estamos todos sentados muito próximos, não tenho escolha a não ser me tornar um membro honorário do grupo. Sou grata por isso. Eles me dão a sensação de ser especial, como Maria pairando diante das Crianças de Fátima.

O primeiro intervalo comercial começa e sinto um tapinha na perna.

— Desculpe — diz ele. É um dos homens do outro lado do círculo, com quem ainda não conversei. — Posso perguntar...

Não ouço o que vem a seguir. O anfitrião da noite silencia a televisão e aumenta o volume do alto-falante. "C'est La Vie", das B*Witched, começa a tocar alto demais, fazendo todos se sobressaltarem. O anfitrião abaixa o volume depressa, pondo as mãos para cima, em um gesto de *desculpa aí, pessoal.*

Volto minha atenção para o rapaz.

— ... por acaso você sabe o que está acontecendo com ele? — pergunta ele, terminando uma frase que não ouvi.

Talvez seja por estar entre gays, ou porque me perguntam sobre meu melhor amigo com tanta frequência. Talvez seja o cérebro de grávida. Mas achei mesmo que estava perguntando sobre James Devlin. Este é exatamente o tipo de lugar em que me perguntariam sobre James. Ele ocupa uma interseção engraçada no diagrama de Venn da fama: irlandês famoso, gay famoso, famoso nas redes sociais, mas não famoso *de verdade*. Famoso o suficiente para que, se estivesse aqui hoje à noite, fosse parado para fotos, mas não para autógrafos. Famoso o suficiente para que, sendo um dos cinco roteiristas de um filme, um dos jornais do país publique uma manchete que diz "Filme de Hollywood escrito por um morador de Cork".

— Nova York — respondo, com orgulho. — Está se saindo muito bem, e não só nos vídeos do Instagram. Ele escreve para um dos talk shows.

Ele me encara, confuso, então digo o nome do talk show. Outro olhar confuso.

Ele franze a testa.

— Você estava no grupo de seminário do terceiro ano dele, não estava? Do dr. Byrne? Literatura vitoriana?

— Dr. Byrne — repito, e, por um segundo, meu cérebro desliga. Como se tivesse acontecido uma queda de energia. As luzes de mil apartamentos se apagando ao mesmo tempo.

— Você estava na Universidade de Cork comigo. Tenho quase certeza — diz ele devagar. — Estava no meu grupo com ele. Na turma do Fred Byrne.

— Isso — respondo, e apesar do choque ao ouvir o nome, já estou consciente da mensagem que meu rosto está enviando. Suavizo a expressão, mas é tarde demais. Preciso explicar algo a esse estranho, mas por onde começar? Como você poderia entender o ano na rua Shandon a menos que estivesse lá com a gente, vivenciando tudo?

— Olha só, eu não queria... — começa ele, percebendo que, de alguma forma, deu um passo em falso, mas sem ideia de onde ou como remediar isso. — Só pensei, sabe, você era uma das favoritas dele, ou parecia ser, e talvez soubesse.

— Soubesse o quê? — pergunto. Como informar sutilmente a esse estranho que eu não estava, apesar do mito popular em Cork na época, transando com o dr. Byrne?

— Ele está em coma — diz ele, lançando a informação para poder fugir depressa do assunto. — Teve uma doença cerebral bizarra e agora está em coma.

Estar grávida assim me faz sentir o corpo em camadas — casca, manto, núcleo —, e tudo isso ressoa ao mesmo tempo quando penso no dr. Byrne. O grande e estranho dr. Byrne, amante de vinho francês e bolinhos sofisticados. Os pasteis de nata que ele nos trazia ainda quentes do Mercado Inglês. Aquele sabor amarelo intenso, as sardas formadas pela crosta de açúcar no topo.

A música some do alto-falante para nos informar que o intervalo comercial terminou, o *Toy Show* está de volta e um menino da cidade de Wicklow anda de bicicleta em círculos.

Preciso ligar para James.

2

É engraçado que James e eu tenhamos nos tornado grandes amigos, considerando que durante as duas primeiras semanas da nossa amizade ele pensou que eu era alguém completamente diferente.

Eu me lembro do nosso primeiro encontro como se fosse uma cena de um filme sobre outra pessoa. Era uma quinta-feira de novembro, e eu estava atrás do balcão da Livraria O'Connor. Isso foi em 2009. Era meu último ano na universidade e faltavam vinte e nove dias para o Natal. Nosso gerente, Ben, já estava preocupado com a possibilidade de ser um fim de ano com vendas decepcionantes e andava por aí falando coisas sobre "o setor". Falava do mercado de livros como se fosse um dragão acorrentado no porão, que a qualquer momento nos arrancaria membro por membro. Falava da enxurrada de livros para encher as meias penduradas nas lareiras daquele ano — Dawn French e Julie Walters tinham lançado memórias concorrentes, creio eu —, como se fossem cadáveres carbonizados que estávamos enfiando goela abaixo no dragão para mantê-lo saciado.

— Isso vai manter a indústria funcionando — dizia Ben, com uma sinceridade quase comovente. Ele tinha mais fé nas memórias das atrizes dramáticas do que Julie Walters ou Dawn French tinham ao escrevê-las, imagino. Tirei outra pilha do depósito. A torre de livros começava na minha cintura e chegava no meu queixo.

James Devlin tinha começado como temporário de Natal na quinta-feira anterior, o dia que tirei folga para terminar os trabalhos de fim de ano para a faculdade. James passara o primeiro turno com Sabrina. Mais tarde, diria que estava tão sobrecarregado com tantos rostos e nomes no seu primeiro turno que tudo se tornara um borrão, e quando eu comentei que aquilo era besteira, James ergueu as mãos e argumentou que as mulheres heterossexuais pareciam todas iguais para ele.

O primeiro turno com Sabrina deve ter sido divertido — intrigante, considerando o quanto ela era, em geral, considerada pouco estimulante —, porque quando James abriu a portinhola de madeira para a área do balcão, estava todo conspirador.

— *Alguém* aqui tem sarna e deixou a loção no banheiro — disse ele.

Parece estranho agora definir aquela primeira conversa assim, porque não contribui em nada para comunicar como James era. O quanto esse momento inicial foi absolutamente encantador para mim. "*Alguém* aqui tem sarna." Ele disse isso como se fosse o detetive Poirot investigando uma casa de campo devastada por um assassinato. Como alguém que enxergava os preconceitos inerentes à nossa sociedade educada e estava preparado para revelá-los. A segunda parte da frase era uma coisa bem diferente: "e deixou a loção no banheiro". Ele era do condado de Cork, Fermoy, para ser mais exata, o que para mim era um lugar estritamente rural. Mas havia crescido no Reino Unido — em todo o Reino Unido, eu viria a saber mais tarde —, e por isso a sua fala tinha um sotaque peculiar que era difícil de definir. Nasci em Douglas, um pequeno vilarejo suburbano três quilômetros ao sul do centro da cidade, e ainda morava lá.

— O quê? — perguntei, o choque da frase estilhaçando a discrição vítrea que eu havia cultivado como parte da minha persona. A persona amplamente conhecida como Garota que Trabalha na Livraria. — E o que é sarna?

— Tipo um parasita.

— Tipo verme?

— Os vermes estão lá dentro. A sarna fica do lado de fora. Você já teve verme?

— Não.

— Nem quando era criança?

Pensei no assunto.

— Micose. É a mesma coisa?

— Como você pegou?

Ele estava genuinamente interessado. Isso me fez desenterrar memórias das quais não me lembrava, e tive a sensação de que havia descoberto uma nova parte do fundo do oceano.

— A gente tinha um gato, um gato vira-lata. Acho que peguei dele...

— É engraçado como todos os animais de estimação eram vira-latas nos anos 1990 — comentou ele. Estava registrando um pedido no caixa, digitando um número de seis dígitos. — Naquela época, você simplesmente adotava um cachorro do meio da rua.

Quando comecei a trabalhar na livraria, tinha uma certa expectativa de como deveriam ser as conversas nesse tipo de ambiente. Seriam sobre livros, eu achava. Mas a gente raramente falava de leitura. O gosto literário dos funcionários era bastante diversificado, mas, em vez de nos sentirmos estimulados a fazer um debate animado sobre literatura, ficávamos sentados em silêncio com nossos livros na sala dos funcionários. Ben gostava de Joyce. Sabrina adorava Terry Pratchett e Douglas Adams e todos aqueles tipos de escritores que ninguém nunca sabe se estão ou não fazendo piada nos livros. Outros membros da equipe eram fascinados por psicologia pop, *Freakonomics*, história local e pela franquia *Simon's Cat*, mas eu também nunca consegui encontrar um interesse comum com eles.

Em geral eu estava lendo... bom, romances. Sobretudo os mais antigos. Livros que eram repulsivamente populares em meados do século XX e, portanto, aprovados pelas instituições culturais oficiais, mas que tinham sido suficientemente esquecidos pelos meus contemporâneos para que eu me sentisse especial. Gostava de mulheres mortas falando da sociedade de maneira leviana. Gostava de longos parágrafos sobre racionamento e despertares sexuais na França. Até começar a trabalhar na livraria, eu me considerava bastante culta.

Estava ansiosa para não perguntar a James sobre leitura, porque já havia perdido muitas amizades em potencial por causa dessa linha de interrogatório. Queria perguntar algo real, ou o que meu cérebro de vinte anos considerava real. Queria algo tão bom quanto a história da sarna.

Porém não deu tempo, pois naquele momento chegou uma dúzia de clientes e nós registramos as compras deles lado a lado. Eu já havia feito isso centenas de vezes: ficar ao lado de um colega por horas, trabalhando no caixa, batendo um papinho ocasional entre um cliente e outro. Sempre me senti cem por cento no meu ambiente.

Parece bobagem dizer isso, é como se estivesse atribuindo grandes emoções a esse turno da tarde muito tempo depois do fato, mas aquele sentimento era diferente. Era caloroso, como os silêncios ocasionais em viagens de carro com amigos queridos.

Quando nosso turno terminou, ele me perguntou o que eu faria em seguida.

— Vou ver meu namorado — disse, imediatamente preocupada de, ao ir encontrar Jonathan, acabar perdendo a única oportunidade de ser a melhor amiga de James.

James já estava acendendo um cigarro.

— Para que lado você vai?

— Para o bar Sober Lane.

— Ah! — exclamou ele, e eu não entendi se James tinha se queimado ou chegado a algum tipo de epifania. — Vou para a rua Travers. Acompanho você até lá.

Caminhamos juntos naquela direção e, apesar do meu desejo de abrir James e viver dentro dele, não parecia haver tempo para fazer perguntas. James também não queria fazer perguntas. Queria fazer suposições.

— Tá bom, então vejamos. Seu pai trabalha em um banco.

Sorri.

— Errado.

— Seu avô, então. Você tem uma carinha de banco.

— Meu avô trabalhava em um banco, sim. Mas o meu pai é dentista.

— Viu só? É isso. Eu sabia.

— Você não sabia nada!

Ele abanou a mão acima de mim, como se estivesse lançando um feitiço.

— Ah, você sabe, faço muito o estilo da classe média refinada. Dinheiro *antigo*, *a antiga* Cork. Agora, a sua mãe é uma de duas coisas, ainda não decidi qual: uma bêbada fabulosa e magérrima ou uma egocêntrica total. Boquinha pequena feito a periquita de uma passarinha. Estou perto?

Eu ri, imaginando como ele poderia saber disso.

— Mais ou menos. O segundo — falei, e então me senti maldosa.

Minha mãe também trabalhava no consultório e, como os procedimentos do meu pai eram na maioria estéticos, ambos sofreram com a mudança de prioridades de um país com menos motivos para sorrir.

— E o namorado... o namorado, o namorado, *o namorado*. Estou dividido entre duas alternativas de novo. — James havia mexido tanto as mãos ao falar que a ponta acesa do cigarro caiu, e ele parou para reacendê-lo. — Juntos desde o ensino médio, eram do mesmo ano, todo mundo pensa que vão se casar, mas vocês não têm tanta certeza. Querem ir para a Tailândia juntos. — Ele exalou. — Ou um cara mais velho, fazendo doutorado ou algo assim, com uma diferença de idade um pouco inadequada, meio bola murcha, seus amigos odeiam ele, mas ninguém contou para você.

Não sei por que ele achou que não havia problema em insultar todo mundo que eu conhecia, real e imaginário. Mas tinha certeza de que iria se safar, então eu deixei.

— Nenhuma das duas — falei, defendendo Jonathan. — Ele não é nenhuma dessas coisas. Não é categorizável.

— Mas de qual das duas opções ele está mais próximo?

Pensei.

— Bom, acho que do primeiro.

Mas só disse isso porque era a menos ruim.

Estava apaixonada, pelo menos era o que achava. Meu problema era fazer com que as pessoas levassem isso a sério. Eu tinha vinte anos e precisava de duas coisas: estar apaixonada e ser levada a sério.

Jonathan e eu éramos jovens de Cork que haviam crescido nos subúrbios da cidade, ressentidos por estudar na universidade de lá. Para nós, havia seis bons pubs e três bons clubes, e interpretávamos bem o papel de quem estava cansado de Cork ao mesmo tempo que não nos esforçávamos nem um pouco para visitar algum lugar ou fazer alguma coisa que não tivéssemos feito com dezessete anos.

Como casal, éramos sérios ao ponto da monotonia, e curiosamente conservadores em nossos pontos de vista. Não faz muito tempo, precisei entrar em uma conta de e-mail antiga para alterar minha senha e resolver uns problemas. Lá, encontrei um dos meus ensaios de sociologia da época, do período Jonathan, enviado ao meu professor. O trabalho se chamava "O patriarcado na Irlanda moderna". Cliquei, ansiosa para ver o que meu jovem eu tinha a dizer sobre a subjugação das mulheres na Irlanda.

O fato de o patriarcado ser ou não um fator na Irlanda moderna vai além da questão, dizia a primeira frase. *A questão é: por que o patriarcado tem sido tão injustamente ridicularizado como um princípio organizacional?*

O ensaio me chocou. Estava sendo completamente sincera. Lá estava eu, com dezenove anos, a mesma garota que usara todo o dinheiro do aniversário apenas dois anos antes para comprar uma pílula do dia seguinte num país que propositadamente fazia com que fosse estranho e desconfortável obtê-la, defendendo o patriarcado. Li todo o ensaio e apaguei o e-mail. Depois andei por Londres por dois dias, paranoica. Eu estava paranoica como só as pessoas da minha geração conseguem ser, como se estivesse prestes a ser ridicularizada publicamente por uma massa online invisível devido a crimes ideológicos cometidos quando eu era adolescente. Pensava que sempre tinha sido feminista. Com certeza *nasci* sabendo que as coisas eram injustas. Mas não, tudo isso veio mais tarde, aos vinte e poucos anos, quando morava em Londres.

Mas essa era a eu que Jonathan conhecia e que Jonathan e eu havíamos criado juntos. A gente se sentava em bares e inventava opiniões, sobretudo escolhendo um consenso comum e o invertendo. Para nós, pensamento radical era odiar o filme *O âncora: A lenda de Ron Burgundy*.

James me deixou na porta do Sober Lane. Perguntei se queria entrar e conhecer meu namorado. Ele disse que não.

— Não quero criar problemas para você. Não quero que ele ache que estou roubando a namorada dele.

Eu ri, porque James era obviamente gay, e a ideia de ele me roubar de alguém era ridícula. Mas a risada foi muito longa e alta, e o modo como James me olhou fez meu rosto arder. Ele ficou magoado, ainda não tinha saído do armário e achava que lá era um lugar seguro. Parei de rir.

— Ele não é do tipo ciumento — comentei, depressa, e um pequeno raio de sol voltou ao rosto de James.

Eu me despedi do meu novo amigo e desapareci dentro do bar escuro onde Jonathan estava esperando, censurando-me por ter sido grosseira.

Mas James me roubou mesmo de Jonathan. Em apenas um mês, eu seria colonizada por James a nível molecular, e minha personalidade se moldaria em torno da sua sempre que houvesse espaço para isso. A versão oficial é que Jonathan terminou comigo. A verdade é que eu o troquei por outro homem.

Aqui vai uma história que James adora contar às pessoas: "Rachel e eu tivemos uma única briga, e ela aconteceu antes de a gente se conhecer de verdade".

E no geral digo: "Tivemos uma única briga, e James ainda pensava que eu era uma garota chamada Sabrina".

Aí ele diz: "Então, na verdade, a primeira briga foi com Sabrina".

Tivemos mais brigas do que isso, claro. Duas. Não tocamos no assunto.

Fazia algumas semanas desde que James me acompanhara até o Sober Lane, e depois disso ele não tinha voltado a demonstrar o mesmo interesse por mim. Comecei a ficar ressentida. Não era justo que ele brilhasse de forma tão intensa na minha frente e depois se afastasse, deixando-me no escuro e com frio, com minha galera chata. A maioria dos meus amigos mais próximos tinha ido para a faculdade. Aqueles que tinham as melhores notas foram para a Trinity, os aspirantes a professores, para a Mary I. As pessoas que me restaram eram as garotas com quem eu tivera uma amizade superficial no ensino médio ou os amigos de Jonathan.

James foi a primeira pessoa em anos de quem queria muito ser amiga, mas parecia que não era recíproco. Além disso, ele havia deixado todo o pessoal da gerência encantado, então eles sempre davam os melhores turnos para ele.

Eu ainda não sabia ficar brava com as pessoas, então só imitava o comportamento que tinha visto em casa: falar em frases curtas e concisas, até que a pessoa enlouquecesse. Era assim que minha mãe brigava comigo, era assim que eu brigava com meus irmãos mais novos e era assim que eles brigavam com os amigos deles. Não é que não conseguíssemos ser calorosos como família. Mas frequentemente éramos seduzidos pela ideia de que estávamos sendo injustiçados. As pessoas estavam sempre nos *injustiçando*. O fato de a mais recente crise econômica ter devastado os negócios dos meus pais e esgotado seus investimentos era mais uma prova de que o mundo estava *indo atrás* dos Murray. Naquela época, respondíamos a esse mundo com a indiferença.

Depois de um tempo, James sentiu minha frieza e flutuou em direção a ela. Continuava tentando puxar conversa, fazendo piadas sobre minha ancestralidade com matrizes bancárias. Em geral, eu o ignorava. A questão dos turnos realmente me incomodava. Eu tinha chegado à conclusão de que James era uma pessoa egoísta e superficial — um sociopata, talvez —, e de que iria ficar longe dele até que ele percebesse seu erro e parasse de monopolizar os melhores horários.

Depois de eu ter ignorado algumas de suas tentativas de puxar conversa, ele foi até o balcão para organizar alguns pedidos. Começou a me cutucar com uma caneta na parte de trás do joelho, bem em cima de um nervo, repetidamente. Meu joelho se dobrou, e eu meio que verguei. Não caí, mas a alteração na gravidade me deixou enjoada e irritada. Pedi para parar. Ele riu e começou a atender um cliente como se nada tivesse acontecido.

Uma hora depois, voltou a fazer isso. Aconteceu a mesma coisa. O joelho flexionando, a náusea, a fúria. Gritei, falando para ele parar, e James fez uma grande demonstração de acuado: um Jerry minúsculo e de olhos arregalados diante de um Tom enorme e corpulento. Ele já tinha percebido que eu era insegura em relação ao meu tamanho — um metro e oitenta e três, o que era tão próximo de um metro e oitenta que eu sempre pulava a formalidade e dizia às pessoas que eu tinha um metro e oitenta para evitar qualquer discussão sobre isso logo de cara.

Não havia ninguém por perto, exceto nosso gerente Ben, e, assim que me virei, James fez aquilo de novo, e o movimento foi tão inesperado que caí de vez. Ben riu tanto que se esqueceu do dragão. Fiquei com tanta raiva que, por um instante, perdi os modos de classe média e empurrei James, com toda a força, contra a parede atrás do balcão. A prateleira acima, carregada de encomendas reservadas para clientes fiéis, oscilou e a pilha tombou. O livro de reflexões de Dawn French em capa dura atingiu James e abriu a pele acima do olho. Ele começou a sangrar, a franja alisada coagulando ao redor do ferimento como gaze.

— Rachel! O que você *fez*? — gritou Ben.

Foi quando James descobriu que eu não me chamava Sabrina. Ele sorriu para mim, enquanto Ben corria para pegar o kit de primeiros socorros.

— Até que enfim — disse ele, rindo com um tipo estranho e novo de carinho. — Finalmente apareceu.

Eu me senti tão mal com a situação que levei James para tomar alguma coisa depois do trabalho.

— Certo, assassina — disse ele, sorrindo e enrolando o cachecol fininho em volta do pescoço magro. — Você tem uma mesa reservada no clube de golfe?

O fascínio de James pela minha condição de classe média não mudou desde o dia em que nos conhecemos, e às vezes me pergunto se toda a sua amizade comigo se baseava em um desejo de catalogar os meios exatos de subsistência dos dentistas e seus filhos. Eis um exemplo de mensagem, que pode surgir a qualquer hora do dia ou da noite: Bridget serve as cenouras cortadas em rodelas ou em tiras?.

Tiras, respondo.

Sabia.

A esta altura, não ficaria surpresa se descobrisse que ele está escrevendo um livro.

Era época das festas de final de ano, e, depois de algumas tentativas furadas em pubs comuns, encontramos um restaurante de tapas na rua Washington que tentava seduzir Cork com o conceito de pratinhos pequenos, oferecendo a opção de as pessoas levarem seu próprio vinho. A coisa toda se tornou acidentalmente romântica, e fiquei nervosa porque não queria que James achasse que estava tentando desfazer minha gafe anterior forçando-o a sair comigo. Comecei a narrar o cardápio em voz alta, acusando o restaurante de tentar fazer presunto parecer chique.

James apoiou o rostinho em dois punhos fechados, apreciando a conversa sobre presunto.

— Pratinhos pequenos. Então, se eu tivesse precisado levar pontos, seriam pratos grandes? — perguntou ele.

— Ostras — respondi.

— E se quebrasse um membro?

— Não sou uma instituição de caridade — falei, e ele riu.

— É assim que acontece. Eu leio os jornais. Os ricos tentam comprar você com um grande gesto para evitar que você os processe.

— Por que você acha que sou rica? Não sou rica.

Ele apontou para o que nos rodeava, para o cardápio no quadro-negro que dizia "Especiais", para as velas colocadas nas garrafas de vinho vazias que talvez tivessem sido trazidas por clientes de várias casas da cidade de Cork.

— Eu moro com meus pais, é só isso.

— Ah. Então você está trabalhando para ganhar uma graninha extra?

Falei para James pedir o que quisesse e, apesar das suas suposições quanto à minha riqueza, ele pediu a garrafa de vinho mais barata e uma tigela de castanhas-de-caju. Segundos depois, recebemos uma garrafa de água e dois copos pequenos.

— Não — disse ele, servindo a água. — Ninguém trabalha tanto quanto você se não precisar.

— Bom — dei de ombros.

— Você trabalha às quintas, sextas, sábados e domingos — contou ele, erguendo um dedo de cada vez. — E acho que entrei uma vez e vi você numa segunda-feira à tarde. Mas você também faz faculdade, não faz?

— Vou para a livraria sempre que Ben me liga. — Estava dando de ombros de novo e tomando consciência de como dar de ombros é chato como ferramenta de conversação. — Olha.

O garçom chegou com o vinho e as castanhas e perguntou "Já estamos pensando em comida, pessoal?", e James respondeu que, por enquanto, as castanhas estavam ótimas.

— Continua — pediu James, assim que o garçom se retirou.

— Tive que pagar as mensalidades da faculdade — expliquei, tentando manter um tom franco, e não lamentoso.

Contei a ele o que não tinha contado a ninguém: meus pais, que tinham mandado a mim e aos meus irmãos para escolas particulares com certa facilidade, não tinham condições de pagar a faculdade.

Nos bons velhos tempos, quando as finanças da minha família e minha reputação de filha responsável estavam intactas, meu pai havia me dado um cartão de crédito. Eu tinha um trabalho regular de babá, mas o cartão de crédito servia para pagar despesas extras, como livros, blocos de anotações e táxis para voltar para casa quando saía à noite. O cartão foi entregue, com muita cerimônia, depois de uma longa conversa sobre como era melhor ter um cartão de crédito, porque isso significava que você poderia construir uma classificação de crédito.

Isso era algo que Jonathan achava muito engraçado. Os pais dele eram funcionários públicos, e ter uma namorada que tinha "O cartão de crédito do papai" fazia com que ele se sentisse muito pé no chão. Mas a verdade é que eu mal usava o cartão. Até algumas semanas depois do início do meu primeiro semestre na UCC, quando ele parou de funcionar.

— Pai — disse, de pé na livraria do campus, depois de sair da fila do caixa para ligar para ele —, você esqueceu de pagar o cartão?

— Não. Não esqueci — respondeu ele.

Senti uma precipitação nas entranhas que parecia medo, mas na verdade era a primeira dose de realidade que já havia experimentado. Desde o colapso econômico, meus pais tinham parado de viajar, ir a restaurantes e comprar coisas novas. Pensei que eles estavam sendo prudentes. Não tinha me dado conta de quanto a gente estava falido.

Foi nessa ligação que fiquei sabendo que, além do cancelamento do cartão de crédito, eu também teria que dar um jeito de pagar as mensalidades da faculdade.

Naquela época, as mensalidades das faculdades eram muito baixas na Irlanda, no máximo alguns mil dólares por ano, e todo mundo que eu conhecia tinha alguém para pagar seus estudos. Só isso já mostrava de alguma forma quanto meu mundo era classista. Meu pai se envergonhava, e eu me sentia constrangida por ele.

— Vamos ter que pensar em algo entre a gente, Rachel — disse ele, como se estivesse tentando acalmar um agente de apostas irritado.

Não queria que eu pedisse um empréstimo estudantil. Sua confiança nos bancos estava muito abalada para isso.

— Claro. Eu posso trabalhar — falei, depressa.

— Certo. E isso fica... *entre* a gente. Os meninos não precisam saber.

Eu tinha mantido o assunto entre nós. Mas agora também estava entre mim e James. Eu me sentia mal por ter quebrado a confiança do meu pai, mas queria confidenciar com meu novo amigo. Felizmente, estava funcionando. James sentiu o drama da situação com muita intensidade.

— Isso é muito... Não sei. Tipo *uma peça de teatro*.

Comecei a rir.

— Não é uma peça de teatro.

— É uma peça de teatro — disse ele, com firmeza.

— Não é tão ruim assim — retruquei, com receio de ser alvo de pena. — Paguei minhas mensalidades deste ano e não vou fazer mestrado, então agora estou só... *bem*. — Fiz um gesto para a mesa. — A gente devia pedir comida de verdade.

— A gente devia morar junto — disse ele.

— O quê? — Eu me engasguei com o vinho. — Você nem me conhece.

— Sei que seu nome é Rachel — falou ele, e na hora pareceu piada, porque eu ainda não sabia da história da Sabrina. — E que gosto de você. De qualquer jeito, não estou gostando muito do meu cafofo. — Ele examinou uma castanha. — E acho que a gente ia se divertir, não é?

Tem uns lugares legais na rua Shandon. Que, eu sei, tecnicamente é a zona norte, mas você vai superar isso. A princesa da zona sul está passando por momentos difíceis no lado pobre da cidade? Muito dramaturgia. Muito *peça de teatro*.

Olhei para ele com a cabeça inclinada.

— Você já encontrou a casa, não é?

— Já.

— E seja quem for a pessoa com quem você *ia* morar, ela caiu fora.

— É — disse ele, sem qualquer arrependimento.

— E sou seu último recurso.

— Não, não, Rachel! Não! — Ele olhou para mim, atônito. — Pensei nisso agora, agorinha mesmo. Você é tipo a sorte batendo na minha porta um segundo *antes* de eu consultar a lista de últimos recursos.

— Ah.

— Bom, pensa no assunto.

Seguimos em frente, falamos todo tipo de besteira e, quando voltei para casa no ônibus das onze da noite, meus pais estavam na mesa da cozinha. O dono do prédio de escritórios do meu pai havia se afogado no rio Lee. A notícia estava no *Evening Echo*. O papai nunca conhecera o proprietário, sempre lidara com um advogado. Ele e minha mãe estavam preocupados com a possibilidade de a viúva do homem aumentar o aluguel ou vender o prédio.

Nos anos seguintes, perguntei se outros irlandeses se lembravam dos suicídios, dos suicídios de empresários que aconteceram nessa época. Todos dizem que não, que na verdade não. Talvez esteja perguntando para as pessoas erradas, ou talvez todos tenham apenas se esquecido. Talvez Cork fora mais atingida, ou a recessão fora apenas uma ideia, não uma coisa real a respeito da qual todo mundo falava todo dia.

— Estou me mudando — anunciei, e minha mãe olhou para mim como se eu tivesse quebrado um pote de molho de macarrão e estivesse pulando por cima da sujeira de encontro à porta, com a desculpa de que tinha um táxi esperando lá fora.

— Com quem?

— Um cara do trabalho.

A falta de tato. Isso me dá vontade de entrar num carro e tacar fogo em mim mesma. Dá vontade de gritar para o meu próprio filho que ainda não nasceu "Não se atreva a me abandonar desse jeito, porra".

— De qualquer forma, vocês andam falando de contenção — emendei.

O que era verdade. Tínhamos cinco quartos: o deles, o meu, o de Christopher, o de Kevin e um pequeno quarto vago que usávamos como escritório. Havia uma banheira de hidromassagem do lado de fora, presente do meu pai para minha mãe no seu aniversário de quarenta anos. Eles sempre falavam em vender a casa.

— Daqui a alguns anos todos vocês vão ter ido embora e a casa vai valer ainda menos — dizia meu pai.

Nesse ponto a minha mãe interferia.

— Ou mais. A gente não sabe o que vai acontecer.

Minha mãe estava me encarando. Estava me odiando por colaborar com o plano de contenção de gastos. Mas era tarde demais, e eu já havia me decidido.

Voltei para casa, com a roupa suja para lavar, no Natal. Eu me lembro de pensar que os dois pareciam mais velhos, mas era impossível que alguém tivesse envelhecido tanto em dez dias. A verdade é que eu fora extremamente protegida. Pensava nos meus pais como aquelas cabeças na Ilha de Páscoa, e foi preciso passar a morar a dois quilômetros para perceber que os dois sempre tinham sido pessoas.

— É tarde perceber isso só aos vinte — diz James.

Provavelmente ele tem razão.

3

Uma mensagem de James.

Como estão os cocôs, amada??

O sétimo mês me deixou com prisão de ventre, e as únicas pessoas no mundo que sabem disso são meu marido e James Devlin. Em geral, não sou o tipo de mulher que fala de cocô. Mas nunca houve um segundo desta gravidez em que eu não contasse ao James cada movimento, cada fase, cada sintoma.

A rua Shandon é historicamente uma região pobre da cidade de Cork, mas é pitoresca de um jeito bizarro. É repleta de casas antigas, mas também de versões modernas da arquitetura antiga. Um teatro em forma de panteão; um antigo mercado conhecido apenas como Butter Exchange; uma igreja com sinos de verdade e um peixe enorme no campanário.

A casa era um chalé, construído para abrigar as famílias tuberculosas da década de 1930, e o único banheiro ficava no andar de baixo, passando pela cozinha. No andar de cima, havia dois quartos pequenos, cada um com tamanho para uma cama de casal, um guarda-roupa de pinho e uma cômoda, só. Na minha cabeça, não havia um "quarto melhor". James, no entanto, havia morado em mais lugares — quinze casas àquela altura, e ele tinha apenas vinte e dois anos — e sabia como fazer um inventário instantâneo. Via coisas que eu não via, como onde ficava o lugar que mais recebia a luz do sol matinal e qual tinha uma janela muito próxima da cabeceira da cama.

— Você quer o quarto mais próximo da escada? — perguntou, de uma forma que dava a entender que o quarto da escada era o melhor e que ele estava sendo cavalheiresco ao oferecê-lo para mim.

— Claro — respondi, e joguei um saco de lixo preto cheio de roupas em cima da cama, onde explodiu como um bolinho cozido demais.

Os aquecedores instalados nos quartos funcionavam, mas no andar de baixo havia apenas uma lareira de tijolos e uma coleção de aquecedores portáteis embaixo da escada. A sala de estar era grande, com dois sofás e uma mesa de jantar com capacidade para seis pessoas, uma cozinha agradável e um quintal pequeno. Havia até uma horta com temperos que o inquilino anterior tinha deixado.

Eu não conseguia acreditar que nós dois juntos pagávamos só seiscentos euros por mês. Agora entendo que a casa estava bastante deteriorada, que ter apenas dois dos quatro bicos de gás funcionando era inaceitável e que se mudar para uma casa praticamente sem aquecimento no auge do inverno irlandês não foi sensato. Essas coisas seriam importantes para mim agora, mas não eram na época e, embora eu tenha passado a maior parte do ano seguinte bêbada e desnutrida, às vezes me pergunto se eu não estaria melhor se não ligasse para nada.

James tinha um iPod, um daqueles grandes e desajeitados que já eram velhos naquela época, e me deixou escolher a música do dia da mudança. Passei o dedo pelo complicado botão circular, com medo de errar na escolha, sem perceber que todas as músicas eram do James e que, portanto, era meio impossível errar. Agora me ocorre que, se James estivesse mesmo empenhado em me fazer pensar que ele era heterossexual, nunca teria me deixado mexer naquele iPod. A seleção era uma mistura estranha: algo entre um homem heterossexual de meia-idade e um gay de meia-idade. Cher se aninhava ao lado de Creedence Clearwater Revival, os Eagles ao lado de Elton John. A única coisa que era minimamente da nossa geração era a Britney Spears.

Optei por "Cecilia", de Simon & Garfunkel. Não tinha motivo algum para isso, exceto a palavra "júbilo!", que era repetida o tempo todo e era exatamente como eu me sentia, embora fosse muito tímida para admitir.

Pusemos o alto-falante do iPhone no corredor e fomos para os quartos. De repente, me senti extremamente constrangida, com os movimentos desajeitados, como se estivesse desfazendo as malas na casa do *Big Brother* e ciente de como o público interpretaria o jeito como dobrava a calcinha.

A sensação durou dois minutos e cinquenta e cinco segundos, quando "Cecilia" terminou e imediatamente recomeçou.

— *Boceta* — gritou James, e foi até o alto-falante. A tela havia congelado, deixando "Cecilia" no *repeat*. — Às vezes acontece isso — disse ele, e um leve rubor subiu pelo seu pescoço. — Porra, que *merda* inútil.

Ele odiava ter coisas ruins. Ainda bem que James é rico agora, porque ser pobre nunca combinou com ele.

— Não tem problema — falei.

Então ouvimos "Cecilia" de novo. E mais uma vez. Começamos a cantar junto, as vozes ecoando no gesso barato. Na oitava vez, estávamos correndo para o quarto do outro para fazer um lip sync elaborado, nossos membros em todas as direções, agarrando-nos intensamente à música. Se fosse uma lista telefônica, poderíamos tê-la rasgado ao meio.

Na décima sexta "Cecilia" James e eu demos à luz ao nosso relacionamento, e aquela conexão vagava pela casa como um potro pegajoso e curioso. Pegávamos os pertences um do outro — camisetas feias, livros pretensiosos e ingressos de shows — e repetíamos a mesma pergunta: "Que porra é essa?!".

— Que porra é essa? — perguntei, ao descobrir uma coleção de bandanas.

— Que porra é essa? — perguntou ele, ao pegar meu exemplar de *The Pumpkin Eater*, de Penelope Mortimer.

— Que porra é essa? — retruquei, ao achar a parte de cima de um uniforme do Subway.

— Que porra é essa? — perguntou ele, com um pacote de lenços umedecidos Femfresh que tinha vindo num kit de saúde estudantil e que eu não usava porque era muito desconfiada, embora estivesse assustada demais com minha própria vagina para jogar fora.

O que estávamos de fato perguntando, claro, era: quem é você? Quem foi você? Você se sente bem se tivermos o tipo de casa em que eu critico você por ler? Como você foi demitido do Subway? Você é realmente o tipo de garota que limpa a vulva com um lenço desodorizado?

Estávamos tão ocupados nos apaixonando que me esqueci por completo de Jonathan, a quem tinha pedido para aparecer por volta das cinco horas. Um dos meus principais motivos para sair de casa foi o sexo. Nós dois tínhamos morado com nossos pais durante a maior parte da faculdade e ainda dependíamos de festas em casas de amigos, carros estacionados e dos horários dos nossos pais para transar. Também estava ficando cansativo transar na faculdade. Transar no banheiro do campus é excitante na primeira vez, mas é meio deprimente pedir ao seu namorado para encontrar você no "*nosso* banheiro".

Ele tocou a campainha e entrou em uma maternidade de piadas internas. Eu o abracei, tonta e suando, animada para arrastá-lo para o meu novo mundo, só para que o novo mundo tivesse uma testemunha.

— Esse é o James! — anunciei.

Eles se cumprimentaram de forma calorosa, mas quando olhei de um para o outro, senti uma onda instantânea de repulsa pelo meu namorado de dois anos. Ele não tinha atributos. Tinha olhos, lábios e um nariz, mas tive a sensação de que tudo aquilo tinha sido feito pela Bauhaus, obsessivamente simplificados para desempenhar uma função e nada mais. Quem quer que tenha montado James, pelo menos tinha se esforçado. Era um pouco raquítico, com olhos grandes e grandes sobrancelhas pretas em um rosto que era ou delgado ou inchado, dependendo de como ia a semana dele. O nariz era o de um velho, com entalhes profundos nas narinas. James tinha um visual que a maioria de nós descrevia como "emo", mas na verdade era só que suas roupas lhe serviam e eram da Topman.

Abracei Jonathan mais uma vez, representando o papel da namorada devota para abafar meus novos sentimentos. Ele parecia acinzentado, como um cogumelo. Ele me deu um beijo na testa.

— E aí, me mostra a casa! — disse ele, e o tour durou trinta segundos, até subirmos as escadas e eu mostrar meu quarto, com a cama ainda sem lençóis, e tirar a camiseta. Em grande parte, porque estava suando e não queria que ele sentisse meu cheiro.

Há algo no sexo com um parceiro de longa data aos vinte anos que o torna o mais deprimente da nossa vida. Pelo menos na adolescência está todo mundo preparado para enfrentar a humilhação junto. Todo mundo fica com vergonha, ninguém sabe o que está fazendo, há um pouco mais de "Assim está bom?" ou "Isso é bom?". De certa forma, o sexo que fiz quando adolescente era mais maduro do que qualquer coisa que vivi entre os dezoito e os vinte anos, quando os rapazes tinham certeza de que haviam encontrado uma fórmula perfeita. Jonathan teve uma namorada antes de mim e contou que ela desmaiava quando ele fazia sexo oral nela. Ou seja, eu também deveria desmaiar, ou pelo menos chegar perto disso. Fiquei muito irritada comigo mesma por não gostar mais. A coisa toda parecia muito coceguenta e solitária.

É tentador, quando estamos falando da nossa vida sexual da juventude, escorregar em pequenos comentários melancólicos sobre como a gente olhava para o teto com as pálpebras pesadas enquanto um bruto sem graça nos bombeava de forma vigorosa. Infelizmente, acho que não posso dizer nada disso e sair impune. O sexo era insatisfatório, mas eu não poderia estar mais obcecada. Eu ficava sempre por cima, gemendo sem parar, que nem um porco confinado. Se um dia alguém falasse para Jonathan que Rachel Murray disse que ele era ruim de cama, ele ia rir e mandar a pessoa se foder. Não acho que ia levar isso em consideração nem por um segundo.

— Como está se saindo com o seu homem? — perguntou Jonathan, mais tarde, quando estávamos deitados na cama.

— Com James? Tudo bem. — E então, com cuidado: — Acho que a gente vai ser amigos, sabe?

— Você vai virar uma daquelas Maria Purpurina? Tipo Will e Grace?

(Tenham paciência. Essa era considerada uma coisa bastante espirituosa de se dizer em 2009.)

— Você acha que ele é gay? — perguntei, séria.

Ele olhou para mim, sem nem se dar ao trabalho de argumentar. Apenas uma sobrancelha erguida que dizia "Ah, por favor".

— Por que você acha isso? — insisti.

Desde a minha gafe no Sober Lane, fiquei fascinada com o que fazia uma pessoa *parecer* gay. Nenhum de nós tinha amigos gays naquela época. Com certeza havia pessoas gays, alguns conhecidos e gente que a gente sabe só de ver por aí, mas por algum motivo acabávamos não sendo amigos delas.

Estávamos totalmente isolados da cultura gay, mas ambos tínhamos plena confiança nessa suposição sobre o James.

— Eu tenho olhos — disse Jonathan, simplesmente, e foi embora logo em seguida.

Pedimos uma pizza para o jantar, e James conectou a televisão e o leitor de DVD. Os únicos DVDs que ele tinha eram os de três temporadas de *Frasier*.

— Seu namorado acha que sou gay — disse ele, sem emoção.

Esperei um segundo antes de responder.

— Não.

Ele pausou o DVD no rosto contorcido de Kelsey Grammer, que falava sobre se tornar membro de um spa de Seattle.

— Olha só — disse ele, como se estivesse prestes a estabelecer uma regra importante da casa, como não pisar de sapatos no carpete —, eu sei que sou *camp* que nem um desfile de carnaval, mas não sou gay.

Ri, sem jeito.

— Você não acha que se eu fosse mesmo gay, eu simplesmente seria mais *gay*?

Assenti. Fazia sentido. Quem andava por aí com Cher no iPod provavelmente já tinha considerado mais seriamente se sentia ou não atração por homens do que faria o macho alfa mediano que joga rúgbi. Eu via James como alguém bastante avançado, uma pessoa que havia interrogado todos os cantos da alma. Ele era emocionalmente inteligente demais para ficar preso no marasmo de qual música ou comportamento parecia gay ou heterossexual.

Naquele momento, ele não era apenas um ser humano para mim. Era o futuro da humanidade.

A verdade é que ele estava apavorado.

— Qual era o seu objetivo? — perguntei a ele uma vez, anos depois.

— Esperar até conseguir ir embora. Para um lugar onde ninguém me conhecesse.

Coisa que ele fez. Coisa que nós dois fizemos.

Mas estou me adiantando, porque antes de tudo isso acontecer, primeiro aconteceu o dr. Byrne.

4

O dr. Byrne era o único outro homem na minha vida cujas opiniões me importavam. Quando não estava me agarrando às palavras de James, estava me agarrando às do dr. Byrne. Em algum momento devo ter me importado com o que o Jonathan achava. Mas, como acontece nos relacionamentos estudantis, em que os anos parecem passar muito mais depressa, qualquer respeito profundo que tivesse por ele já esgotara havia muito tempo. Já estávamos agindo como se estivéssemos em um casamento de anos, funcional, mas tedioso.

O dr. Byrne se vestia como se estivesse representando um professor universitário. Na minha memória, ele tem remendos nas mangas do casaco. É possível que eu esteja inventando esse detalhe, mas tudo nele sugeria remendos no casaco. Na primeira vez que o vi, estava dez minutos atrasado e suando. Parecia estar com raiva de nós, os alunos do primeiro ano, pela ousadia de assistir a uma aula às nove horas da manhã.

Era horrível de manhã, o que eu relacionava ao fato de ele ser uma pessoa muito grande, com um metro e noventa e seis de altura e bastante largo, com constituição de fazendeiro. Desde pequena tenho essa ideia na cabeça, de que o corpo de uma pessoa é uma fábrica, um grande empreendimento eduardiano no qual é preciso que cada trabalhador esteja confortavelmente sentado no seu posto antes do dia de trabalho começar. Quanto maior a pessoa, mais os *trabalhadores* (as partes do corpo) têm que se deslocar: subindo escadas, virando corredores. Essa era minha própria explicação para o fato de eu ser um porre de manhã, e fiquei feliz em estender a gentileza a Fred Byrne.

— Certo. Os vitorianos — começou ele, então passou a palma da mão pela testa, tentando impedir que uma gota de suor caísse no púlpito.

— Quem conhece Sherlock Holmes?

Ele sabia que a maioria de nós ia desistir no final do primeiro ano. É assim que acontece nas Artes. As pessoas adoram a variedade, mas não conseguem lidar com a inutilidade e, quando as ressacas e as depressões começam, ali por fevereiro, é difícil justificar o esforço de sair da cama para ouvir sobre Cronos comendo os próprios filhos recém-nascidos. O dr. Byrne era apaixonado pelo seu tema, mas também não gostava de desperdiçar energia, então passou aquelas primeiras aulas nos dando informações sobre os vitorianos que um dia poderiam ser úteis em um jogo de perguntas e respostas em um pub.

A classe ficou em silêncio, então ele repetiu a pergunta. Isso foi antes do reinado de Benedict Cumberbatch na BBC, portanto, era um período culturalmente árido para o sr. Holmes, e não sabíamos muita coisa.

— Detetive — sugeriu alguém.

— De Londres — disse outro.

Um longo silêncio.

— Drogas — falou um garoto, por fim, e houve risos porque tínhamos dezoito anos e imaginávamos que éramos os inventores das drogas. — Ele não usava drogas?

Naquele momento, algumas pessoas na fábrica do dr. Byrne se sentaram diante de suas máquinas, e ele de repente começou a falar, uma conversa tão febril que, a princípio, era difícil dizer se estava bravo com o garoto por ter dito "drogas" ou muito feliz. Falou de ópio, láudano, morfina e cocaína, que eram legais na Inglaterra vitoriana na época. Observou que os escritores não brancos não tendem a lançar livros exploratórios sobre os efeitos das drogas com a mesma tenacidade, e isso porque tinham coisas mais importantes a dizer sobre essas substâncias, como a forma como destruíram suas comunidades. Falou de ter passado cinco anos nos Estados Unidos quando era mais jovem, de como a guerra contra as drogas lá era apenas um tubo de alimentação do sistema prisional privado. Discutiu consigo mesmo, representando tanto o lado a favor quanto o lado contra as drogas, com o rosto avermelhado. Tinha trinta e oito anos em 2009, o que, acho, o torna cinquentão agora.

— Certo — disse ele no final do discurso.

Sempre terminava as aulas da mesma forma como as iniciava, com a palavra "certo".

A gente adorava, claro. Considerávamos o dr. Byrne o Cara das Drogas. Mais tarde, descobriríamos que ele de fato não se importava tanto com as drogas, mas gostava de ter um assunto que fosse antigo e pudesse ser discutido a partir de muitos pontos de vista. Incesto, sodomia, aborto, prostituição: tudo o que existia há 2 mil anos e sempre foi controverso. Acho que gostava dos vitorianos porque eles tentavam impor regras em tudo, e adorava debater se essas regras deveriam ou não existir. Era o docente favorito de todo mundo, e às vezes acho que isso não se devia ao seu brilhantismo, mas ao fato de o corpo docente ser formado principalmente por mulheres. Já sabemos que eu era um tanto quanto misógina. Assim como todos os outros, eu desconfio. Também acho que tinha a ver com o fato de a maioria dos professores de inglês, na maioria das escolas secundárias, serem mulheres. Ver um homem corpulento ensinando sobre um livro era emocionante, tipo no filme *Sociedade dos poetas mortos*.

Eu já tinha participado de várias aulas do dr. Byrne quando conheci James, no final de 2009. Nessa fase da carreira do dr. Byrne, ele era tão popular que lhe era permitido estipular o que quisesse para seu grupo de seminário, e todos os que se inscreviam eram convidados a escrever um ensaio sobre qualquer aspecto da sensibilidade vitoriana ainda presente na cultura atual. As atividades do grupo iam de janeiro a abril, meu último período na universidade. Havia apenas quinze vagas, e cerca de cento e cinquenta alunos tentaram se inscrever. Eu ficaria surpresa se o número de ensaios chegasse a vinte.

Recebi um e-mail dizendo para encontrá-lo no escritório dele, que ficava em uma casa de propriedade do departamento na estrada da faculdade. Parecia meio decadente. Todas as faculdades são assim? Com membros do corpo docente ficando em casas minúsculas que cheiram a aquecedores velhos? De qualquer forma, ele queria discutir o ensaio que eu havia escrito. Foi muito emocionante para mim. Sentada no pequeno escritório, pensei no que sempre penso quando estou em uma sala pequena com um homem com quem não tenho nenhum grau de parentesco: *Nós vamos trepar?*

Não sei por que penso isso. Nunca aconteceu. Já tive casos de uma noite, claro, mas sempre foram uma extensão de um encontro ou de uma noitada. Mas nunca estive em um elevador, ou em um depósito, ou entre as estantes de uma biblioteca com um homem aleatório e de repente me vi envolta em seus braços. Apesar disso, estou sempre preparada para que isso aconteça. Eu poderia estar ao lado de um homem de setenta anos em um elevador e pensar: *Espero que ele não queira transar; ainda estou menstruada.*

O dr. Byrne era obviamente diferente: eu realmente *queria* transar com ele. Não era só que ele era um homem aleatório em uma sala pequena. Eu nutria uma paixão silenciosa pelo meu professor desde o primeiro ano, uma paixão que só mantive em segredo por parecer irritantemente óbvia. Na verdade, eu não conversava com as garotas do meu ano, mas tinha certeza de que todas torciam para transar com o dr. Byrne. Ele era enorme, e intenso, e era o único homem com menos de cinquenta anos no departamento de inglês.

O mais tentador de tudo — ai, meu *Deus* — é que ele era casado. Mas não era só isso.

A esposa *tinha sido aluna dele.*

Apesar de não estar tão empenhada na faculdade, estava bem ciente da história toda com a esposa do dr. Byrne. As paixonites são assim. Não importa quanto a gente esteja desligado, há sempre um microfone ligado, e ele só registra informações sobre o nosso desejo. Ele e a esposa estavam casados havia quatro anos e tinham se conhecido havia seis anos. *Quando ela era estudante de graduação?* Contamos nos dedos. Não, foi a resposta. Era estudante de mestrado. Já estava na casa dos vinte. Já não era tão bom, mas ainda assim era emocionante. Provava que *podia acontecer.*

Então fiquei sentada na salinha e olhei para o rosto dele. Tinha o que James mais tarde chamaria de "feições de bebê dinossauro". A testa ampla, o nariz largo e os olhos com pálpebras pesadas se juntavam e faziam lembrar um braquiossauro comendo preguiçosamente as folhas de uma árvore.

— Certo. Rachel Murray — disse ele.

Tinha lido o meu nome no trabalho, depois ergueu o olhar e sorriu, como se estivesse feliz por enfim associar um nome a um rosto. Até aquele momento, eu já havia participado de quatro de seus módulos.

— Oi — falei, sinalizando se deveria fechar a porta atrás de mim.

— Não, não, deixa aberta. Sente-se — disse ele.

Devo ter parecido agitada. Tenho aversão a ficar sentada em lugares com a porta aberta. Fico inquieta. *Você nasceu no lixão?* etc.

— Temos que deixar aberta — comentou ele, distraído. — Para o caso de eu tentar atacar você.

Olhei para ele, chocada. Ele não se deu ao trabalho de encontrar meu olhar.

— Infelizmente isso é bastante comum no ensino superior — explicou ele, de um jeito sério, e pensei *Não banque o engraçadinho comigo; sei como você conheceu sua esposa.* — Enfim. Pijama. Explique sua ideia.

— Escrevi tudo no ensaio.

— Sei que escreveu, mas quero ouvir você explicar. Quero pessoas que saibam falar com desenvoltura no meu grupo. Pode começar.

Havia escrito um ensaio sobre pijamas baseado na ideia de que no período vitoriano as jovens começaram a comprar lingeries da França para o enxoval de noiva. Isso causou um grande pânico moral em relação ao que as jovens noivas faziam na cama com os maridos, e se estavam adotando truques de prostitutas baratas. Relacionei isso à sensibilidade moderna, porque na época havia muitas manchetes no *Daily Mail* sobre mulheres que usavam pijamas para ir ao supermercado. Moralidade e pijamas. Eu me senti muito inteligente. Mas, ao explicar a ideia a Fred Byrne, me perguntei se escrever o ensaio não seria um truque de prostituta barata. Era tudo tão constrangedor e íntimo, falar de cintas-ligas e rendas.

— E, de fato — falei, com a garganta seca —, o design das roupas íntimas vitorianas continuaria a fazer parte de outros movimentos culturais. Como as *flappers*. Os trajes eram só anáguas, na verdade, e essa coisa de roupa íntima como roupa de sair na rua era... era um *símbolo* da crescente população feminina independente nas áreas urbanas. O privado tornado público.

Continuou assim por algum tempo. Sinais e símbolos. Ele começou a ficar um pouco indiferente, como acontece com muitos homens inteligentes quando a discussão está ficando muito feminina, muito espalhafatosa e muito preocupada com pedaços de renda.

— Por que não está estudando cinema, se está tão interessada em tudo isso? Ou moda?

Eu deveria ter dito algo mais fofo, tipo, *Porque amo romances*, mas sabia que não iria convencê-lo.

— Inglês parece ser a melhor maneira de manter o leque de opções aberto. Não há empregos no cinema nem na moda.

— Você ouviu as notícias? — Ele sorriu. — Não tem emprego em lugar nenhum.

— Não — raciocinei —, mas parece que o mundo inteiro está cheio de pedaços de texto, não é? Folhetos e cartazes e coisas assim. Alguma coisa vai acabar surgindo.

— Folhetos, cartazes e coisas assim. E é por isso que você está se formando em inglês?

Não sabia o que dizer. A princípio, tinha escolhido fazer inglês porque gostava de ler. Mas mesmo naquela época aquilo de que mais gostava na leitura era o fato de ser boa nisso. Aprendera a ler depressa quando era criança. Na ausência de qualquer outro dom perceptível, parecia uma boa opção, mesmo que fosse apenas para receber mais elogios.

Houve uma batida na porta aberta, e me virei para ver outra garota esperando para discutir seu ensaio, e potencialmente para ser fodida pelo dr. Byrne. *Não se dê ao trabalho*, eu queria dizer.

No dia seguinte, recebi um e-mail dizendo que era um prazer para ele me dar as boas-vindas à turma do seminário. Era um e-mail padrão com meu nome apenas preenchido no topo sem nenhuma assinatura personalizada nem um PS.

Mas eu o imprimi. Ainda o tenho em algum lugar.

5

Em 14 de janeiro de 2010, Jonathan terminou comigo na frente da Galeria de Arte Crawford, sob o pretexto de que estávamos nos distanciando. Perguntei de que jeito. Ele murmurou algo sobre como eu "parecia falsa" e aí saiu correndo em direção à rua St. Patrick antes que eu conseguisse perguntar o que isso queria dizer.

É claro que agora sei o que queria dizer. Estava morando com James, trabalhando com James e falando como James. Não posso culpar Jonathan: eu estava sendo muito irritante. O que mais o enlouquecia era o fato de eu estar obcecada em descrever qualquer situação em que me encontrasse como se fosse um filme ou um programa de televisão.

Um exemplo de diálogo:

JONATHAN: Acho que vai chover.

RACHAEL: Tem certeza?

JONATHAN: A previsão dizia chuva.

(*Silêncio*)

JONATHAN: (*olhando pela janela*) Acho que está começando a chover. Talvez a gente devesse ficar em casa.

RACHAEL: (*animada*) É como se a gente estivesse num filme francês e fôssemos dois amantes tentando fazer chover para que possam ficar enrroladôs nos edrredôns.

(*Silêncio*)

RACHAEL: Ah, *monsieur*, a próprrio céo não quer que a gente fique em casa? Aproveitar ês disposiçôns de carnê, ah-haw-haw-haw?

JONATHAN: Tudo bem, eu vou nessa.

Na verdade, não era justo com ele. Nosso relacionamento era direto e carinhoso até aquele momento, e nossas piadas eram, na maioria das vezes, para tirar sarro de outras pessoas. Não podia simplesmente esperar que ele começasse a fazer brincadeiras bobas, do tipo que eu e James estávamos fazendo naquela época, quando não havia pretexto para isso no nosso relacionamento.

Só me lembro da data porque eu estava trabalhando naquela tarde e o dr. Byrne entrou na livraria.

O dr. Byrne já tinha ido lá antes, é claro. Todos os meus professores da universidade já tinham. Era uma livraria grande e vendia muitas coisas de editoras irlandesas menores. Muitas vezes recebia acenos de membros do corpo docente que não eram necessariamente meus professores, mas que me reconheciam e estavam dispostos a conversar um pouco sobre as férias. Mas agora era diferente. Ele havia me escolhido a dedo para participar de sua turma de seminário de alunos do último ano, então me conhecia.

Era uma quinta-feira à noite, o tempo estava superfrio lá fora, e a previsão era que a loja ficaria vazia até às nove da noite, quando fechava. Lutando com a tristeza, comecei a remarcar uma pilha de calendários com temas literários no balcão. DE: 9,99 / POR: 4,99.

— Rachel, não sabia que você trabalhava aqui — disse o dr. Byrne.

— Oi! — cumprimentei, de um jeito alegre, tropeçando naquele problema dos jovens de nunca saber como se dirigir aos professores, aos amigos dos pais nem aos pais dos amigos. — Trabalho!

— Alguma recomendação? — perguntou ele, de forma educada, o que é algo que as pessoas sempre perguntam quando você trabalha numa livraria.

Eu nunca conseguia me lembrar do título de nem um livro sequer.

Olhei para a pilha dele: um livro reeditado de poesia de revolucionários irlandeses e um thriller de inverno. Queria desesperadamente recomendar algo tenso, enxuto e masculino, para mostrar a ele que entendia os homens.

— ... Hemingway? — arrisquei inutilmente.

— Ah — disse ele, sem emoção. — Batman para garotos gordos e estudiosos. — Então olhou para si mesmo. — Vou levar dois.

Comecei a rir. Não tinha perdido o hábito de dar risadinhas de colegial. Estava sempre nervosa e sempre rindo muito.

— Como Dorothy Parker é a Mulher-Maravilha para meninas deprimidas — comentei.

Não conseguia acreditar que tinha inventado uma frase como essa tão depressa. Ele riu na hora, olhou para mim, e eu pensei: *Se você me foder, eu falo mais um monte de coisas assim!*

Ele olhou para o teto, tentando se lembrar do verso.

— A arma é ilegal; As forcas cedem; O gás tem um cheiro horrível... Ele se calou.

— É melhor você viver — dissemos juntos e sorrimos.

Com perfeita convicção, percebi que iria superar meu ex-namorado com meu professor da faculdade. Que chique!

— Ela foi em uma tourada com ele uma vez, sabia? Para uma revista. Acho que queriam que ela ficasse chocada, mas a verdade foi que ficou bem encantada — contou ele.

— Eu também — respondi. E então: — Quer dizer, com Hemingway.

Ele olhou para mim, perplexo com esse meio flerte, mas não totalmente desinteressado.

— Será que posso incomodar você e pedir para verificar um livro para mim?

Ele apontou para o computador na extremidade do balcão.

— É claro — falei, posicionando-me diante do computador barulhento. — Do que você precisa?

— Bem, ah, é um pouco estranho.

Ele tossiu, e senti um medo doloroso de que estivesse prestes a iniciar nosso caso com um pedido constrangido de *O prazer do sexo* ou algo assim. Ponderei se daria continuidade ao nosso relacionamento se ele fizesse isso. Com certeza não, Rachel.

— Queria saber se você tem em pré-venda um livro chamado *A dieta de Kensington*, do... — Ele remexeu nos bolsos e olhou para a placa da saída de emergência. — Do, ah, do dr. Frederick Byrne.

— Ah — respondi, estranhamente constrangida por ele. — Certo! Legal!

Comecei a digitar.

— Em pré-venda, você disse?

— É — respondeu ele, depressa. — Só vai ser lançado em fevereiro.

— Em 11 de fevereiro — falei, lendo a tela.

Citei o nome da editora. Era uma famosa, irlandesa, e famosa porque era irlandesa. Descobriu muitos autores que depois a abandonaram por contratos melhores no Reino Unido.

— Queria saber quantos esta livraria encomendou. Um pouco patético, mas é a primeira vez que publico fora de uma editora acadêmica e espero que mais de quatro pessoas possam ler o livro.

Ao selecionar o pedido, vi que estava zerado.

— Quinze. Quinze exemplares — falei.

— Ah. É bastante, então — disse ele, surpreso.

— É — respondi, tentando suprimir o rubor que sempre acompanha minhas mentiras. — Estamos muito animados com esse.

Ele ergueu uma sobrancelha, preocupado com a possibilidade de eu estar tirando sarro.

— Quer dizer, é óbvio que estamos animados com o livro, se meu gerente está encomendando exemplares. Sobre o que é?

— Escritores irlandeses durante a fome, a resposta artística ao fato da rainha Vitória ter deixado a gente morrer de fome. Coisas muito alegres, garanto para você — disse ele.

Eu me lembrei do poema de Eavan Boland que estudara para o exame final do ensino médio. Ela e Adrienne Rich eram as únicas poetas de que eu gostava na escola.

— "O que é seu corpo agora, senão uma estrada de fome" — citei.

— Muito bom — disse ele, e o clima voltou a ficar tenso, muito parecido com o que paira entre um professor e um aluno.

Ele estava cada vez mais consciente da vulnerabilidade que expressara ao perguntar sobre seu livro daquela maneira. Aquele poema em particular também tinha uma certa relevância para sua vida pessoal, mas falaremos disso mais tarde.

James se aproximou e começou a fazer a leitura dos códigos de barras de uma pilha de livros que acabara de recomendar a uma idosa. James não lia muito, mas estava sempre assistindo a filmes, e por isso sempre vendia *Notas sobre um escândalo* e *Perfume: A história de um assassino.* Ele tinha os melhores números de vendas de todos os membros da equipe, e foi por isso que Ben o manteve por muito tempo depois que seu contrato temporário de Natal terminou.

— E aí? — perguntou ele, alegre.

James nunca julgaria alguém por conversar com um amigo no trabalho, e todo mundo podia contar com ele para dar cobertura se alguém aparecesse para nos ver.

— James, esse é o dr. Byrne. Um dos meus professores — falei.

— Ah, tudo bem com você? — perguntou James.

Ele não fazia faculdade, mas adorava conversar com pessoas ligadas à universidade. Era algo entre a troça e a admiração genuína.

— Tudo bem, obrigado.

O dr. Byrne se moveu depressa, como se tivesse percebido que estava se demorando demais. Senti vontade de pular o balcão e impedi-lo de escapar do nosso mundo particular repleto de pequenas poses e piadas sensuais sobre literatura. Mas não podia fazer isso, então ele pagou pelos livros e foi embora.

O resto do turno foi tranquilo. Agora que estávamos morando juntos, James e eu adorávamos organizar os turnos de modo que ambos encerrássemos o expediente. Fechávamos as portas dez minutos antes e tocávamos nossas músicas no alto-falante enquanto arrumávamos tudo.

Eu, porém, estava demorando mais do que o normal.

— O que você está fazendo? — Ele encostou a cabeça no meu ombro, olhando para o monitor. — Quem é o dr. Frederick Byrne?

— Meu professor da faculdade. Aquele que entrou aqui mais cedo? E esse é o livro dele.

— E quem é Moira Finchley?

— É uma ex-cliente. Ela morreu faz alguns anos. Também é uma das pessoas que está encomendando o livro dele.

— O quê? Por quê?

— Porque eu, estúpida, falei para ele que a gente tinha encomendado vários livros dele. A gente não encomendou nenhum, mas se Ben achar que os clientes estão pedindo, vai encomendar alguns.

— Tudo bem. — James começou a assentir. — Tenho uma pergunta.

— Por que estou fazendo isso?

— É.

— Porque... Não quero que ele fique decepcionado. Ele está tão animado com o livro...

James praticamente deu um salto.

— Sua *piranha safada*!

— Cala a boca.

— Então, o quê? Você está cobrando uma velha morta por um livro que ela não vai ler porque você está com tesão?

— Não! Não vai ter nenhuma cobrança. Ninguém vai retirar o livro, e aí eu vou colocar nas prateleiras.

— Para quem mais você vai fazer o pedido? Quem mais está morto?

— O resto estou só inventando — falei, tímida. — Estou criando perfis de novos clientes no sistema.

Ele parecia chocado com o que considerava ser o primeiro comportamento realmente insano da minha parte.

— Jonathan terminou comigo hoje — comentei, esperando que ele interpretasse meu comportamento maluco como uma espécie de sofrimento nobre.

— Ele terminou com *você*? — repetiu James, com repulsa. — Pensei que seria o contrário.

— Por quê?! Eu amava ele!

— Rachel. Qual é?

— Ficamos juntos por dois anos.

— Bom, estou feliz que ele tenha saído de cena.

Ainda fico chocada com o fato de ele falar daquele jeito comigo quando só me conhecia havia um mês e meio. Há pessoas na minha vida que conheço há anos, mas a quem eu hesitaria em avisar que a etiqueta da roupa está aparecendo.

— Bom, Ben vai saber que tem alguma coisa errada se você não mudar a data dos pedidos. Estão todos no dia 14 de janeiro — sugeriu ele, apontando para a tela.

Então ficamos uma hora depois do fim do expediente inventando encomendas com datas retroativas do livro do dr. Fred Byrne sobre a Irlanda vitoriana durante o período de fome. Percebi que, afinal, nunca tinha estado apaixonada por Jonathan. Conhecia o amor dos meus pais e o estranho afeto de um relacionamento de faculdade que era, de alguma forma, ao mesmo tempo obsoleto e ingênuo. Mas eu, James e as encomendas: isso era amor.

Funcionou melhor do que tínhamos imaginado. No final da semana seguinte, Ben estava olhando suas impressões A4 e perguntou:

— Que porra é *A dieta de Kensington*? É tipo a dieta Atkins?

Eu podia ser jovem, mas já trabalhava em uma livraria havia quase três anos. Mesmo assim, tinha sérias dúvidas sobre a editora do dr. Byrne, que teve a ousadia de lançar um livro com a palavra "dieta" no título tão perto do Ano-Novo.

James tomou a frente de imediato.

— Meu Deus, Ben, você não ouviu falar disso no programa do Fergal O'Riordan? Eles receberam aquele doutor brilhante. — James estava estalando os dedos, como se estivesse tentando lembrar. — Rachel, você conhece o cara, não conhece?

— O dr. Byrne — respondi, tentando parecer evasiva.

Ben voltou a olhar para o formulário.

— Pelo jeito, está rolando um burburinho em torno dele.

— Ele dá aula na UCC — emendei. E então, num momento de genialidade: — A gente podia pedir para ele fazer uma sessão de autógrafos aqui.

— Ou um lançamento — acrescentou James. — Um lançamento em Cork, na turnê relâmpago pelo país.

— Seria muito bom para a livraria — falei, assentindo para Ben, como se a sugestão fosse dele.

Ben deu batidinhas nos dentes com a caneta.

— O setor está em uma situação ruim — disse ele.

Além da recessão, havia muita ansiedade em torno do Kindle e do efeito que o dispositivo teria nas livrarias. A visita de um autor poderia justificar a relevância da loja.

Os seminários do dr. Byrne aconteciam todas as quartas-feiras de manhã e duravam noventa minutos. Eram abrangentes. Ele passava pelos tópicos voando. Nada do que estava nos ensinando era particularmente alucinante. Era muita coisa sobre irlandeses mortos vistos pelos olhos de ingleses mortos e depois reinterpretada por estudiosos irlandeses que, como o próprio Fred Byrne, precisavam escrever um livro sobre alguma coisa.

Toda semana, quinze jovens maltrapilhos sentavam-se quase em silêncio, enquanto o odor que exalavam sugeria que estavam sendo envenenados por dentro. Eu não estava em melhor estado. Desistira de me tornar iluminada e ficava bêbada o tempo inteiro. James e eu saíamos três noites por semana, quase sempre com os outros temporários de Natal da livraria, às vezes sozinhos.

O dr. Byrne não se importava com o fato de estarmos de ressaca, mas queria que essas ressacas nos alimentassem, não nos silenciassem. Acho que gostava da ideia de uma multidão de bêbados fedorentos discutindo Trollope. O que não conseguia tolerar era o silêncio. Naquele dia em particular, ele estava furioso com um garoto de Kerry chamado Elliot por causa da peça *The Playboy of the Western World*.

— Elliot, na sua opinião, a polêmica em torno da peça *The Playboy of the Western World* foi uma resposta inadequada?

Elliot pestanejou.

— Foi.

— Sr. O'Donovan, seu próprio pai é fazendeiro — argumentou o dr. Byrne. — O senhor está me dizendo que não vê nenhum problema com uma visão global da Irlanda em que as pessoas matam os pais batendo neles com uma pá?

— Não, isso é ruim. Isso é, tipo... um estereótipo.

O dr. Byrne seguiu em frente, enojado. Sempre havia algumas pessoas que tinham feito a leitura e estavam dispostas a discutir, e a maioria da turma contava com elas para fazer o trabalho pesado. Eu estava me tornando uma daquelas jovens argumentadoras, convencida da minha própria capacidade de plagiar uma opinião. Peguei o fio da meada e falei algo de Yeats, distorcendo uma citação que havia lido no JSTOR sobre o fato de que, quando um país dá à luz a um gênio, sempre fica irritado com o gênio por não refletir a ideia correta do próprio país.

(O que, curiosamente, foi uma frase que repeti para James anos depois, quando um tuíte que ele escreveu viralizou do pior jeito.)

O dr. Byrne ficou satisfeito com a citação de Yeats. Sem dúvida, ele a conhecia, mas ficou feliz por eu conhecer também.

Fiquei esperando pelo dr. Byrne depois da aula para dizer que meu gerente queria saber se ele gostaria de lançar seu livro na Livraria O'Connor.

James e eu havíamos planejado essa conversa com bastante cuidado e, em todas as versões, Fred Byrne ficaria encantado. Em algumas eventualidades hipotéticas, ele me levava para tomar um drinque depois.

Mas ele ficou apenas confuso.

— Não estou entendendo, Rachel. O livro não vai atrair exatamente um grande público. Na verdade, ainda é um texto bastante acadêmico, mesmo que tenha algum apelo para outras pessoas — argumentou ele.

Aquela não era uma conversa que ele estava tendo comigo, mas a repetição de uma conversa que outra pessoa havia tido com ele por aqueles tempos. Um agente, um editor ou talvez a esposa, tentando moderar suas expectativas.

— Não, não. Estamos muito animados com o livro — falei.

— Vocês recebem muitos autores?

— O tempo todo!

O que era verdade, mas eram em sua maioria escritores de ficção. No último domingo de cada mês, convidávamos um dos infindáveis autores de livros infantis para ler para as crianças.

O dr. Byrne acabou concordando com o lançamento. Eu disse que enviaria um e-mail sobre o assunto e o apresentaria a Ben.

— Espere um pouco — disse ele, arrancando um pedaço de papel de um bloco de anotações. Por um breve e brilhante segundo, pensei que estava anotando seu número de celular. — Por favor, inclua Deenie no e-mail.

Olhei para o endereço anotado: Aideen.Harrington80@hotmail.com.

— E quem é...?

— Minha esposa. E, bem, minha editora — respondeu ele.

Meu rosto estava ficando vermelho.

— Ah, é claro — falei.

6

Certa vez, em uma viagem de imprensa à Islândia, fiquei presa em um ônibus quebrado a uma hora de Reykjavik. Estávamos voltando dos gêiseres. O gêiser era lindo e espirrou em todo mundo, e o espirro foi recebido com tanta alegria que parecia uma versão do Sea World para pessoas que leem o *New York Times* no celular. Mas, no caminho de volta, a água grudou na nossa pele e congelou enquanto esperávamos, e esperávamos, por assistência na estrada. Nesse ínterim, eu batia os pés, comia minha marmita gelada e pensava: *Mas isso é tão frio quanto janeiro na rua Shandon? Não.*

Estava tão frio que não dava mais para ficar no andar de baixo. Descíamos para comer e usar o banheiro, mas vivíamos no quarto de James, os dois edredons empilhados na cama, o aquecedor instalado no quarto ligado e os aquecedores portáteis nos sufocando com o ar rançoso. Levamos a televisão para o andar de cima e assistimos a temporadas completas de séries em DVDs que encontrávamos em lojas de caridade.

James era muito mais *doméstico* do que eu. Lavava e passava seus lençóis toda semana e tinha ideias específicas sobre amaciante de roupas. Eu nunca tinha lavado minha própria roupa. Não sabia que as roupas poderiam pegar mofo se ficassem na máquina de lavar por muito tempo.

— Você está com cheiro de ogro — comentou ele, um dia.

Cheirei debaixo dos braços, surpresa por meu corpo estar quente o suficiente para suar.

— Não, quer dizer, é como se você morasse embaixo de uma ponte. Suas roupas estão com cheiro de água suja.

E coube a ele me ensinar a lidar com roupa suja.

Eu era excepcionalmente estúpida em relação a tarefas domésticas, porque minha mãe nos mimava sem que nenhum de nós percebesse. Eu achava que, por ter tirado as louças da máquina em casa, sabia como uma casa funcionava. Em minha defesa, James era um profissional. Precisou cuidar de si mesmo desde cedo e tinha muitas regras sobre tarefas domésticas. Também tinha uma obsessão por revistas e pegava a GQ, *Take a Break* ou *Hello!* sempre que ia às compras, do mesmo jeito que eu pegava uma barra de chocolate.

Certa vez perguntei por que ele fazia isso, e ele disse:

— Eram meus brinquedos.

— Quê?

— Minha mãe às vezes entrava no nosso quarto e dizia "Vamos embora amanhã", e a gente tinha que encher duas sacolas. Dá pra colocar um monte de revistas numa sacola.

Nada no tom dele procurava organizar a informação como se fosse uma história trágica. Às vezes, ele simplesmente lançava essas informações na conversa, e eu tinha que forçá-lo a voltar para fazer todas as perguntas que ele fazia sobre meu pai dentista, mas James se cansava de responder e mudava de assunto.

Durante o primeiro mês de convivência, fiquei sabendo o seguinte: James nasceu em Manchester e seu pai era viciado e de tempos em tempos ia para a prisão. Tinha duas irmãs mais velhas e uma mãe que amava muito. Quando estava solto, o pai sempre tentava rastrear a família na tentativa de se juntar a eles, mas a mãe de James pegava os filhos e se mudava. Não fazia isso porque odiava o pai de James. Fazia isso porque o amava, sabia que não podia dizer não a ele e que, se concordasse, a vida dos filhos ia piorar. Ela também estava tentando se recuperar. Quando James tinha nove anos, ela os levou para a Irlanda, onde logo conheceu seu padrasto, e desde então ele morava em Cork.

O sotaque inglês havia quase desaparecido, mas ele ainda usava palavras esquisitas. Chamava a faculdade de "uni" — algo de que eu gostava porque "Rachel está indo para a uni" fazia com que me sentisse ótima e alegre em relação à minha educação.

Contei a ele sobre minha conversa com o dr. Byrne enquanto estávamos debaixo de dois edredons, comendo um *chow mein* que vinha em um saco da seção de congelados do Tesco e cujas castanhas nunca descongelavam de forma adequada. Os dentes deslizavam por elas e partículas de gelo crocante caíam na língua.

— Ai, meu Deus, a gente precisa transformar este evento em algo realmente glamoroso — disse ele.

— O quê? Como?

— Vamos exigir traje a rigor.

— James! Não! É o lançamento de um livro, não uma festa de gala.

— Tudo bem, mas use uma saia. Ah! E você tem que apresentar ele.

— Apresentar? Para quê?

— Antes da leitura. Você fica no púlpito e diz: "Tenho a grande honra de apresentar..." blá-blá-blá.

— Isso é normal?

— Muito normal. Sim.

Já estive em lançamentos de livros suficientes para saber que, às vezes, o livreiro pode fazer uma breve apresentação e, de certa forma, isso é normal. Mas, para ser sincera, se James me dissesse que era normal tirar a blusa enquanto trabalhava no caixa, eu provavelmente teria acreditado.

Passamos o resto da noite pesquisando Deenie Harrington, que tinha trinta anos e era editora-sênior da editora do dr. Byrne. Não havia muito mais para "pesquisar", exceto por algumas fotos granuladas dela em eventos editoriais.

— Meu Deus — comentou ele, dando um zoom no rosto dela —, ele gosta mesmo dos vitorianos.

Era fácil entender o que ele queria dizer. Deenie tinha cabelo preto brilhante e o tipo de olhos esbugalhados que se vê em retratos da época. Tinha nariz pontudo, queixo arredondado e a bela aparência de uma pessoa acadêmica, mas ligeiramente peculiar.

Mesmo assim, dava para perceber que era uma boa pessoa. Estava sempre sorrindo nas fotos, um sorriso caloroso e nervoso, e tinha uma queda por faixas de cabelo de seda no estilo dos anos 1970 com uma variedade de estampas chamativas.

— Ela tem cara de ser uma piranha destrambelhada — falou James, "destrambelhada" sendo outro termo que ele manteve desde a infância.

James não tinha vida amorosa, então estava disposto a investir muita energia na minha. Acho que teria deixado de lado a paixão pelo dr. Byrne se James não estivesse lá, incentivando-me. Ele queria que eu tivesse um caso glamoroso e emocionante depois de Jonathan, mas também estava interessado no drama. Queria organizar tudo, como se fosse uma sessão de fotos para a revista *Heat*.

— Estive pensando — anunciou ele, alguns dias antes do lançamento. — Assim que a parte das bebidas terminar e todo mundo for embora, a gente vai obrigá-lo a ficar.

— De que jeito?

— Vamos fazer ele assinar todos os exemplares do livro. Enfiar ele no depósito. Aí você pode seduzir ele.

Essa era uma técnica de sedução roubada do *Empire Records*, um filme a que assistimos muitas vezes porque era sobre jovens do varejo.

— No *depósito*?

— Você nunca fantasiou transar com alguém no depósito?

Claro que sim. James também sabia disso, então não sei por que estava perguntando. Já estávamos num estágio em que eu havia contado a ele minha obsessão por desconhecidos em espaços fechados.

Recebi um e-mail de Deenie Harrington na manhã do lançamento perguntando se ela poderia passar na loja uma hora mais cedo para deixar o vinho. É claro, eu disse a ela.

Eu me senti como uma criança cujo amigo imaginário estava começando a morder as pessoas. O jogo já tinha ido longe demais. E era isso mesmo, um jogo. Uma coisa para manter James e eu entretidos enquanto esperávamos aquele janeiro gélido terminar.

Na verdade, eu não queria iniciar um caso com meu professor. Era uma ideia ridícula. Havia também o fato incontornável de que o dr. Byrne não demonstrara o menor interesse sexual por mim.

Quando cheguei ao trabalho naquela tarde, Ben estava atrás do balcão com duas grandes caixas de *A dieta de Kensington*.

— Rachel, isso é sobre, tipo... história? — perguntou ele.

— História e literatura. A história da literatura.

— Certo. Não sobre dietas.

A capa trazia a foto da rainha Vitória, ainda jovem, bem como uma caricatura política de uma pessoa faminta. Não parecia nada atraente.

— Eu nunca falei que era sobre dietas.

— Você falou que foi escrito por um nutricionista.

— Eu falei que foi escrito pelo meu professor de literatura. O dr. Fred Byrne. De onde você tirou nutricionista?

— Não sei. Achei que fosse a dra. Gillian McKeith. Por que... por que estamos lançando isso?

— Tem bastante burburinho — respondi, e me afastei.

Mas não consegui parar de me fazer a mesma pergunta o dia todo. Como aquilo tinha saído do controle de um jeito tão absurdo? James e eu não sabíamos nada de nada sobre lançamentos. Imprimimos alguns panfletos e os espalhamos pela loja, panfletos que não estipulavam nem esclareciam se *A dieta de Kensington* era uma dieta de verdade. Havíamos escrito "gratuito!" na folha, e agora eu estava começando a me preocupar com a possibilidade de o meu adorado professor estar prestes a ser humilhado por uma multidão de pessoas em busca de conselhos sobre carboidratos.

Deenie chegou às quatro da tarde. Pediu para me chamarem. Deixando os olhos esbugalhados de lado, ela era muito atraente ao vivo. Eu estava segurando uma pilha de *A ajuda*, de Kathryn Stockett.

— Oi — disse ela. Sua abordagem, em todas as coisas, era uma estranha mistura de timidez e autoconfiança. Era como se fosse confiante sendo tímida. — Só queria dizer oi. Sou a esposa do Fred.

Sou a esposa do Fred. Por que não disse que era a editora dele? Ela não tinha adotado o sobrenome dele, então a importância que dava para o fato de ser visivelmente casada era insignificante.

— Estava torcendo para vocês terem algum tipo de cozinha onde colocar o vinho para gelar. Trouxe umas bebidinhas sem álcool também, pois pode apostar que sempre vem uma grávida — explicou ela.

— Será?

— Ah, no setor editorial, sempre. — Ela sorriu. Tinha dentes muito pequenos. — Além disso, queria agradecer a você por organizar tudo isso.

— Ah, bom. — Dei de ombros e larguei *A ajuda* no chão. — A livraria já tinha captado muito burburinho em torno do livro. Só liguei os pontos.

— Certo. E quando você percebeu o burburinho?

Ela não teve intenção de parecer convencida. Embora tivesse conseguido explicar o lançamento do livro ao dr. Byrne apelando à sua vaidade, eu nunca conseguiria enganar Deenie. Como sua esposa, ela podia *achar* que ele era o maior autor de sua geração, mas, como sua editora, provavelmente tinha uma pilha de dados que provavam que ele não era.

— Bom, eu não sabia nada do livro — respondi, tentando permanecer casual, minhas entranhas virando lama. — Não até o dr. Byrne perguntar e eu ver que tínhamos muitas encomendas antecipadas. Todas de clientes.

— Encomendas de clientes. Que interessante.

— Todo mundo adora as aulas dele na universidade. Ele tem muitos fãs.

Deenie Harrington me examinou com seus olhos esbugalhados e tentou decifrar meu interesse pelo marido dela. Existem muitos clichês sobre homens professores de inglês e suas adoradas jovens estudantes para justificar seu estado de alerta. Ela mesma tivera aulas com ele, ainda que como estudante de mestrado.

É assim que é amar um homem não confiável, ou ter um emprego insustentável, ou um pai instável, ou um filho doente. É o traje que se veste em qualquer ocasião, complementando-o segundo as inseguranças que caem bem e as ressalvas que emagrecem mais. Mas temos idades próximas; mas eu ainda era aluna dele; mas estamos apaixonados; mas quem garante que ele não vai se apaixonar de novo.

— Trabalhar juntos deve ser divertido — comentei, sem muita convicção.

— É. Nos dias em que ele aguenta ser editado. — Ela revirou os olhos um pouco e sorriu para confirmar que estava só brincando. — Bem, te vejo mais tarde. Foi bom finalmente conhecer você.

O "finalmente" ressoou entre nós, pequenos tremores secundários de um desastre natural. Dei um passo para trás, e ela saiu da livraria.

Eram quatro horas. O lançamento deveria começar às seis e meia. Eu seria a anfitriã, enquanto James iria trabalhar no caixa atendendo os clientes de fim de noite.

Deenie queria descobrir se eu era o tipo de garota que tem paixões imprudentes, mas não correspondidas, pelos professores, ou o tipo de garota que orquestrava lançamentos em livrarias para seduzi-los. Não acho que tenha encontrado uma resposta. Eu era esquisita, alta e não era magra. Não era nada parecida com ela. Mas quem sabe, ela deve ter imaginado, ele estivesse se aproximando da crise da meia-idade, e talvez parte disso fosse querer uma pessoa ingênua que o lembrasse principalmente de si mesmo.

Se naquele dia ela tivesse encontrado uma resposta, não sei qual seria o plano. Não acho que teria me ameaçado. Ela era, acima de tudo, uma pessoa extremamente gentil.

7

Quando somos jovens, tendemos a viver de absolutos. Na minha cabeça, havia apenas dois caminhos para o lançamento do livro. Ou seria catastrófico e uma humilhação profunda, ou seria o melhor lançamento na história dos eventos pequenos sem serviço de bufê.

A verdade estava, como sempre, em algum lugar no meio. Choveu muito a tarde toda, o que me fez cortar mentalmente pelo menos dez pessoas da lista de convidados. Vendemos alguns exemplares, a mesa que dedicamos ao livro conferiu a ele um senso de importância, e fizemos questão de avisar a todos que compraram um exemplar que o autor faria uma leitura naquela noite. Ben, após superar a decepção com o fato de o livro não ser da dra. Gillian McKeith, estava começando a se referir àquela noite como um "teste" para outros lançamentos, falando com entusiasmo de desenvolver um "relacionamento" com Deenie e sua editora. Na tentativa de consolidar esse relacionamento, ele saiu para comprar batatas fritas no Tesco. Recusou-se a chamá-las de batatas fritas; para ele, eram uma "refeição leve".

Não falei muito com James naquele dia, e fiquei grata por isso. Sabia que ele faria muitas piadas sobre aquela ser "a grande noite" e não queria falar para ele que o plano nunca foi algo sério de verdade. Queria que todos nós fingíssemos que era um evento normal para um autor local e que a vida ia continuar de forma tranquila depois disso.

O dr. Byrne chegou pouco depois das seis. Vestia um paletó esporte cinza-escuro e um par de brogues bege, ambos respingados de chuva. Estava bonito e retraído, como uma flor resistente que sobrevivera bravamente a uma chuva excessiva. Percebi então até que ponto minha paixão havia chegado, embora tivesse decidido não fazer nada a respeito. Admirava o dr. Byrne quando era meu robusto e intenso professor. Ele fazia com que me sentisse melhor estudando literatura inglesa durante uma recessão, porque era um professor que agia como os professores dos filmes. Acrescentava peso à grande inutilidade de meditar sobre textos estabelecidos. Mas, nas últimas semanas, minha adoração ao herói se transformou em algo mais nodoso, mais texturizado. Ele ficara muito feliz em acreditar em mim sobre as encomendas, e eu queria protegê-lo das muitas decepções do mundo, até com meu corpo, como faria com um bebê ou um cachorrinho.

Além de tudo isso, ele foi o único homem que conheci que me dava a sensação de ser pequena, e me sentir protetora em relação a alguém fisicamente maior que eu foi como uma droga pesada.

— Ai, meu Deus — disse James, quando o viu do outro lado da livraria. — Aposto que o pau dele é enorme.

— Cala *a boca.*

— Você está usando uma calcinha limpa? Não colocou uma daquelas calcinhas de ogro que mora debaixo da ponte, né?

— Não vou discutir isso aqui.

— Ninguém tira férias no pântano.

— James!

— Só estou falando.

Eram coisas como essa que achávamos histericamente engraçadas em casa, mas James às vezes as arrastava para a vida pública, onde eu ainda tentava ser a Garota da Livraria. Queria ser capturada num raio de sol, com uma aparência elegante e melancólica, possivelmente escrevendo um poema. Tentei durante anos, e precisei chegar nos vinte e poucos para perceber que isso só acontece com mulheres de baixa estatura.

Mas, mesmo assim, *estava* usando uma calcinha bonita.

Eu me aproximei do dr. Byrne pela lateral, como se não quisesse assustar um cavalo, e ele me dirigiu um sorriso largo e nervoso. Rescendia à chuva e a cigarro.

— Olá. Você e sua esposa se desencontraram por pouco — comentei.

— Quando?

— Ah... umas duas horas atrás. — Eu fiquei me balançando. — Ela parece legal.

Ele só assentiu, e pensei: *Que direito eu tenho de dizer a esse homem adulto que a esposa dele é legal?*

— Estamos bastante animados com essa noite. Todo mundo na livraria — falei.

James se aproximou, prova de que outras pessoas trabalhavam lá.

— Olá. Só queria dizer que seu livro é fantástico. Comecei a ler no almoço. Já estou no capítulo dois. Incrível — disse ele.

Fred Byrne sorriu, agradecido.

— É mesmo?

— É. E sou um leitor inútil. Mas, tipo, cresci na Inglaterra, e ninguém ensina nada disso lá. É tudo o Império isso, o Império aquilo, ninguém conseguiria nem segurar o próprio garfo e a própria faca se o Império não tivesse ensinado a fazer isso.

— Tem toda razão — respondeu o dr. Byrne, com sua confiança de sala de aula começando a voltar. — E quando você se mudou para cá?

— Em 1997. Minha mãe se casou com um fazendeiro.

— De onde você é?

— Fermoy.

— Ah.

— Eu sei. Não se preocupe. Também não tenho nada de bom a dizer sobre Fermoy.

— Não é tão ruim.

— Nenhum lugar é ruim demais se você tiver um aparelho de DVD no quarto.

— Meu Deus, se ao menos tivéssemos isso quando minha família se mudou para o Canadá.

A cada palavra dita, eu sentia que me tornava cada vez mais invisível.

— Você morou no Canadá? — perguntei, a voz estranhamente estrangulada.

— Por poucos anos — respondeu ele, e nesse momento Ben apareceu com uma tigela da "refeição leve".

No final, cerca de trinta pessoas compareceram. Vinte e duas eram amigas, familiares ou colegas de trabalho dos Harrington-Byrne.

O restante eram andarilhos ou pessoas que estavam tentando se abrigar da chuva. Fiz uma apresentação curta e borbulhante, adaptada do comunicado de imprensa escrito pela esposa dele. Depois o dr. Byrne leu a introdução do livro, e lembro de ter a sensação de que a sua escrita não era nem de longe tão interessante quanto ele mesmo era. O livro oscilava entre declarações grandiosas destinadas a render uma manchete na seção de cultura do *Irish Times* ("em toda a arte irlandesa, seja Yeats ou The Corrs, a longa sombra da fome ainda persiste") e excertos longos e desviantes sobre como os irlandeses não só passaram fome literalmente, mas continuaram a passar fome, no nível da alma, por culpa dos britânicos. O dr. Byrne quase parecia pensar que a fome era uma coisa boa. Parecia achar que os livros e pinturas mais valiosos surgiram durante a crise da praga da batata, e me perguntei se Deenie alguma vez pedira para o marido se acalmar um pouco.

Eu me perguntei de que modo o *Hibernian Post* poderia ter feito a cobertura de um livro assim, ou se nós sequer faríamos a cobertura dele. Desde que me tornei editora, tenho pensado se o dr. Byrne ia entrar em contato conosco para apresentar livros subsequentes e o que eu diria se ele o fizesse. Acho que faria uma resenha na edição de fim de semana, com quinhentas palavras e escrita por mim mesma. Penso que seria generosa, usando expressões como "*tour de force*" e justificando para mim mesma dizendo que havia agora um mercado muito maior para reflexões culturais sobre a opressão irlandesa. Nos últimos anos, nos sentimos confiantes e abertos para ouvir como fomos injustiçados.

Naquela época, não havia tanto apetite pelo assunto. Tínhamos a nós mesmos em baixíssima conta. Eu me lembro de, em um domingo, ir para casa e começar a repetir as teorias do dr. Byrne sobre a fome como uma tentativa de genocídio, e depois de o meu pai dobrando o jornal para me encarar.

— O que eles deveriam fazer? —perguntou ele, referindo-se aos ingleses. — Éramos estúpidos demais para cultivar qualquer outra coisa.

Após a leitura, o dr. Byrne foi levado a uma mesa onde costumávamos empilhar os "livros de banheiro". Amigos e colegas fizeram fila para falar com ele. Um fotógrafo do *Evening Echo* apareceu para tirar fotos para o diário social. Ele foi conduzido por Deenie, que parecia conhecê-lo, e o dr. Byrne posou para fotos, segurando o livro em diferentes posições. O fotógrafo cumpriu o mesmo papel que um palhaço teria na festa de aniversário de uma criança. Havia uma sensação de que, sem ele, aquele momento seria apenas um bando de adultos que se conheciam e estavam dispostos a participar da encenação de que um deles era famoso por um dia. Parecia um ato revolucionário de bondade, como a Fundação Make-A-Wish, mas para homens benquistos que se aproximavam dos quarenta anos.

Tudo acabou por volta das nove da noite. Os amigos foram para um pub e o dr. Byrne, sem qualquer sugestão de nossa parte, disse que ficaria na livraria para autografar os exemplares excedentes. Deenie ficou na ponta dos pés e o beijou, disse que o veria no pub. Fiquei irritada com a ponta dos pés, a expressão desajeitada de pequenez dela. Pequenina Deenie. *Foda-se*, pensei. *Vou dar pro seu marido só por causa disso.*

Como sempre, estava me adiantando. Ben queria que primeiro eu organizasse as prateleiras, que haviam sido desarrumadas por todos os amigos irrequietos do autor. A seção de ficção de capa dura estava uma zona. James pôs uma música, conectando seu iPod antigo ao cabo auxiliar. Mais Paul Simon. "You Can Call Me Al" era a nossa música de arrumação de fim de expediente, quando cantávamos em voz alta pelas estantes. Foi estranho que o dr. Byrne estivesse presente naquele momento. Mas ele parecia gostar, assinando seus livros no balcão e cantarolando conosco.

Ben me obrigou a colocar a mesa de volta no lugar, e empilhamos os livros de banheiro em cima dela. Discutimos se *Orgulho e preconceito e zumbis* pertencia à categoria "humor" ou "ficção". Depois ele levou os caixas para cima para começar a contabilidade do dia.

"Under African Skies" começou a tocar, e percebi que estava sozinha. O chão estava limpo, todos os livros bem arrumadinhos no devido lugar. As luzes da loja, que funcionavam por sensor de movimento, haviam se apagado no restante do pavimento. Eu estava na penumbra, com só uma lâmpada fluorescente acesa acima de mim.

Perambulei, confusa, como uma garota perdida em um mundo paralelo cujas diferenças ainda não estavam claras. Por fim, decidi que o dr. Byrne e o restante da equipe haviam ido para o pub sem me avisar. Ou talvez tivessem me contado, gritado nos alto-falantes, e eu não tivesse ouvido.

Havia meia caixa de *A dieta de Kensington* que não cabia nas prateleiras, então a peguei e fui até o depósito. Onde estava o dr. Byrne, e onde James parecia tão pequeno nos braços dele que levei um segundo para perceber que não estava sozinho.

8

Se quiserem saber quanto tempo fiquei vendo meu professor beijar apaixonadamente o meu melhor amigo, diria que foi pouco mais que um "vislumbre" e pouco menos que uma "contemplação". O tempo desacelerou e me permitiu assimilar detalhes que, de outra forma, eu nunca teria notado. O fato de as mãos do dr. Byrne estarem no cabelo castanho desgrenhado de James e de serem tão grandes que cobriam a orelha esquerda de James por inteiro. Dava a impressão de que ele segurava James com tanta intenção que a cabeça do James parecia um melão que ameaçava rolar ladeira abaixo.

Mesmo se o beijo não fosse uma traição, ainda assim eu teria ficado mesmerizada. Se estivesse acontecendo na rua, eu teria diminuído o passo para assistir. Não se tratava só do fato de serem homens. Era o fato de que ambos estavam tão envolvidos no beijo que tentavam mutuamente impedir que o outro escapasse. Fred Byrne, com as mãos firmes no pescoço e no crânio de James, e James empurrando o corpo com tanta força contra o dr. Byrne que este parecia que ia ter de arrancar James fisicamente se quisesse parar de beijá-lo.

Coisa que ele não fez.

Eles devem ter ouvido a porta do depósito batendo. Ninguém me seguiu ou gritou para eu esperar. Permaneci na livraria por alguns segundos, depois peguei minha bolsa e corri para casa.

Da loja até a nossa casa, na rua Shandon, eram dezesseis minutos de caminhada. No caminho, disse a mim mesma o que faria assim que entrasse: colocar a chaleira no fogo, vestir o pijama e me enfiar debaixo das cobertas para chorar. Já havia parado de chover, mas as ruas estavam cheias de poças. Fiquei tão atordoada que continuei pisando nelas e, quando cheguei em casa, estava molhada até os joelhos.

Mas tudo o que consegui fazer foi ficar na cozinha e tremer, comendo punhados de cereal direto da caixa. Quando comecei a sentir a boca seca, abri uma das latas de Coca Diet que James sempre tinha na geladeira e bebi tudo em três goles. Desejei desesperadamente ter alguém com quem conversar. Não havia ninguém. Tinha criado um mar de problemas para os quais James era o único navegador, porque era a única pessoa que sabia da minha paixonite pelo dr. Byrne. E não havia ninguém a quem eu pudesse contar da traição de James sem trair James ao mesmo tempo. Mesmo no meio da minha fúria sabia que James poderia encontrar alguém igualmente interessante com quem dividir a casa no dia seguinte, mas para mim só havia um James.

Eu me perguntei se aquela era sua primeira experiência homossexual. Fiquei preocupada com a possibilidade de os meus sentimentos feridos serem, na verdade, homofobia reprimida; então pensei que, se James fosse uma garota, eu teria ficado muito mais furiosa.

Quando ele por fim chegou em casa, eu ainda estava na cozinha, tremendo como um pinscher assustado. James largou as chaves na mesa do corredor. Esperei por mais alguns passos. Não ouvi nenhum.

— Rache — disse ele. Então repetiu o chamado, dessa vez direcionado para o andar de cima. — Rache!

Não havia porta entre a cozinha e a sala. A cozinha estava mais para um beco que levava ao banheiro que um cômodo de verdade. Ele parou quando me viu.

— Tudo bem — disse ele.

— É isso, então? — respondi, sem fazer contato visual. — Você saiu agora?

— Como assim?

—É que não vejo sentido em você estar no armário e eu dizer para as pessoas que você é hétero se você vai transar com meu professor — retruquei.

— O que você *dizer para as pessoas* que sou hétero tem a ver com isso?

Encontrei uma fonte de raiva, algo que não fosse minha própria vergonha por ter perdido o dr. Byrne.

— Eu te *defendi*. As pessoas me perguntavam se você era gay e eu dizia que *não*.

— Você acreditava nisso? — perguntou ele, com calma.

— Não! Mas você era meu amigo. *Eu* estava sendo uma boa amiga.

Ele baixou os olhos para minhas meias encharcadas.

— Você está congelando. Vem, vamos lá para cima — disse ele.

Subimos as escadas como um casal de idosos, segurando o corrimão. James vestiu um pijama. Depois me deu um dos seus, sabendo que todos os meus estavam pendurados no varal de chão no andar de baixo. Eram macios e tinham um cheirinho de limpeza, como tudo o que ele tinha e como eu nunca consegui reproduzir, não importa o truque de lavagem que tentei desde então.

Vesti a camiseta cinza enorme e a calça cinza enorme no meu quarto. Como sempre, parecia um lugar onde um porteiro noturno poderia dormir entre os turnos. As roupas simplesmente caíam onde eu me mexia, e a colcha vivia amarrotada. Havia uma lanchonete que vendia peixe e batata frita perto de nós, e, certa noite, enquanto esperávamos nosso peixe, notei um balde de maionese industrial vazio atrás do balcão. "Posso ficar com isso?", perguntei na época. James ficou incrédulo. Levei o balde para casa e o usei como cesto de roupa suja. Até hoje, ele se refere a esse período de nossas vidas como Os Dias do Balde de Maionese.

— Você vem? — gritou James, e entrei no quarto dele, limpo e quente, e me deitei na cama.

— Sinto muito — falei, assim que a luz se apagou.

— Não, eu sinto muito — disse. Dava para sentir a respiração dele no meu rosto. — Ele era seu.

— Não, não. Nunca foi meu.

Nos anos que se seguiram, ouvi tantas vezes sobre a noite em que James foi beijado por Fred Byrne pela primeira vez que sinto que estava lá, vivenciando cada momento. Eu me sinto assim em relação a muitas coisas da vida de James. Passo por certas estações em longas viagens de trem e penso: *Sandhurst. Quando foi que estive em Sandhurst?*. E então lembro que nunca estive lá, mas que James morou lá por um ano na década de 1990.

Em algum momento, enquanto discutia com Ben sobre *Orgulho e preconceito e zumbis*, o dr. Byrne fez uma piadinha com James sobre não ter ilusões de que as muitas cópias autografadas de seus livros seriam vendidas. Perguntou se a livraria ia ficar sem dinheiro em caixa; e se perguntou se deveria se sentir culpado, já que os tempos estavam difíceis.

— Não se sinta mal — respondeu James. Em seguida, mencionou um livro de memórias de um político caído em desgraça que atualmente ocupava metade do estoque. O político era um daqueles caras envolvidos em esquemas de envio de subornos em envelopes marrons e que aparentemente eram responsáveis pela queda do país. — Ele assinou todas as cópias, então não podemos devolver. Agora só usamos para impedir a entrada de água em dias chuvosos. É tipo uma represa.

Sendo aquele um dia chuvoso, Fred Byrne perguntou se podia ver a represa da traição política. Em dado momento, James sentiu uma mão na lombar. Só um roçar, a palma quente da negação plausível. Ele virou o rosto e lá estava ele. Grande, bonito e se sentindo, talvez, como se merecesse um presente glamoroso na sua grande noite. Enquanto eu tentava desesperadamente ser a Garota da Livraria, James estava sendo, sem esforço, aquela coisa mais rara e mais bonita: o Twink da Livraria.

Muitas vezes perguntei a James por que ele não saiu do armário antes. Deixando a vergonha e o terror de lado, ele simplesmente não sentia necessidade. Se assumir, ele me lembra, é uma decisão política e não prática. Pelo menos para os homens homossexuais. Ele fazia parte de uma cultura altamente sexual e profundamente clandestina durante centenas de anos. As pessoas só começaram a se assumir de verdade depois da AIDS. Sempre houve homens que *sacavam* sem precisar de aviso. Fred Byrne era um desses homens, mas houvera outros. Antes houvera banheiros, cozinhas de funcionários e, sim, depósitos.

Fiquei impressionada com isso. Eu, Rachel Murray, passara minha curta vida adulta decepcionada porque homens aleatórios não queriam fazer sexo comigo em lugares aleatórios, enquanto James fazia isso sempre.

— Sempre, não. Nem sequer com frequência — corrigiu ele.

Aos vinte e dois anos, ele tivera menos de dez dessas experiências. Mas eram sexy e difíceis de esquecer, e ninguém nunca sabia quando a próxima ia acontecer. Só havia uma certeza: quando pintava uma chance, ninguém dizia não.

— Você sempre pode dizer não — falei, pensando que ele estava se referindo a consentimento.

— Não. — Ele balançou a cabeça. — Você não está me entendendo. Estou falando de mim. James Devlin. Eu *não consigo* dizer não. — Ele parecia genuinamente arrependido. — Sei que ele era seu, Rachel, mas, sejamos honestos, você nunca ia dar em cima dele de verdade e nós dois sabíamos disso.

— É. — Eu suspirei. — Não ia mesmo.

James era legal demais para dizer: *E, para falar a verdade, ele nunca teria dado em cima de você mesmo.*

Estava desesperada para saber mais informações sobre Fred Byrne. Achei que os dois trepando por vinte e cinco minutos no depósito da O'Connor depois de fechar significava que James tinha baixado todo o arquivo com a autobiografia do dr. Byrne em sua cabeça.

— Ele faz muito isso, então?

— Não sei.

— Ele é secretamente gay? Ou só, sabe, bissexual às claras?

— Não faço ideia.

— A esposa dele sabe?

— Nenhuma pista.

— Vocês não falaram nada da esposa dele?

— Curiosamente, ela nunca foi mencionada.

Descobri apenas alguns fatos sobre o dr. Byrne naquela primeira noite, e foram os seguintes: tinha mesmo um pau enorme. Usava boxers. E, depois de terminarem, ele não ficou encharcado de vergonha e distanciamento, como acontecia com muitos homens casados. Na verdade, ao ser conduzido para fora do depósito, ele beijou James, com muita suavidade, na nuca.

9

Na Irlanda, a primavera começa em 1º de fevereiro. Acho que é uma coisa pagã, porque com certeza não tem nada a ver com o clima. Em geral, fevereiro é um mês nublado, gelado e com poucos brotos verdes visíveis pelos portões do parque Bishop Lucey.

No entanto, aquela primavera foi diferente, porque James e eu éramos os brotos verdes esperançosos, que se moviam pela terra congelada a uma velocidade totalmente nova.

James tinha se assumido oficialmente para uma pessoa, e essa pessoa era eu. Isso abria as portas. Há uma foto nossa numa página do Facebook em algum lugar, participando de uma noite burlesca num clube gay. Eu, com um espartilho vermelho e calça jeans preta, os seios chegando às orelhas, a gordura branca escorregando pelo cós da calça. Ele, vestido como o mestre de cerimônias de *Cabaret*, isso se o mestre de cerimônias de *Cabaret* tivesse que se vestir para o inverno. Se olhássemos a foto agora, diríamos que ele estava fantasiado de mímico devido à maquiagem branca espessa demais.

Quando comecei a maquiar a cara dele, James estava sentado numa cadeira de jantar de madeira dura na nossa sala de estar, e cada um de nós estava bebendo da própria garrafa um vinho de quatro euros chamado Marqués de Léon. Só dava para comprar aquele no Tesco; quando estava quente, a bebida tinha gosto de mijo e, quando estava muito frio, não tinha gosto de nada. Nós o bebíamos com muito gelo e bem depressa.

Passei ruge no rosto dele e desenhei linhas pretas nos olhos. Preenchi o lábio superior com delineador líquido.

Ele se olhou no espelho do meu pó compacto.

— Rachel, não. Ainda parece eu.

— Não sei o que você quer que eu faça. Não sou maquiadora.

— Mais branco. Tipo uma máscara.

Comecei a pintar o rosto dele com um pincel culinário que achamos na casa quando nos mudamos e que cheirava a óleo de girassol.

Naquela noite dançamos "Coin-Operated Boy", dos Dresden Dolls, e "Babooshka", de Kate Bush, e sim, músicas do próprio *Cabaret*. A dançarina burlesca tinha um bambolê e, por alguns minutos, ele pegou fogo. Em algum momento, James descascou, o suor dissolvendo a pintura de palhaço, e acabou colado em um garoto em um canto. Não sei o que fiz. Não me lembro de ter ficado entediada, ou solitária, ou me sentido como um acessório da vida sexual dele. Também estava começando a me descobrir.

Diabos... *Eu estava usando um espartilho em público.*

Quase sempre estava no fumódromo, com algum outro rapaz gay, ou com um grupo deles. Comecei a perceber que tudo de que realmente gostava quando criança — *A morte lhe cai bem*; o conceito de Bette Midler; puxar a gola da camiseta em volta do ombro e depois posar no espelho, beijando a si mesma de leve — era muito, muito gay. Tinha uma mentalidade *camp*. Selecionava certas citações, certas mulheres, certos micromomentos da cultura pop. Minhas citações eram vagamente apreciadas pelo dr. Byrne ("o que é o seu corpo agora senão uma estrada de fome?"), mas eram abraçadas com entusiasmo pelos homens aleatórios que conhecia. "Ele não parece maior que o *Mauretania*", falei uma vez para um garoto que apontava para um homem enorme na pista de dança com quem queria transar. Ele agarrou minha mão e riu, e nós recitamos partes do *Titanic* por boa uma hora. A "boa" é tanto porque durou mesmo quase uma hora quanto porque realmente foi uma boa parte. Para mim, pelo menos.

Olho muito a foto da noite burlesca. Associo muitas lembranças a ela, lembranças de outras noitadas a que fomos juntos, mas das quais não temos fotos. Noites temáticas de gente queer e agregados com sugestões de fantasias específicas, bares gays que pagavam pelas participações dos Vengaboys, festas realizadas pelos estudantes de teatro da UCC para arrecadar fundos para a próxima peça. De vez em quando, via um fotógrafo do clube passando por James e qualquer garoto que estivesse beijando, dava um tapinha no ombro dele e educadamente pedia para cair fora.

— Só saia do armário — falei uma vez, a caminho de casa. Estávamos comendo batatas fritas, queijo e molho de alho. — Por que você se dá ao trabalho de esconder? De qualquer forma, a maioria das pessoas já presume que você é gay.

— Minha mãe — disse ele. — Ela ia ficar muito abalada. Acho que já se preocupa muito comigo.

Isso me pareceu uma desculpa esfarrapada. Afinal, a mãe dele havia se casado com um viciado em drogas, um criminoso. Ela sabia como o mundo funcionava.

— Você já parou para pensar que ela talvez já saiba?

Ele fez uma careta para mim.

— Só não quero que as coisas mudem.

— Mas elas estão mudando. Já *mudaram*.

Não íamos apenas a noitadas gays. Ainda saíamos com nossos amigos da livraria, que tinham dado um jeito de se expandirem e se transformarem nos nossos amigos da loja de música, amigos da Topshop, amigos da HMV. Sem me dar conta, reuni nomes de cerca de uma centena de pessoas com idades entre os dezoito e os trinta anos que trabalhavam em empregos de meio período na cidade de Cork, todas com namorados ou namoradas em bandas, na rádio do campus ou trabalhando como agenciadores de casas de espetáculos de música ao vivo.

Havia muitos ingressos para shows circulando. Bandas do Reino Unido que estendiam datas para shows adicionais em Cork no final das turnês como quem estende meias perdidas em um varal. Glasvegas, Dirty Pretty Things, The Pigeon Detectives. E outros, daqueles dos quais ninguém nem se lembraria. Bandas que agora são uma espécie de piada, um atalho para a fama de curta duração e franjinhas alisadas. Mas desempenharam um papel delicioso para nós, um espaço mágico e doce entre a celebridade e a acessibilidade. Apesar de morar há quase dez anos em Londres, que é supostamente a terra dos aspirantes desesperados, nunca conheci o desespero de agarrar a fama como o que conheci em Cork em 2010. Tenho certeza de que todas as cidades pequenas são iguais. Ficamos tão longe de tudo que até mesmo um fragmento de notoriedade pode deixar a gente chapado.

James saiu com alguém de uma dessas bandas. Não estou sendo discreta. Literalmente não lembro qual banda era. Estávamos no show e ele desapareceu, então me mandou uma mensagem uma hora depois para encontrá-lo lá fora. James e eu tínhamos um acordo de que poderíamos desaparecer, mas nunca deixar o outro na mão. Ele nunca iria para casa com alguém se eu tivesse que voltar sozinha, e vice-versa. Ou colocávamos a outra pessoa num táxi ou nos assegurávamos de que estivesse a caminho de uma festa em algum lugar.

Encontrei James do lado de fora do Savoy, congelando na frente de uma minivan aberta.

— Você vem? — perguntou ele, batendo os pés.

Não tinha ideia de para onde estávamos indo. Lá dentro, consegui distinguir quatro garotos ingleses magros se mexendo o tempo todo, que nem aqueles cachorrinhos de brinquedo que balançam a cabeça nos painéis dos carros.

— Claro — respondi.

Na longa e escura viagem de táxi até o Hotel Vienna Woods na cidade de Glanmire — que ficava absurdamente fora do caminho, pelo menos trinta minutos de carro do centro da cidade —, escolhi com qual dos caras da banda, se fosse o caso, eu iria ficar. Já havia uma garota na van. Óbvio que sentada no joelho do vocalista. James estava com o guitarrista. Eu podia escolher entre o baixista e o baterista, fato que teria me dado a sensação de ser mais poderosa se eles não estivessem o tempo todo me perguntando:

— Você tem alguma amiga, gata?

Fiquei com o baterista.

Naquela época, eu estava quase no terceiro ano da faculdade. Tinha lido sobre o Grupo Bloomsbury e sobre Paris na década de 1920. Mas, apesar de tudo, estava cega para o surgimento de uma cena que se desenrolava bem na minha frente. Nunca considerei que as bandas que via, as coisas que usávamos ou as pessoas com quem dormíamos eram as bordas de uma circunferência maior, os elementos de um círculo. Acho que foi assim porque nenhum deles ficou famoso. Ou nunca continuou famoso. Talvez a fama seja o que confere relevância, e não, como sugeriam meus ensaios para a faculdade, o contrário.

O baterista tinha uma daquelas caras em que a pele fica bem rente ao osso. Talvez um ano de turnê o tivesse deixado um pouco mais magro, não de peso, mas de essência. Nós nos beijamos, com as testas coladas, em uma das camas de casal do quarto que ele dividia com o baixista. James estava no cômodo ao lado.

— É verdade o que ouvi sobre as garotas irlandesas?

Ele era do Norte. Leeds, acho.

— O quê? — sussurrei.

— Que todas vocês engolem?

Eu o beijei para fazer ele calar a boca, mas saí logo depois. James veio comigo.

Quanto ao dr. Byrne, tudo aquilo estava se dissolvendo no passado. Foi o catalisador para aquela nova vida juntos, o avanço da franqueza sexual, mas não tocávamos mais no assunto. Em vários sentidos, fiquei feliz por aquilo ter acontecido. Nas primeiras semanas de interação entre mim e James, a razão pela qual ele estava tão engajado em ser meu amigo sempre me deixava um tanto confusa. Agora que eu era a guardiã do seu segredo, sentia que tinha um papel na vida dele. Falei isso para ele uma vez, bêbada, e anos depois do fato. Ele ficou meio horrorizado. Disse que sempre me amou. E que, apesar de eu dizer coisas malucas como aquela, ainda me amava.

A única ocasião em que tinha que pensar nisso era nos meus seminários de quarta-feira, onde o dr. Byrne não dava por mim havia semanas.

Li muitos livros sobre o trauma duradouro de mulheres jovens e seus professores de inglês desprezíveis e corruptos, e o que acontece quando eles transam com a gente. Não li absolutamente nada sobre o trauma de quando um professor de inglês decide *não* transar com a gente. Fred Byrne, que por um breve período me considerara uma parceira de diálogos, agora preferia me ignorar nas discussões do seminário, limitando-se a assentir quando eu falava. Entendia que estava envergonhado e ciente da tênue linha de sigilo que eu representava — afinal, eu tinha o e-mail da esposa dele! —, mas ainda assim senti que era extremamente injusto. Eu não tinha feito nada de errado. Nem *tinha tentado* dormir com ele, exceto na minha cabeça. Às vezes, durante aqueles longos seminários em que gritava com todos na classe, exceto comigo, eu me perguntava se o dr. Byrne havia entendido qual era a minha aquele tempo todo. Talvez tenha ficado com pena por não se sentir atraído por mim e, em vez disso, sentir desejo pelo cara com quem eu morava.

Mesmo assim, pensei, fungando. Isso não significava que tivesse que me privar de educação.

Tentei não dar bola para isso. Em abril, teria me livrado definitivamente das aulas e em maio faria meus exames finais. A época de me relacionar com o dr. Byrne estava começando a passar. Eu me importava cada vez menos com a faculdade, se é que um dia tivesse me importado.

Mas a lei das cidades pequenas fazia com que encontrássemos Fred Byrne mesmo assim. Não era como se o dr. Byrne estivesse nos caçando. Ele era casado demais para isso. Mas em Cork havia uma classe mais antiga de pessoas envolvidas com arte a que ele pertencia, e essas pessoas às vezes tocavam as bordas externas dos nossos grupos. Ele ainda estava na casa dos trinta e não tinha filhos, então ele e Deenie socializavam muito. Nós os encontramos num show do Goldfrapp. Eles compareciam a shows do jeito que eu compareço a shows com meu marido — diversão, jantar primeiro, casa às onze, algo para fazer. Há apenas um curto período na sua vida em que é possível assistir a shows com compromisso espiritual.

— Olá! — falei, muito alto, por cima da música.

— Rachel — disseram os dois ao mesmo tempo, e então acenaram para James.

Deenie não se lembrava do nome dele, e o dr. Byrne não queria dar a impressão de que se lembrava.

Eu não queria que a interação durasse mais que um cumprimento. Ainda estava com raiva do dr. Byrne por me esnobar na aula daquele jeito. James não estava se sentindo tão tímido.

— Vocês dois estão tão elegantes — comentou ele, sem rodeios.

Deenie abriu um sorriso, tão instantaneamente encantada que soube que ela não devia ter a menor ideia a respeito da outra vida do marido.

— Para! Ainda estou me recuperando de um resfriado; nem queria vir hoje. Um amigo da Red FM me deu os ingressos — contou ela.

Será que alguém ainda comprava ingressos para shows naquela época? É por isso que a economia estava arruinada?

Ela ergueu um lenço de papel amassado para provar que estava falando a verdade, e parecia uma bandeira branca de rendição. Ela estremeceu.

— Na verdade, minha cabeça está latejando.

— Rachel tem paracetamol — disse James.

Todo mundo olhou para mim.

— É. Eu tenho. Você quer? — perguntei.

— Rachel é a garota dos comprimidos. Paracetamol, codeína, ibuprofeno. É uma farmácia ambulante — falou James.

Era verdade. Minhas bolsas estavam cheias de pacotes de comprimidos meio vazios, comprados na farmácia que ficava aberta a noite toda, no caminho para casa depois de uma noitada, e isso porque meu medo de ressacas era grande, mas meu desejo de ficar bêbada era maior ainda.

— Codeína — disse ela, os olhos brilhando. — Meu Deus, você me dá um, por favor?

— Só tenho em pacotinhos — expliquei, balançando um deles.

No escuro, parecia um pacote de preservativo.

— Não me importo, vou pegar um copo de água no bar. — Ela riu e balançou a cabeça. — Sou tão rock'n'roll.

— Rache, a rodada é por sua conta — declarou James, erguendo o copo plástico com gelo derretido. — Coca com Bacardi?

— Claro — respondi, percebendo quais eram as intenções dele.

Eu estava caminhando para o bar com Deenie Harrington, atando a gente ao nó sedento da fila.

— Como está a livraria? — perguntou ela, animada. Falei que estava tudo bem. Ela disse que se arrependia de nunca ter trabalhado numa livraria, que a maioria do pessoal do editorial já havia trabalhado, e às vezes ela se sentia excluída. — É engraçado, a maioria das pessoas na indústria musical não trabalhou em uma HMV, mas todo mundo que trabalha com livros trabalhou numa Waterstones.

— Como se entra no mundo dos livros? — perguntei.

Tinha plena consciência de que em poucos meses seria mais uma graduada desempregada com um diploma de inglês, e ninguém na faculdade me dera qualquer pista do que fazer com isso. Não havia anúncios de emprego em folhetos, cartazes e coisas assim. Eu tinha procurado. Os livros pareciam o próximo passo natural, mas tão natural, aparentemente, que ninguém estava disposto a oferecer orientações.

— Ah, tem que ter contatos — explicou ela.

Avançamos na fila das bebidas.

— Desculpe — disse ela, após uma pausa momentânea. — Acabei de perceber o quanto isso foi absolutamente inútil como conselho.

— Ah! Não, de jeito nenhum.

— Meu pai. Meu pai era do ramo.

— Autor?

— Poeta. Nada famoso. Mas conhecido, de certa forma. Alistair Harrington? — Ela ergueu um pouco as sobrancelhas, em busca de reconhecimento. Balancei a cabeça. — Tudo bem. É o tipo de poeta do qual uma pessoa normal nunca ouviu falar, mas, tipo, o Seamus Heaney, sim.

— O poeta de um poeta — respondi.

— É. O poeta de um poeta. Isso me deu uma vantagem na entrevista, eu acho.

O barman estava colocando copos de água no bar. Estendi a mão para pegar um para Deenie.

— Tenho certeza de que você se saiu muito bem na entrevista.

Gostaria de saber naquela época o que sei agora: que é cada vez mais raro uma pessoa que trabalha nas artes admitir que uma ligação sanguínea garantiu seu lugar ali. Sobretudo conhecendo alguém há pouco tempo. A admissão de Deenie, que na época considerei uma conversa educada, hoje em dia a teria tornado querida para mim no mesmo instante.

— Não acho. Passo uma péssima primeira impressão.

Pensei nela na livraria duas horas antes do lançamento do marido, e em como suspeitava de mim. Talvez ela se sentisse mal por isso. Mais do que isso: talvez estivesse arrependida. Ela me observou naquela noite na livraria, com todo aquele meu tamanhão ridículo, e pensou: *Meu Deus, por que fiquei com tanto medo dessa coitada estúpida?*.

Ela ficou tão perplexa com quão pouco ameaçadora eu era que se esqueceu do James, operando bem debaixo do nariz dela.

10

James pensava no dr. Byrne da mesma forma que outras pessoas pensam nas fábricas de filhotes. Era ruim, mas os cachorrinhos já estavam lá, e alguma família legal tinha que ficar com eles. Não queria que Fred Byrne traísse a esposa, mas não havia dúvida de que ele iria trair, então por que não com James?

Não passamos mais tempo com os Harrington-Byrne naquela noite. Nós nos afastamos, conversamos com nossos amigos e fizemos nossas coisas. Mas o coração de James não estava mais presente. E, como ele não conseguia entrar no clima, eu também não conseguia.

— Acho que vou embora. Tenho aula de manhã — falei, por volta das onze horas.

— Eu também — respondeu, e nos dirigimos para a porta.

Assim que saímos do evento, James contou tudo.

— Eu dei nosso endereço para ele — declarou.

— Nosso *o quê*? Por quê?

— Rachel, é estranho falar disso, mas o homem foi a melhor transa da minha vida.

— Não é possível. Não, não foi.

De repente, senti como se ele estivesse falando do meu pai.

— Foi. Sinto que... Não sei. — Ele cuspiu no chão. Fiquei tão chocada que observei o cuspe se espalhar. Aquilo não fazia o estilo de James. — É como se eu estivesse só fazendo lanchinhos, um monte de calorias vazias, mas tudo isso não tem gosto de nada porque não é o que eu quero. O que eu preciso.

— E o guitarrista da semana passada? Foi *calorias vazias*?

— Eu só... — Seu rosto estava retorcido, as mãos no cabelo. — Você viu o beijo, Rachel. Você sabe.

Eu vi. Eu sabia. Isso me deixava louca também. Nunca tinha sido beijada do jeito como James foi beijado no depósito, e, agora que vira James beijando várias pessoas, sabia que ele também não.

— Então ele vai...? O quê? Ir na nossa casa? Abandonar a esposa doente?

Ele não foi na nossa casa naquela noite. Foi na noite seguinte.

Eu estava na cama com James, quando a campainha tocou. Estávamos assistindo a *Absolutely Fabulous*, primeira temporada. A janela do quarto dava para a rua. Ele esticou a cabeça para fora e ficou pálido.

— Cai fora. Desculpa! Mas... você tem que sair! — disse James.

— Para o meu *quarto*? — retruquei, como se estivesse dizendo: "Para a prisão?!".

— Pega meu notebook! E meus fones de ouvido!

Eu nunca o vira daquele jeito, tão perturbado. Por fim, descobri quem estava lá fora.

— É o dr. Byrne? — sussurrei. Estava segurando um sorvete, que começava a escorrer para os lençóis. — Aqui? Agora?

— Meu Deus, só vai para o quarto, tudo bem?

Obedeci, levando um aquecedor comigo.

Eu me deitei na cama, tremendo e ouvindo meu professor se movendo pela minha casinha minúscula. Ouvi os murmúrios de uma conversa educada.

Fiquei pensando nos diferentes objetos incriminadores que povoavam o andar de baixo: o triturador de maconha, a lata inacabada de Coca Diet, o varal de chão que eu nunca desmontava direito, limitando-me a tirar as calcinhas quando necessário. O que era ainda mais embaraçoso era pensar nele olhando minhas estantes. Os livros que tinha organizado com tanto orgulho — os Haruki Murakami, os Mary Wesley, o *Brother of the More Famous Jack* cheio de realces — estavam sendo examinados de forma minuciosa naquele exato momento por alguém cujo trabalho era ler e criticar livros. Que conclusões estava tirando sobre mim lá embaixo? Ele notou que nenhum dos livros que lia nas horas vagas era vitoriano?

A voz do dr. Byrne foi em direção à cozinha. Ouvi um barulho, dois copos colidindo um contra o outro, e então o som do peso de James em cima do balcão.

A quem eu estava enganando?

Por que diabos o dr. Byrne iria à minha casa no meio da noite para criticar minhas estantes? Ele provavelmente já tinha esquecido que eu morava lá também. Eu ainda achava que era o centro da história, a personagem principal, só porque a coisa começara dessa forma.

Implorei a mim mesma para adormecer antes que qualquer barulho de verdade começasse. James levara algumas pessoas para casa nas semanas anteriores, mas sempre depois de uma noitada. Eu estava bêbada e sonolenta, fora de combate antes mesmo de alguém subir, e eles geralmente iam embora de manhã.

Mais uma vez eu os ouvi falar, as palavras eram indistintas, mas o significado era muito claro. O dr. Byrne tinha uma voz meio carinhosa, um timbre persuasivo e sedutor que nunca o tinha ouvido usar. Como o som das abelhas zumbindo, como Yeats disse. Dava para notar que James estava tentando manter a cabeça no lugar. Ele não queria levar o dr. Byrne para cima, não enquanto eu ainda estivesse acordada.

Fui para debaixo das cobertas com o notebook de James, os fones tão enfiados nos ouvidos que faziam cócegas no meu cérebro. Eram só onze da noite. James e eu geralmente só dormíamos depois da uma da manhã, mesmo quando ficávamos em casa.

Desde Jonathan, eu não tinha dormido com ninguém. Eu sei. Estão decepcionados? Houve beijos; houve corpos pressionados contra as várias paredes das casas noturnas da cidade de Cork; houve mãos na minha calcinha. Houve rapazes — bonitinhos, simpáticos — que me acompanharam até em casa depois que a boate fechava, com as jaquetas deles nos meus ombros e suas mãos entrelaçadas nas minhas. Mas sempre que insinuavam que tinham me acompanhado até em casa para fazer sexo, que tinham entendido que eu também queria sexo, eu assumia uma atitude de indignação. "Você acha que sou tão fácil assim?", dizia a eles, fingindo estar chocada com o fato de que um rapaz de vinte e um anos que estava sem paletó em fevereiro, às duas da manhã, pudesse ter segundas intenções. Eu os mandava embora, triunfante, depois ia para dentro e me sentia deprimida, estúpida e com tesão.

Não sei quem estava tentando impressionar. Não queria um namorado; queria romance. Queria paixão; não queria ser alguém conhecida como fácil. Estava desesperada para ser tocada; tinha pavor de estar arruinada.

Tudo o que posso dizer em minha defesa é que estava me desenvolvendo em uma espécie de encruzilhada de mensagens femininas. Penso muito nisso agora. A puberdade nos anos 2000 era a *sextape* da Paris Hilton, as fotos da virilha da Britney Spears e a Amy Winehouse bêbada no *Never Mind the Buzzcocks*, e se isso acontecesse agora, teríamos achado uma maneira de celebrar tudo, mas naquela época era nojento. Pensávamos muito nos abortos que não podíamos fazer e nas meninas presas nos asilos de Madalena. Jurávamos umas às outras, na minha escola feminina, que nunca havíamos nos masturbado e acusávamos umas às outras de fazer isso às escondidas. Além disso, todo mundo se conhecia. Cork era linda e anárquica, mas minúscula.

Talvez por isso a fantasia Fred Byrne tenha sido tão atraente para mim como uma opção para superar o término. Algo que *tinha* de ser mantido em segredo e que garantia toque, estímulo, novidade.

Ainda havia um DVD na unidade de disco. Mais *Absolutely Fabulous*. Coloquei uma blusa de moletom sobre o pijama e assisti à série até adormecer. Eu me sentia uma Edie, desejando ser uma Patsy.

Na manhã seguinte, acordei com um pãozinho de café da manhã embrulhado em filme plástico. Ele aterrissou na minha cabeça, a baguete produzindo um som forte na minha têmpora. James estava na porta.

— Aí está — disse ele, animado. — Obrigado por ter sido solidária ontem à noite.

— Ele foi embora?

— Foi. Acompanhei ele até a estação.

— A estação de *trem*?

A estação ficava a pelo menos um quilômetro e meio de distância e, naquela época, nunca íamos a pé para lugares além da faculdade ou da livraria. Eu me sentei e puxei as cortinas ao lado da cama. O céu ainda estava de um tom azul matinal, as árvores escuras.

— Que horas são?

— Já passou das sete e meia.

— *Sete*?

O dr. Byrne estava indo para Dublin naquela manhã, para algum tipo de conferência relevante para o livro dele. Falara a Deenie que pegaria o último trem na noite anterior e aproveitara a oportunidade para entrar em contato com James.

— Vamos para o meu quarto? — perguntou ele.

Pensei no assunto.

— Você trocou os lençóis?

— Bem lembrado. Me dá dez minutinhos.

Desci as escadas descalça, sentindo-me como se o Papai Noel tivesse estado ali. Acordara muito cedo, tinham me levado um lanche na cama, e alguém familiar, mas ao mesmo tempo misterioso, visitara minha casa enquanto eu dormia. James limpara a sala de estar, e havia uma nova garrafa de suco de laranja Tropicana e algumas bolachas com gotas de chocolate por ali.

Lancei um olhar longo e confuso para o meu amigo. A comida era a linguagem de amor de James, e aquilo tudo indicava que ele estava se sentindo pelo menos um pouco culpado. Eu não sabia se ele tinha motivo. Era muito cedo para pensar direito.

Mas, no geral, por mais estranho que pareça, eu estava tranquila. Não porque fosse uma jovem de vinte anos divinamente liberal e altruísta. Era bastante obcecada por mim mesma, mas também estava acostumada a ser preterida. Aprendera a não levar isso para o lado pessoal. Tinha quase um metro e oitenta de altura desde os catorze anos. Viver com meu amigo gay parcialmente enrustido enquanto ele namorava meu adorado professor era uma novidade para mim; um amigo ou amiga transando com o cara por quem eu tinha uma paixonite, não.

James jogou os lençóis usados escada abaixo e fui acometida em ondas pelo cheiro do dr. Byrne. James nunca cheirava a nada além de desodorante e algodão limpo; o dr. Byrne tinha uma mistura mais densa de odor masculino. Havia algo nele que apertava a base da sua narina, como noz-moscada ou canela.

James olhou para mim do alto da escada, já vestindo a calça de moletom.

— Eu sei — falou ele, observando-me cheirar o ar. — Old Spice. Tão típico.

Fomos para a cama.

— Como foi? — perguntei.

— Quente — disse ele, dando uma mordida no pão recheado do café da manhã. — Você ouviu alguma coisa?

— Não. Na verdade, não.

Ele engoliu, e um pedaço de batata ralada ficou preso na sua garganta. Ele tomou um gole de Coca Diet e tossiu.

— Foi a minha primeira vez. A primeira vez que não é a primeira vez — disse ele, por fim.

— Quer dizer que foi a primeira vez que você transou com alguém pela segunda vez?

— É.

Para mim, aquilo era uma loucura. Eu era o tipo de garota que queria ter namorado. Sexo casual ainda era uma coisa para gente famosa e garotas de quem eu tinha inveja.

— Vocês conversaram sobre o quê?

Ele ergueu a sobrancelha.

— Qual é, vocês devem ter dito alguma coisa um para outro. Ele passou horas aqui.

James parecia sonhador e tímido.

— Ele disse que não conseguia parar de pensar em mim. Desde o lançamento.

Uma pontada de ciúme. Eu a reprimi.

— O que mais?

— Ele recebeu o primeiro boquete no Canadá, de um garoto da fazenda vizinha.

— Uau. Certo.

— E então ele morou nos Estados Unidos por um tempo e às vezes ia a clubes gays.

— Por que ele simplesmente não pode *ser gay*, então?

James me fuzilou com o olhar.

— Tudo bem, desculpa.

— Mas ele também gosta de mulheres, ele diz muito isso. Perguntei da esposa dele.

— Deenie.

— É. — Ele deu mais uma mordida no pão e sujou o queixo de ketchup. — Ele ama ela de verdade. Ela não tem ideia.

Eu me senti um tanto protetora em relação à coitada da Deenie.

— Ele não deve amar a esposa tanto assim se anda escondendo coisas dela. Traindo ela.

James começou a vasculhar o saco plástico da Centra em busca de guardanapos de papel. Ele limpou o rosto.

— É a primeira vez que ele foi na casa de um cara. Pelo menos na Irlanda.

— *O quê?*

— Pois é. — James parecia atordoado, como se o peso da responsabilidade fosse demais. Então afastou a ideia, literalmente balançando a cabeça. — O que é bem provável que seja mentira.

Repassei mentalmente a conversa que os vi ter na O'Connor. Fiquei perplexa. Depois de toda a pose que fiz, Dorothy Parker e o resto. Todas essas tentativas, e o homem estava disposto a romper anos de heterossexualidade depois de uma conversa casual com James.

— Você está me dizendo — comecei, devagar — que o dr. Byrne está disposto a colocar o casamento em risco por causa de uma conversa aleatória em uma livraria sobre aparelhos de DVD e Fermoy?

— Tesão à primeira vista, acho.

Foi uma declaração muito pouco típica de James.

— Foi ele que disse isso, não foi?

— Vamos ver televisão — declarou ele, e colocamos *Absolutely Fabulous* até que ambos voltamos a dormir.

11

O homem do *Toy Show* não tinha mais nada a dizer sobre o dr. Byrne, só queria saber se eu sabia, e fui para casa assim que a transmissão terminou.

Chego em casa e cumprimento meu marido, que tem sido bastante corajoso ao dormir no quarto de hóspedes enquanto minha loucura em alto-mar se desenrola. Ele insiste, porém, que eu o acorde para dizer boa noite quando chego tarde.

— Você está um pouco estranha — diz ele, sonolento, acariciando meu corpo. Estou debaixo do braço dele, uma conchinha bem grande. — Assustada.

— Mais para exausta.

Depois da rua Shandon, não voltei a morar com um homem durante oito anos. Mas ainda lembrava. James me treinou bem. Não se começa grandes conversas à uma da manhã. Os homens não se animam com bate-papos como as mulheres. Espero até que ele durma e depois volto a me levantar para comer e pensar.

Conheci James Carey em abril de 2010 e, assim que ele me disse seu nome, eu respondi: "Desculpe, eu já tenho um desses". Porque eu tinha. O caso com o dr. Byrne estava a todo gás naquela época, mas eu testemunhava muito pouco daquilo. Ainda era o Show de James e Rachel. Eu passava o dia todo na biblioteca, estudando para as provas finais, e o dr. Byrne dava o ar da graça no expediente dele. Passava na nossa casa à tarde, geralmente entre duas e quatro horas, duas vezes por semana. Quando eu chegava, sempre sabia que ele tinha ido lá: lençóis em uma pilha na parte inferior da escada e um vestígio de sua vida de burguês de trinta e tantos anos deixado para trás como um tributo à nossa pobreza. Uma garrafa de vinho bom, tortas de creme, algumas seleções sofisticadas de carne e queijo do Mercado Inglês. Era como se soubesse que não poderia pagar James para transar com ele, mas quisesse contribuir mesmo assim. Para ser educado.

Minhas aulas com o dr. Byrne tinham acabado, sem que nenhum de nós desse sinal algum de ele ter usado minha toalha uma vez depois do banho, o cheiro de seu Old Spice impregnado no tecido que eu usei depois.

James Devlin ainda era minha pessoa favorita. James Carey não podia nem sonhar com ter um primeiro nome, então o chamei de Carey desde o início.

Eu o conheci na porta do Brog depois do horário de saída, quando as pessoas no geral ficavam por ali, fumando e comendo batatas fritas na calçada. Ele era menor do que eu, então logo o descartei como futuro romance. Não ligo se um cara é mais baixo, mas eles parecem ligar de eu ser mais alta. Ficam fazendo piadas e me tratando como seu eu fosse "um deles", dizendo coisas do tipo: "Eu que não gostaria de sair na mão com a Rachel!".

Carey era da Irlanda do Norte, e, se tem uma coisa que dá para dizer sobre esses homens, é que eles sabem quando calar a porra da boca.

Eu me aproximei, querendo filar um cigarro. Nunca comprei cigarros, mas sempre os queria. Ele disse que bolaria um para mim, se eu tivesse paciência para esperar. Então esperei. Ele manteve o filtro encaixado na lacuna existente entre os dentes da frente, o cabelo todo ruivo-claro.

— Qual é o seu nome?

— James.

— Ah, não, desculpa. Já tenho um desses.

— Seu namorado?

— Meu *melhor* amigo. — Apontei para James, que estava conversando com algumas garotas que conhecíamos da Topshop. — Meu colega de casa.

— Onde você mora? Com seu colega de casa?

— Na rua Shandon.

— Perto do peixão?

— Perto do peixão.

— Se você já tem um James, como vai me chamar?

— Qual é seu sobrenome?

— Não posso te contar.

— Por que não?

— Você vai ficar por aí, escrevendo nas suas coisas. Meu primeiro nome e meu sobrenome. Seu sobrenome, meu sobrenome hifenizado. Afinal, qual é o seu primeiro nome?

Eu ri.

— Rachel.

— Rachel Carey — disse ele. — Viu? Vai ficar perfeito, aí você vai deixar sua mãe maluca, escrevendo isso em todo lugar.

Ele lambeu a seda e fechou o cigarro, passando-o para mim. Esperei o isqueiro, que ele me deu sem que eu pedisse. Dei uma longa tragada.

— Já pode ir, se eu estiver incomodando. Agora é um momento oportuno para isso. Já conseguiu o cigarro.

Assoprei uma longa nuvem de fumaça por cima do ombro direito dele.

— E se eu não quiser ir embora?

— Se você *não* quiser ir embora? — repetiu ele, intrigado. — Não sei, acho que a gente podia dar um passeio e conversar mais um pouco.

— É, ia gostar de conversar mais um pouco — respondi.

Ele estendeu o braço, como alguém conhecido.

— Não venho para Cork há muito tempo. Ainda não vi o peixão. Ao vivo, quer dizer — comentou ele.

James olhou para mim.

— Você já está indo, Murray? — gritou ele.

— Já! Vejo você em casa! — respondi.

— Rachel *Murray* — disse Carey. E então, de um jeito triste: — Murray-Carey nunca vai funcionar.

Trinta minutos depois, estava pressionada contra a parede de pedra do antigo Butter Exchange enquanto Carey fazia um oral em mim, escondido pelo meu casaco. Ele puxou minha meia-calça até a altura dos meus tornozelos, restringindo tanto os movimentos que precisei manter as palmas das mãos na cabeça dele para me equilibrar.

Eu tentava me apoiar nos calcanhares, o frio batendo no rosto, um prazer excruciante. Minhas mãos desceram pela nuca dele, sentindo cada entalhe de sua coluna. Eu devia estar ridícula — joelhos dobrados, curvada sobre o homem como se estivesse tentando fazer um "n" minúsculo.

Como vocês sabem, não era a primeira vez que um homem fazia sexo oral em mim. Mas não era nada parecido com ficar deitada na cama enquanto um garoto tentava fazer alguma coisa, meus seios cada vez mais frios à medida que minha mente se enchia de tarefas. Durante anos, as mulheres heterossexuais reclamavam que os homens nunca as chupavam, e, agora que eles fazem isso o tempo todo, nenhuma de nós quer admitir que a maioria é ruim nisso. Eles sugam seu clitóris como um peixe no vidro de um aquário ou cutucam aleatoriamente com a língua. Com Carey, eu me senti como um santuário. Ele estava fazendo aquilo não como uma pessoa com um plano, mas como uma pessoa com um chamado.

— Minha casa — disse, ofegante, quando ele por fim surgiu para tomar um ar. — Minha casa fica a uns... três minutos daqui.

— Por que a gente não está lá, então?

— Não sei — respondi, acariciando o pescoço dele com os lábios. — Não sei.

Minha atração por ele surgiu como uma intoxicação alimentar. Estávamos subindo a rua Shandon, de braços dados, conversando sobre Derry ("Carey de Derry!"), o que ele estava fazendo ali (trabalhando na Apple) e o que estava achando (ótimo). Eu mostrei os Sinos de Shandon e ele perguntou se o barulho me acordava de manhã. Eu disse que às vezes.

Olhamos para o peixão, aquele marco estranho do norte de Cork, sem nada a dizer. Ele pôs a mão nas minhas costas e me olhou de lado. Os olhos azul-acinzentados. Pura traquinagem.

E então eu o estava beijando, segurando a cabeça *dele* feito um melão, e suas mãos saltaram para o meu corpo, surpresas, sem saber como acompanhar tudo aquilo.

Fomos para minha casa, meu primeiro *pretendente* desde meu término com Jonathan. James não estava, e segui exatamente os mesmos passos que o ouvira realizar semanas antes: ligar a chaleira, pegar duas xícaras, bater um papo sobre há quanto tempo moramos lá e quanto era o aluguel. Então ele veio atrás de mim, as mãos nos meus quadris, a boca na minha orelha.

— Você é gata pra cacete, sabia?

O barulho dos copos sendo empurrados para trás, minha bunda na bancada, sem meia-calça. A bancada tinha uma altura excelente para aquele tipo de coisa. Foi, de longe, o melhor sexo da minha vida, mas eu não conseguia parar de pensar em James e no dr. Byrne. O fato de os dois terem estado naquele exato cômodo — provavelmente mais ou menos naquela posição — e de eu estar no andar de cima tentando não ouvir. Eu me pergunto se o fato de ficar pensando neles tornou o sexo um pouco mais extraordinário. Foi uma orgia e, ao mesmo tempo, extraordinariamente íntimo, só eu e Carey.

Ele ainda estava com o casaco de lã preto estilo militar que fedia a cigarro e, quando gozei, agarrei a gola, os dedos cravados nas lapelas. Lembrei o que James dissera sobre aquela ter sido sua *primeira segunda vez*. Aquela foi minha primeira vez também. A primeira vez que fiz sexo com um estranho e o primeiro orgasmo de verdade que tive com outra pessoa. A vida me pareceu muito plena e engraçada. Existia uma vida inteira de primeiras vezes a explorar, primeiras vezes em que ainda nem tinha pensado!

— Meu Deus — disse Carey, e fiquei aliviada. Ele parecia assombrado. Era mais velho que eu e, sem dúvida, mais experiente, mas também não tinha sido uma coisa normal para ele. — Nossa. Porra, Rachel. O que foi isso?

Ele disse isso como se fôssemos velhos amigos, e eu ri e o arrastei escada acima. Havia pasteis de nata que tinham sobrado da última visita do dr. Byrne, então as levei para a cama com a gente.

Com migalhas no meu cabelo e creme doce cobrindo a boca dele, decidi que nunca mais julgaria Fred Byrne pelo que ele precisava fazer, a despeito da esposa. Era fácil, agora que entendia de fato o que era a paixão, perceber por que alguém moveria céus e terra pelo sentimento.

12

A questão comigo e com Carey é que ambos éramos sujos. Quer dizer, ambos éramos pervertidos e imundos. Sangrei nos lençóis dele e a mancha ficou lá durante todo o relacionamento. Uma vez, ele foi me pegar no ponto de ônibus vestindo calça de moletom e regata arrastão, e bebendo uma garrafa de leite integral. Cheirava a suor e a alguém que tinha cavado alguma coisa, embora não tivesse um jardim. Eu adorava aquilo. Quando fazíamos sexo, sentia o gosto do dia nele. Depois disso, andava com o nariz enfiado no colarinho, tentando sentir resquícios do cheiro dele em mim.

As coisas ficaram estranhas entre nós bem rápido. Não era exatamente fetichista: não tínhamos dinheiro para isso. Para mim, fetichista queria dizer usar ligas e pequenos vibradores que podiam ser lavados na máquina de lavar louça. Mas era intenso. Tínhamos uma maneira muito suave de pedir um ao outro para fazer coisas obscenas.

— Deixa eu passar esta faca na parte interna da sua coxa, Rache? — perguntou ele, uma vez, quando estávamos deitados no sofá.

A grande faca de cozinha estava na mesa de centro, após ter sido usada para esfarelar um pequeno tijolo de haxixe na noite anterior. Ele me beijou com ternura, com a mão esquerda acariciando meus cabelos e a direita segurando a lâmina fria contra minha pele enquanto ele se movia dentro de mim.

— Shh, shhh. Não precisa ter medo — dizia ele.

Foi pura e simplesmente fantástico.

Carey morava com dois caras perto do hospital Mercy. Minha experiência com eles se resumia a vê-los chegar em casa de repente, enquanto Carey e eu estávamos sendo degenerados. Se não estivéssemos comendo mousse de chocolate de uma travessa de bufê, estaríamos fazendo um sexo estranho e barulhento. Eu deveria me sentir mais envergonhada. Houve versões anteriores da minha personalidade que teriam ficado. Mas com Carey descobri novos níveis de descaramento e gostei. Não precisávamos de refeições regulares, nem de sono de verdade, nem de encontros noturnos. Nosso amor era intenso, travesso e nos envolvia em saliva. Eu não conseguia me afastar dele, então fiquei surpresa quando ele conseguiu.

Esse era o problema. Eu podia ficar com Carey o tempo que quisesse, mas, assim que saía, era difícil voltar. Como um conto de fadas dos Grimm ou um Hotel Califórnia ao contrário. Uma vez, passei três noites na casa dele e, quando fiquei sem roupa íntima, finalmente fui embora.

— Ah, não vai — disse ele, com um gemido, passando os braços em volta da minha cintura e colocando a cabeça na minha barriga. — Com quem vou conversar?

— Você tem dois colegas de casa perfeitamente conversadores.

— Eles são *nerds*.

— Olha, vou para casa, pego algumas roupas limpas e volto direto. Certo?

— Promete?

— Prometo.

Fui para casa, fiz a mala, conversei com James e voltei na hora do jantar. Peguei batatas fritas na lanchonete e sorvete no Centra. Toquei a campainha e esperei. Nenhuma resposta. Toquei mais uma vez. Ouvi o barulho ecoar pela casa. Apertei de novo várias e várias vezes, até que a vizinha apareceu para dizer que eu estava acordando o bebê dela. Sentei na porta, comi as batatas fritas e fui para casa.

Quando consegui falar com ele, dois dias depois, Carey disse que tinha pegado no sono. O que não era surpreendente, considerando-se quão tarde estávamos indo dormir e a quantidade de maconha que estávamos fumando.

— É, você disse que ia voltar para cá. Como eu ia saber que era em duas horas? — perguntou ele, na defensiva.

Pareceu grosseiro que alguém que não sabia se era quarta ou quinta-feira ficasse incomodado com sessenta minutos perdidos. Mas ele foi firme, levando o que foi dito ao pé da letra e não mantendo o espírito da minha declaração original, e quanto mais discutíamos, mais ele se afastava.

Abril é uma época perigosa para se ficar obcecada por um homem muito mais escorregadio do que a clara de um ovo. Era para ser meu mês de estudos, e eu deveria estar focada nos trabalhos finais. Em vez disso, ou estava fascinada por causa de uma noite com Carey ou tinha certeza de que ele estava morto. Ele passava dias seguidos sem falar comigo e, quando aparecia, sempre ficava aflito ao saber que seu sumiço me chateara. Mas ele ficava aflito da mesma forma que uma amiga fica quando você diz que o Sistema de Saúde e Assistência Social só vai marcar sua mamografia em oito semanas: "Ah, não! Que sistema mal administrado! Pena que é o único que temos, né?!".

James, que estava passando por uma situação semelhante com o dr. Byrne, me perguntou se eu achava que Carey estava dormindo com outras pessoas. Onze anos depois, e com o benefício da retrospectiva, do interrogatório e de um maior conhecimento sobre os homens, ainda acho que não. Acho que ele simplesmente não conseguia organizar as coisas. E por "coisas", quero dizer a "vida". Ele ligava para o trabalho dizendo que estava doente só porque tinha perdido o ônibus. Não se dava ao luxo de comprar sal ("Não preciso de um *monte* de sal"), então roubava pequenas quantidades quando estava no Tesco, despejando tudo em um envelope vazio. Era uma pessoa que fazia o que queria, quando queria, e, se uma pessoa não estivesse no seu campo de visão, então não passava de uma névoa etérea.

— O problema de Carey — disse James uma vez, quando estávamos acordados até tarde e lamentando nossos homens desesperadores — é que ele pisaria em brasas por você, mas não se comprometeria em aparecer para um almoço.

Eu acreditei. Ainda acredito. Ele conheceu nossos amigos. Quando estávamos juntos, sozinhos ou em companhia mista, sentia os olhos dele me seguirem pela sala. Ele me encurralava nas cozinhas das festas, com a mão por baixo do meu vestido, e estava o tempo inteiro contando para todo mundo algo engraçado que eu tinha dito outro dia. Lia meus ensaios para a faculdade enquanto eu estava no banho e, quando eu saía, começava a ler em voz alta, fumando na minha cama.

— É como se eu estivesse transando com o Noam Chomsky. Isso é material de primeira — comentava.

Quando era bom, ele era muito bom, e quando sumia, sumia de fato. Hoje percebo que muito disso tinha a ver com mensagens de texto. Havia seis anos de diferença entre Carey e eu, uma lacuna que eu raramente sentia, a menos que fosse em relação ao uso do celular. O namoro, para mim, era uma questão de mensagens de texto. Era enviar uma mensagem de bom dia e boa noite. Era terminar cada frase com um coração, ou três corações, ou uma longa fila deles quando se estava muito satisfeita. Era sonegar corações quando se estava de mau humor até a outra pessoa perceber e perguntar qual o problema. Essas eram as regras do amor que eu aprendera na minha escola só para garotas, e ficava confusa quando alguém não as seguia.

Tentava adiar ao máximo as mensagens de texto para ele de manhã, e cedia por volta do meio-dia. Fazia questão de que fossem perguntas, coisas às quais ele teria que responder, como: *Você ainda vem na quinta?*. E: *Que dia é mesmo o seu aniversário?*. Quando ele não respondia, eu enviava uma enxurrada de mensagens "engraçadas" que deveriam ser lidas como Nancy Mitford, mas me faziam soar deprimida, irritadiça e com oitenta anos.

Simplesmente não suporto o cheiro
dos sanduíches do Subway

Já senti cheiro de pão fresco e, francamente,
não é assim que o pão cheira

"Artistas do sanduíche." Se liga, cara!

Enviava tantas mensagens que as coisas que eu realmente queria ouvir se perdiam em meio às minhas baboseiras sem sentido, forçando-me a enfrentar as respostas misteriosas e raras dele.

tipo almôndega

E então nada, por dias.

Completei vinte e um anos no dia 30 de abril. Foi durante um dos períodos de silêncio. James, que na época tinha pegado emprestado o carro da mãe, me levou para jantar na casa dos meus pais. Eles gostaram muito de James. Esperava que ficassem chocados por eu ter ido morar com um homem gay que mal conhecia. Na verdade, eu queria que ficassem chocados. Queria ser a filha mais velha problemática, que rejeitava os valores conservadores da família em favor de uma vida intensa e gay na cidade.

Mas meus pais eram dentistas especialistas em estética e fazia muitos anos que dependiam dos gays endinheirados de meia-idade. São eles que pagam pelas facetas. Naquela noite, não poderiam ter ficado mais satisfeitos com James, que comeu e bebeu de tudo com gratidão e com um fluxo encantador de falatório.

— Meu Deus, vocês não ficariam loucos sem patê? — disse ele, animado, espalhando-o por uma bolacha. — E sabe o que mais eu percebi, Bridget? Adoro queijo azul.

Era uma centelha brilhante no que agora sei que foi uma época infeliz para os meus pais. Chris e Kevin estavam nos anos de provas, tirando os certificados de ensino médio e de ensino fundamental, respectivamente, e engolindo o estresse como comprimidos sem água. Havia muito pouco dinheiro entrando. A viúva do proprietário havia anunciado um aumento no aluguel, e meus pais estavam pensando em mudar o consultório para uma região mais barata da cidade, onde não tinham clientela estabelecida. Tinham apenas cinquenta e poucos anos, mas estavam balançando a cabeça mais devagar, suspirando mais e agindo como se a visão do infortúnio se baseasse no movimento, então era melhor não se mexerem.

O fato de eu estar obviamente infeliz não ajudava. Minha mente estava fixada em Carey, de quem não ouvia um pio havia dias, e continuava esperando por uma aparição de última hora. Minha mãe estava preocupada comigo. Nunca tinha notícias, a não ser em ligações malucas de madrugada perguntando como ela soube que meu pai era "o cara certo".

— Alguma ideia do que você vai fazer depois que as provas acabarem, Rachel? — perguntou meu pai.

Era uma pergunta justa. Infelizmente, eu não estava com disposição para perguntas justas.

— Não. Não tem emprego — respondi.

— Brian Hegarty diz que existem vagas em Bishopstown. Empresas de tecnologia.

Brian Hegarty era o melhor amigo do meu pai e sempre era chamado pelo nome e sobrenome.

— Centrais de atendimento — corrigi. — Não vou me matar na faculdade para trabalhar numa central de atendimento.

Mas não estava me matando, esse era o problema. Estava me torturando por causa de um irlandês do Norte que era seis anos mais velho que eu e furtava sal nas vendinhas. Em relação à faculdade, eu não conseguia reunir energia para dar a mínima. As aulas haviam terminado, mas eu ainda precisava entregar os trabalhos de final de ano e não sabia por onde começar.

— Então o que você vai fazer?

— Ser editora. Acho que eu devia trabalhar no setor editorial.

Encontrara Deenie Harrington havia pouco tempo, enquanto estava com Carey. Estávamos tomando um café perto do campus e Deenie estava lá, com uma pilha de páginas à sua frente. Passava a ponta da caneta vermelha ao longo de cada frase, fazendo círculos e anotações à medida que avançava. Ela me viu gargalhando em um banquinho alto na janela. Acenou. Seu sorriso foi largo e, o que é crucial, verdadeiro.

Sai do banquinho e fui até lá.

— Oi. Que bom ver você — falei.

Agora, aos trinta e um anos, eu me sentiria muito mais constrangida em cumprimentar a mulher cujo marido passava tardes aleatórias na minha casa. Mas naquela época eu aceitara que esse era um acordo que funcionava para todo mundo: o dr. Byrne estava feliz, James estava de certa forma feliz, Deenie parecia bem, a geladeira estava cheia de queijo.

— Rachel! Como vai? Caramba... Quer se sentar? — perguntou ela.

— Não posso — respondi, e apontei para Carey, colocando açúcar no café. — Estou com meu...

Ainda não havíamos determinado se ele era meu namorado. O mais perto que tínhamos chegado de falar disso foi na segunda vez que transamos, quando ele disse: "Rachel, por que caralhos você não tem namorado?".

— ... estou com ele — concluí.

— Ah — disse ela, e pareceu achar graça do problema das jovens de vinte e poucos anos de ter um homem em sua vida cujo papel elas não conseguiam nomear. — Bom, sorte sua. Estou presa no copidesque.

— O que é isso?

— É tipo a última edição antes de ir para o revisor de texto.

— E o que é um revisor de texto?

— A pessoa que procura erros gramaticais, erros factuais, esse tipo de coisa.

— Você não faz isso?

— Não, estou policiando mais a história geral, se o enredo funciona, a atmosfera.

— Eu ia gostar de policiar a atmosfera — falei.

A conversa não saía da minha cabeça. Parecia um ótimo trabalho. Eu gostava de ler, ou costumava gostar, antes que meu principal passatempo fosse me embebedar. E Deenie dissera que, no editorial, tudo girava em torno de quem uma pessoa conhecia, e eu a conhecia. Eu a conhecia de uma maneira estranha, mas a conhecia.

Minha mãe colocou uma tigela de linguine de caranguejo na minha frente e polvilhou parmesão por cima.

— Não sei se existem empregos na área de livros em Cork — comentou ela.

— Não existem empregos para nada em Cork — respondeu meu pai.

— Existem empregos. Só que não são bons — emendou James.

Em maio, ficou claro que eu tinha, para ser bem clara, me fodido.

Fizemos uma festa em casa na noite do meu vigésimo primeiro aniversário. Meus pais gentilmente nos presentearam com duas garrafas grandes de vodca Smirnoff na saída. Nossa casa estava cheia de gente, trinta e cinco corpos pulando feito pulgas com calor. Não lembro de nenhum vizinho daquela época. Devem ter existido, mas nunca os vimos. Carey sabia da festa, tinha sido convidado e, claro, não apareceu. Quando sumia, sumia de fato.

Fiquei com o coração despedaçado. Deixei uma longa mensagem de voz para ele à uma e meia, dizendo que eu merecia algo melhor que um namorado que se esquecia do meu aniversário. Deixei outra mensagem de voz para dizer que sabia que ele não era meu namorado. Depois, deixei outra para pedir desculpas.

Às três horas da manhã, agarrei um rapaz que trabalhava na Opera House e o arrastei pelo colarinho até o chuveiro. Os quartos estavam cheios de gente. James abriu a torneira e saiu correndo, rindo de um jeito maníaco. Escorreguei e meu calcanhar bateu na parede com força, derrubando três azulejos. Nunca consertamos.

Dormi o resto do fim de semana. Não fui para a faculdade na segunda-feira. Na terça-feira, recebi e-mails de três dos meus professores dizendo que meus trabalhos de fim de ano estavam atrasados e que, de acordo com as regras da faculdade, eles iriam reduzir minhas notas: 10% se eu entregasse o ensaio naquela semana; 20% na próxima semana e, depois disso, não aceitariam nada.

Um dos e-mails era do dr. Byrne. Outro e-mail padrão. Ele me pedia que, *por favor*, submetesse meu ensaio antes do novo prazo, para não sofrer *mais uma penalização*.

Saí da biblioteca na hora, sabendo exatamente onde estava o dr. Byrne.

Gentilmente!

Submeter!

Não me acalmei durante a caminhada para casa. A dor de perder Carey tão rápido depois de encontrá-lo, o fato de a faculdade terminar com tão pouca coisa para mostrar, a perspectiva de uma central de atendimento no horizonte. A livraria não estava indo bem. Ben costumava me ligar pelo menos uma vez por semana para pegar um turno extra; agora nunca ligava para pedir dias extras, e meu saldo bancário estava começando a refletir isso.

E tinha o dr. Byrne. Ele estava fazendo aquele negócio com James havia quase dois meses e deixando o coitado do meu amigo louco. A vaidade escancarada de Fred Byrne havia se transformado numa profunda ansiedade relacionada ao fato de James estar saindo com outras pessoas, algo que ele não podia proibir, mas a respeito de que queria saber tudo e nada ao mesmo tempo.

A rotina, de acordo com James, era a seguinte: o dr. Byrne chegava na nossa casa durante o almoço, com guloseimas e poesia. Eles passavam um tempo no sofá ("primeira rodada", como James chamava, "o aperitivo") e depois iam para o quarto ("prato principal"). Depois disso, o dr. Byrne fazia perguntas concisas e pesadas sobre nossas saídas à noite, o que fazíamos juntos, o que eu pensava dele, aonde os gays iam. Achava tudo aquilo muito difícil. Não só a ideia de James com outras pessoas, mas a ideia de clubes gays e noitadas gays acontecendo sem ele. Irritava-se com James por causa de alguma resposta que não atendia às suas necessidades e depois fazia com que meu amigo descobrisse o que o havia irritado. Muitas vezes, ele saía sob uma nuvem de silêncio, e isso deixava James louco.

Foda-se esse cara, pensei. *Quem esse merda pensa que é?*

Coloquei a chave na fechadura sem me importar se estavam no prato principal ou nos aperitivos. Havia um pequeno corredor antes da sala, então eles tinham tempo de vestir as calças ou cobrir o pau com um cobertor.

Mesmo assim, fiquei aliviada ao encontrar os dois vestidos.

— Oi — ladrei, olhando para Fred Byrne. — Quero falar com você.

— Rachel — disse ele.

Parecia pegajoso, como se tivesse acabado de correr. James olhava para mim de cara feia.

— Rache, o que você está fazendo em casa?

— Você não pode simplesmente me ameaçar! — Comecei a chorar. — Não pode me ignorar na sala de aula, usar minha casa como um lugar para trepar e depois me tratar como se eu fosse uma aluna qualquer.

Era a primeira vez em meses que eu falava com o dr. Byrne. Desde o lançamento do livro, talvez.

— Certo — disse James, levantando-se. Estava suando também. — Vou colocar a chaleira no fogo, tudo bem?

Fred Byrne parecia querer que o chão o engolisse. Eu me joguei na poltrona que ficava de frente para o sofá.

— Não é justo — continuei, soluçando em meio às lágrimas. — Peguei muito leve com você; e o mínimo que você pode fazer é pegar um pouquinho mais leve comigo.

Ele tossiu e se sentou.

— Certo. Certo. Isso é sobre seu trabalho? — perguntou ele.

Assenti, colocando os punhos sob os olhos úmidos.

— Não é que eu queira tratamento especial — falei, embora quisesse, sim. — É só que acho que deveria haver um pouco de gentileza, sabe, dadas as circunstâncias atenuantes.

No "circunstâncias atenuantes", comecei a chorar mais, porque estava pensando não apenas *naquelas* circunstâncias, mas em todas. Estava devidamente apaixonada pela primeira vez, e o cara não me queria e isso estava me consumindo por dentro.

— Se houver uma morte na família, ou algo assim, você sabe o que quero dizer, podemos dizer que houve uma morte. Posso dispensar o... — começou Fred Byrne.

— Só quero que você reconheça o que aconteceu — continuei, e não estava falando tanto com ele, mas com Carey. James e eu tínhamos conversado tanto sobre aqueles dois homens, comparando suas características e todo o resto, que um era uma espécie de cópia do outro. — Tudo está diferente agora. Eu estou diferente agora.

Fred Byrne olhou por cima da poltrona para James, que estava voltando da cozinha com as canecas de chá.

— Você não foi muito legal com a Rachel, Fred — disse James, como se estivesse mediando um divórcio. — Não sei se você se comportou de forma sensível.

Uma coisa que adoro em James: ele permite que as pessoas façam as próprias conexões. Nunca vai tentar convencer ninguém a ter uma opinião diferente. Não vai ser o garoto de recados do relacionamento alheio. Entretanto, quando se trata de brigas entre amigas e amantes, ele coloca a amiga em primeiro lugar.

— Certo — repetiu o dr. Byrne. — Não, você tem toda a razão, James. Achei que tinha compartimentado algo que, na minha opinião, não pode ser compartimentado. Sinto muito, Rachel.

A voz dele era suave e masculina, e os olhos de James se encheram de afeto pela humildade que o dr. Byrne estava demonstrando. Ele, um homem de quase quarenta anos, pedindo desculpas a uma garota de vinte e um. Ele apertou a perna do dr. Byrne, que deu tapinhas na mão dele.

Uma nova torrente rebentou em mim ao ver os dois tão claramente apaixonados. Estava tudo contra o relacionamento deles: orientação, casamento, idade. Mas eles estavam fazendo aquilo dar certo. Tinham encontrado um espaço para o amor florescer. Enquanto isso, eu não conseguia fazer o amor dar certo com um cara solteiro e heterossexual, simplesmente porque ele não se importava comigo.

James se sentou na poltrona, esfregando minhas costas.

— Sinto muito, Rache.

— Ela está bem?

— Namorado — disse James.

— Ele não é meu...

— Ele dormia aqui três noites por semana. Conheceu todos os amigos dela. Eu chamo isso de namorado.

— O que aconteceu com ele?

O dr. Byrne parecia interessado de verdade.

— O Homem Invisível — respondeu James.

O dr. Byrne fez um som de desaprovação com a língua.

— Difícil — disse ele, então se inclinou para frente e colocou a mão grande no meu joelho. — Certo, Rachel, vamos resolver isso, certo?

Ele disse que resolveria as coisas. Comunicaria à universidade que eu estava muito doente e que lhe mostrara um atestado médico. Algo sério, mas não mortal ou visível. ("Sopro no coração?", sugeriu James.) Isso me livraria dos trabalhos por um tempo, sem que nenhuma penalidade fosse aplicada. Eu teria tempo de me concentrar nos exames, que começariam na próxima semana.

Ele disse tudo isso de forma gentil, não como se estivesse me tratando com condescendência, mas como se se importasse.

— Você não precisa fazer tudo isso — falei, fungando. — Eu não deveria ter gritado com você. Eu que fui idiota por não ter feito os trabalhos.

— Não se preocupe com isso.

— Mas é tipo um nepotismo.

— É um tratamento especial, mas estudantes muito menos esforçados recebem isso o tempo inteiro, então não vamos nos preocupar.

— Você tem *certeza*?

— Rachel, venha aqui — disse ele, de modo sério. Passei da poltrona para o sofá. Ele colocou o braço enorme em volta de mim, algo entre um pai e um amigo. — Todo mundo já teve o coração partido, e todo mundo teve alguém que deu uma colher de chá por causa disso.

Ele abriu a bolsa estilo carteiro e tirou o notebook. Eu me lembro de ficar surpresa por ele já estar conectado ao wi-fi. O dr. Byrne estava trabalhando na minha casa? James e eu nos sentamos um de cada lado, enquanto ele digitava um e-mail para o chefe do departamento. Decidimos que eu não estava doente, mas sim de luto, porque era verdade. Ele disse que eu tinha medo de me dirigir a todo o departamento porque tinha consciência da minha falta de ligação sanguínea com o morto. Ele argumentou que, dada a dedicação anterior de Rachel Murray aos estudos, ela deveria receber uma prorrogação até o final de maio.

— Agora, pizza — disse ele, abrindo outra aba no navegador.

O dr. Byrne fez o pedido e foi ao banheiro. Eu me aninhei ao lado de James, a cabeça no ombro dele.

— Ele *é* legal, apesar de tudo — comentei, exausta de tanto chorar.

E agora estou chorando de novo, porque ele era um homem legal, um homem muito legal. *É* um homem legal? É difícil saber, quando tudo que se sabe sobre uma pessoa é que ela está em coma.

Achei que o dr. Byrne ia ficar pelo menos para comer a pizza que pagara, mas foi embora assim que a comida chegou.

— Não, não, podem ficar fazendo as coisas de vocês — disse ele, o que me agradou. Gostava quando qualquer adulto reconhecia a validade da minha "coisa" com James. — Rachel, minha querida — continuou ele, guardando o notebook de volta na bolsa —, só queria pedir desculpas de novo. Eu gosto muito de você, sabia? Não queria envergonhar você. Quer dizer, na aula.

— Tudo bem. — Dei de ombros. — Já passou.

O comentário não caiu bem para ele. O dr. Byrne sabia que não tinha feito o suficiente.

— Tem mais alguma coisa que eu possa fazer? Quer dizer, em relação ao departamento. É só dizer.

Essa era minha única chance, então fui em frente.

— Quero um emprego.

— Você tem um emprego — disse James, horrorizado.

— Não posso... — começou o dr. Byrne, igualmente perturbado.

Ele não podia oferecer uma justificativa para o atraso dos meus trabalhos *e ainda* me dar um emprego. Era muito suspeito. Ele já era um homem que havia se casado com uma aluna.

— Não, não. Quero trabalhar com livros. No mercado editorial — expliquei.

Ele ficou um pouco alarmado.

— Com a Deenie?

— Um estágio ou algo assim. Quero trabalhar com livros e falam por aí que é tudo questão de contatos. E, bom, ela é a única pessoa que conheço.

— É justo. Vou comentar com ela.

A palavra "chantagem" nunca passou pela minha cabeça. Embora possa ter passado pela dele.

— Eu nunca diria para ela... — comecei, tateando o indizível.

Ele ergueu a mão.

— Eu sei. Elabore os seus trabalhos primeiro. Faça as provas. Vou falar com a Dee a respeito de marcar uma reunião em junho.

Existe uma coisa entre as pessoas de classe média na Irlanda que se chama "contatos". Há contatos em todos os lugares, claro, sobretudo na Inglaterra, mas na Irlanda funciona diferente. Na Inglaterra, é suave, filtrado, insidioso. Na Inglaterra, os favores são trocados por meio de uma vasta rede de privilégios, direcionando garotas e garotos simpáticos para corredores cada vez mais restritos e elitistas de escolas caras e capital cultural. Na Irlanda, é explícito. A gente se refere às pessoas como nossos "contatos"; pergunta a outras pessoas sobre os contatos delas. Mesmo agora, meu pai me liga e pergunta sobre meus "contatos" na imprensa irlandesa, porque quer publicar uma história sobre negócios odontológicos duvidosos na Turquia e os efeitos a longo prazo de um implante dentário barato. Acho que isso vem de uma cultura de imigração em massa. A prática de chegar a uma rua do outro lado do mundo com o endereço de alguém que não se conhece, mas que estudou com nossa florista.

Portanto, a conversa com o dr. Byrne sobre um emprego não me pareceu sorrateira nem dissimulada. É exatamente como a Irlanda funciona. Ou como eu achava que funcionava.

Consegui terminar os trabalhos e provas. A questão de Carey ainda me torturava, mas conseguia comer o mingau sem graça de todas as manhãs e seguir com meu dia. Fiquei quase sóbria durante aquele mês e senti a sensatez voltando aos poucos para minha cabeça. Ouvi muito Joni Mitchell.

Pensei na faca na minha perna, na cabeça por dentro do meu casaco, no leite no ponto de ônibus. Eu sentia que nunca mais conseguiria me relacionar com outros homens.

Estávamos apertados financeiramente. Ben cortou os turnos noturnos de quinta e sexta e às vezes ligava para a gente às três horas da tarde para perguntar se estávamos disponíveis. Tentava ser justo, alternando telefonemas. Começamos a levar mais a sério suas declarações sobre o setor.

— Por que você não pede para o Fred? — falei um dia, quando estávamos procurando moedinhas perdidas no sofá. — Ele pode emprestar algumas centenas de euros pra você.

— Quanto você acha que os professores ganham?

— Mais do que a gente!

— Não. Não vou ser um prostituto.

— Tem uma garrafa de vinho de vinte euros lá dentro que diz o contrário.

— Não é a mesma coisa.

— Só acho que não faz sentido a gente estar bebendo Côtes du Rhône e comendo palitos de peixe empanado.

Estava muito ocupada com as provas para procurar outro trabalho, mas James arranjou um emprego na chapelaria de um estabelecimento. Isso o deixou infeliz: era profundamente solitário e ele era sempre o último a voltar para casa. Nem era convidado para socializar com o pessoal do bar depois do expediente, não que tivesse dinheiro para ir.

Eu estava em casa um dia, estudando no sofá, quando ele desceu do quarto com o notebook.

— Já estou cheio disso! De saco cheio!

— De saco cheio do quê?

— De esperar minha vida começar. A gente vai escrever um programa de televisão.

Ele abriu o Microsoft Word para mostrar que já havia começado. Havia dois personagens conversando, uma chamada Alice e outro chamado Michael.

— É sobre dois jovens muito gatos de vinte e poucos anos em uma livraria passando por dificuldades. Ele é gay e ela é a única que sabe — contou James.

Olhei para ele de lado.

— É sério isso?

— Que nem ter câncer.

Ele mudou a fonte para Courier New, a mesma letra das máquinas de escrever, e alinhou todo o texto ao centro para que parecesse um roteiro real. Havia escrito duas páginas.

```
INT.LIVRARIA.DIA
MICHAEL, 22 anos e metrossexual, está atrás do
balcão de uma livraria. Fala com ALICE, 20 anos,
linda e estudiosa.
```

— Metrossexual! Linda! Estudiosa! — guinchei.

— Só lê — disse ele, na defensiva.

Lemos em voz alta, juntos. Não lembro grande coisa do que estava no roteiro, mas era engraçado e caloroso, ou talvez apenas parecesse assim porque eu estava com meu melhor amigo e estávamos nos divertindo.

— O que acontece agora? — perguntei.

— Bom, dizem que é preciso um grande evento no final do piloto, algo que defina a ideia para todo o programa — explicou James, franzindo a sobrancelha.

Fiquei surpresa. James e eu trabalhávamos meio período na O'Connor, mas nunca me ocorreu que, enquanto eu estava indo para a faculdade todos os dias, ele estava aprendendo a escrever roteiros.

— Onde você aprendeu tudo isso? Desde quando você diz palavras como "piloto"?

— Os extras do DVD de *Frasier*. O comentário.

James costumava sentir vergonha por causa da falta de estudos. Mal conseguira o diploma de conclusão do ensino médio e fora direto trabalhar no varejo e no setor de serviços.

— Você podia falar sobre você e Fred — sugeri.

Estava tentando chamar o dr. Byrne de "Fred" perto de James, para mostrar que estava de boa com aquilo, embora ele sempre fosse o dr. Byrne ou Fred Byrne para mim.

— Não, não. — Ele balançou a cabeça. — Quero que seja uma comédia. E não, tipo, um drama.

— Mas um seriado cômico precisa ter algum drama, não é?

— Drama tipo Alice cadastrando livros sob o nome de uma pessoa morta para trocar por cópias do livro da paixonite dela. Esse é o nível mais dramático a que vou chegar.

Eu ri.

— Mas por que é que alguém ia se importar com isso?

Ele revirou os olhos para mostrar que eu não entendia nada de comédia. Olhei para o cabeçalho da página e vi o título do programa. *Michael & Alice*.

— Acho que as pessoas vão pensar em *Will & Grace* na hora. Especialmente se for o nome de um homem e de uma mulher, separados por um *e* comercial — falei.

— Eles não são *donos* do *e* comercial — retrucou James.

Tínhamos uma relação complicada com *Will & Grace*. As pessoas viviam trazendo o programa à baila com a gente, e James as lembrava de que não era gay. No entanto, quanto mais o relacionamento com Fred Byrne durava, menos ele pulava para se defender.

Ficamos chapados e paranoicos com a possibilidade de nossos colegas de trabalho nos processarem quando ficássemos famosos, então mudamos o cenário para uma locadora de filmes. Como o dinheiro estava escasso, paramos de sair três ou quatro noites por semana. Passamos a sair apenas — e, aos nossos olhos, estávamos sendo praticamente antissociais — duas noites. Compensávamos isso com idas à loja de drogas legalizadas, onde um saco de maconha sintética custava dez euros e durava uma semana. Eu finalmente tinha entregado os trabalhos, e a faculdade acabara. Tínhamos horas intermináveis para fumar a densa e risonha mistura de ervas.

O dr. Byrne, que deveria estar trabalhando no próximo livro, às vezes aparecia para declarar sua desaprovação. Ficava menos nervoso quando eu estava por perto e me tratava como uma irmã mais nova.

— Preferia que vocês dois fumassem maconha comum — dizia ele.

— E a gente é o quê? Milionário? — perguntei, e então James me mandou ficar quieta, receoso de que o dr. Byrne sentisse pena dele.

— Sobre o que é o seu livro, Fred?

Só conseguia chamá-lo de Fred quando estava chapada.

— O romance de Casarão, chamado de Big House novel, na ficção irlandesa do início do século XX. Tensões góticas, fantasmas figurativos versus os fantasmas reais da... — começou ele.

— *Grande fome*? — sugeri, e comecei a rir.

O dr. Byrne, o que lhe deu eterno crédito, achou graça.

— Eu sei, eu sei, eu e a fome.

— Qual é? — Eu dava risadinhas. — Qual é o negócio entre você e a fome?

Ele suspirou e fez algo extraordinário. Pegou o horrível baseado de maconha sintética de James e inalou.

— Honestamente, Rachel? Acho que tudo começou porque eu queria ser magro.

James se sentou, a afeição por Fred Byrne de repente tomando conta dele, dissipando a confusão do barato.

— Ah, não. Ah, querido — disse ele.

Os dois subiram logo depois. Adormeci no sofá, a cara enfiada num exemplar da revista *Take a Break*. Quando acordei, duas horas já tinham se passado, e o dr. Byrne estava me sacudindo. Não era nem hora do jantar.

— Rachel, estou de saída, mas esqueci de dizer: Deenie tem um trabalho pra você — comunicou ele.

Eu tinha babado tanto que meu rosto ficara grudado nas páginas da revista.

— Para fazer o quê?

— Só Deus sabe, mas ela acha que tem algo para você. Cinquenta libras por semana.

— Por quantos dias?

— Quantos dias precisar de você, suponho.

Fiquei confusa.

— Então posso trabalhar um dia ou cinco dias e mesmo assim ganhar cinquenta libras?

— É um estágio, Rachel Murray, e você tem sorte de conseguir alguma coisa. Ela disse pra você mandar um e-mail. — Ele deu um tapinha na minha perna. — Não vá chapada no primeiro dia.

Mandei um e-mail para Deenie, que me disse para ir até lá na segunda-feira. Faltavam quatro dias. Ela deu um endereço. Era uma rua residencial tranquila perto da faculdade.

Minhas entranhas se reviraram. Quando pedi ao dr. Byrne para a esposa dele me arranjar um emprego, imaginei um grande escritório, onde Deenie me deixaria na sala de correspondências no primeiro dia, e onde ficaria por conta própria depois para construir uma reputação e me tornar respeitada. Não me imaginava indo à casa dela: a casa *deles*. Como ia trabalhar com Deenie, o dia todo, todos os dias, e voltar para casa e ver os lençóis encharcados de suor ao pé da escada?

Estava tão nervosa com tudo aquilo, que, no dia seguinte, fui até a cidade e entrei em todas as lojas da rua principal à procura de uma roupa. Precisava de algo que dissesse que eu levava a oportunidade a sério, mas também que estava disposta a me cobrir de tinta de impressora se a ocasião exigisse. Acabei na Barnardos da rua Prince. Comprei um colete de malha preto por quatro euros e uma camisa branca para usar por baixo.

Decidi passar pelo Mercado Inglês a caminho de casa, por nenhuma outra razão além de que aquilo me deixava alegre. Os tetos altos, as paredes de pedra, o cheiro de carne crua e azeitonas na salmoura. A nobreza que vinha do fato de ser o único lugar no condado onde você podia comprar um bolo de creme e todos os quatro pés de um porco sem ter que dar uma volta completa.

Andei por ali, me sentindo emotiva, deprimida e aprisionada. Pela primeira vez na vida, não havia coisa alguma para a qual me preparar em setembro. Estava acostumada a iniciar o verão sabendo que a estação era um período feito para eu me divertir. Em poucos meses, os resultados das provas chegariam, e eu sabia quais seriam:

uma nota boa, mas não excelente, de uma universidade não muito prestigiada, em um curso inútil.

O que seria de mim? Normalmente, eu trabalhava em tempo integral na O'Connor durante o verão. Agora nem valia a pena perguntar. Simplesmente não havia clientes.

— Rache! *Ei!* Rachel! — chamou alguém.

Lá estava ele. Parado em uma barraca de pão. Carey.

Ele sorriu como se nunca tivesse existido uma palavra atravessada entre nós. O que, suponho, era verdade. Ele simplesmente desaparecera, como era o costume dele, e aí eu enviei todas aquelas mensagens de voz.

Não consegui fingir que estava feliz em vê-lo. Nem tinha a autoconfiança para dizer umas verdades. Fiquei ali, respirando com dificuldade, as narinas quentes feito as de um dragão.

— Dois minutos. Me dá dois minutos — pediu ele.

Estava trabalhando na barraca de pão. Colocou duas baguetes em um saco de papel, com as mãos cobertas de farinha, sorrindo para uma mulher, que pagava. O cabelo ruivo-claro tinha crescido muito, não para baixo, mas *para os lados*, as pontas espetadas em todas as direções.

Senti o sangue subir para o rosto. Não podia esperar por ele, mesmo que fossem dois minutos. Qualquer minuto que fosse era um insulto. Fui embora e o ouvi me chamar.

O sol brilhava forte na rua e o suor escorria pelas minhas axilas. A erva sintética fazia isso comigo. Fumar era divertido, mas no dia seguinte eu tinha um monte de efeitos colaterais estranhos. Eu me sentei no muro de pedra da igreja unitarista e esperei por ele. Rezei para que não me encontrasse e pensei que eu podia andar para o meio do trânsito se não aparecesse. Coloquei o rosto entre as mãos, a respiração curta, o pânico aumentando.

— Querida, o que você está fazendo aqui? — perguntou ele, e pôs o braço em volta dos meus ombros. — Vamos lá. Qual é o motivo que Rachel Murray tem para estar chateada?

O sotaque ainda me matava. A curiosa e divertida monotonia daquela fala da cidade de Derry. Eu me odiava por ser irlandesa e por ter sido enganada por um sotaque irlandês.

— Vai se foder — falei, o rosto ainda apoiado nas mãos. — Não faz isso. Não depois de tudo.

— Eu sei — disse ele, naquele tom que usava quando sabia que tinha se comportado mal.

Sua voz de *maldito seja esse Sistema de Saúde*.

— Não é só "*eu sei*"! — retruquei, tão alto que os pombos voaram para longe. — Pelo menos diga que sente muito.

— Eu *sinto* muito.

— Você não sente.

— Deixa eu pagar um café pra você.

— Não.

— Na verdade, você está coberta de razão, não posso pagar um café, estou no trabalho. — Ele ponderou a situação por um segundo. — Mas a gente fecha em uma hora. Você quer ficar curtindo um pãozinho enquanto arrumo tudo?

— Não, eu *não* quero fazer isso — respondi, embora quisesse.

— Olha só — começou ele, e sacudiu os trocados no bolso —, tem um monte de *pain au chocolats* lá dentro. Passa no Gloria Jeans e traz uma bebida para a gente. Depois volta, e vai poder comer um doce e tomar café enquanto termino. Se em algum momento você decidir que sou um merda muito grande para ficar por aqui, pode ir embora, e com isso ganhou um café e um bolo.

— Certo.

Ele me deu cinco pratas em moedas. Fui ao Gloria Jeans e comprei um pequeno café preto para nós dois. Quando voltei, ele tinha encontrado um banquinho em algum lugar e o arrastou para perto do balcão.

— Agora senta aí, dona.

Como prometido, ele me deu o *pain au chocolat* e me deixou sozinha.

Bebi meu café e o observei atender os clientes. Da última vez que vira Carey, ele era representante de atendimento ao cliente da Apple. Não ganhava muito, mas era um trabalho respeitável e falavam que ele ia ser promovido. Quem falava, eu não sei. Ele era obviamente um péssimo funcionário. Estava sempre escapando do trabalho para ficar comigo, e eu nem era importante o suficiente para ele me desejar feliz aniversário.

Peguei aquela raiva e me agarrei a ela, precisava lembrar por que odiava Carey, porque vê-lo trancar a barraca de pão era fascinante demais. O cheiro de massa folhada, o chocolate derretendo na língua, o café preto amargo. Precisava me lembrar da minha raiva, para não confundir inadvertidamente bons lanches com um bom homem.

James diz que existem três tipos de corpo masculino irlandês: tênis, rúgbi e *hurling*. James era tênis: corpo magro, ossos longos. O do dr. Byrne era rúgbi: corpulento, com tendência a ser gordinho, e parecia robusto, independentemente de quanto peso ganhasse ou perdesse. Carey era *hurling*. Era magro e pequeno, mas compacto, quadrado e musculoso. "Tipo um Jack Russell terrier", disse ele, referindo-se a si mesmo. "E igualmente comum."

Ele pegou um gancho comprido e estendeu a mão para puxar a porta de enrolar da barraca. Ficou na ponta dos pés nos tênis cinza surrados, do tipo que a maioria dos homens hoje em dia não usaria nem para ir à academia. E olhei para a barriga dele.

Outra coisa sobre Carey.

Tinha a barriga mais linda entre todos os homens com quem já estive. Antes ou depois.

Sem sequer tentar, ele tinha uma daquelas barrigas para as quais os jeans de cintura baixa foram inventados. Ossos do quadril feito marfim. Músculos abdominais que se inclinavam em formato de V em direção à virilha. Uma penugem dourada sob o umbigo. Não tinha consciência de nada disso, acho. Estava completamente alheio ao fato de eu o estar objetificando, enquanto permanecia em silêncio no banquinho.

— Obrigado por ficar — disse ele.

A barraquinha estava fechada. E eu estava mais uma vez em um espaço fechado com um homem.

Ele parecia, pela primeira vez, sinceramente arrependido.

— O negócio com você, Rachel, é que você me deixa maluco — disse ele, baixinho.

— Puta que pariu. É isso que você tem a me dizer? — perguntei.

— É verdade! E eu deixo você maluca! — Ele pegou o celular. Ainda tinha um Nokia, não o 3210, mas também não muito mais atualizado do que isso. — Eu tenho as gravações.

Tentei engolir a vergonha pelas mensagens de voz e continuar com raiva.

— Ah, pelo amor de Deus, Carey.

— Coisinha, me escuta. Tenho vinte e sete anos.

— E daí?

— Com vinte e sete anos, estou velho demais para ficar escapando do trabalho para ficar na cama com uma adolescente.

— Tenho vinte *e um* anos, Carey. Algo que você *saberia* se tivesse ido à minha *festa de aniversário* — retruquei.

Ele deixou essa passar sem responder.

Homens da Irlanda do Norte.

Eles sabem quando calar a porra da boquinha.

— Desculpa não ter te desejado feliz aniversário — disse ele, com cuidado. — Mas sei lá. As coisas ficaram muito sérias entre a gente.

— Não, não ficaram! — Quase gritei. — A gente literalmente não estava nem chamando um ao outro de namorado e namorada.

Por alguma razão, tudo que saía da minha boca fazia com que eu parecesse uma criança frustrada de quatro anos.

— A gente estava *pouco* sério, acho que é isso que quero dizer — esclareceu ele. Estreitei os olhos. — Olha, Rache. Sou um vagabundo. Um vagabundo nato. Fiquei vagabundeando a vida inteira. Vagabundeei em Derry. Vagabundeei em Belfast. E quando me mudei pra Cork, pensei *Beleza, trabalho de verdade, vida de verdade, apartamento de verdade. Tudo sob controle, James.*

Olhei em volta, como se James tivesse acabado de aparecer, e então lembrei que era a única pessoa que o chamava de Carey.

— Aí conheci você, e, meu Deus, garota, coloquei tudo a perder na hora.

Não conseguia acreditar em como ele estava virando aquela história. Em todas as conversas que imaginei com Carey, nunca pensara em nada disso.

— Nunca pedi para você ligar para o trabalho dizendo que estava doente. Nem usar as mesmas roupas por quatro dias seguidos — retruquei.

— Sei que não, gatinha — disse ele, então tocou meu rosto, roçando-o com a parte de trás dos dedos. Minha raiva desapareceu e pressionei meu rosto na mão dele. — Mas você é muito jovem. Ainda está fazendo essas coisas de estudante. E por que não? É divertido! Mas precisa muito pouco para eu voltar para esse ritmo. Dormir até meio-dia e tudo o mais. Não tenho autocontrole.

Eu também não. Queria que ele me agarrasse ali mesmo e me fodesse ao lado da focaccia.

— Quando você perdeu o emprego? — perguntei.

— Uns dois dias antes do seu aniversário — respondeu ele, parecendo envergonhado. — E sabe, foi um alerta. Eu disse pra mim mesmo: *Escuta, isso é o que acontece quando a gente anda por aí com meninas mais novas.*

A diferença de idade nunca havia surgido antes, e fiquei desconfiada no mesmo instante.

— De repente, sou um cara de vinte e sete anos que não consegue comprar um presente de aniversário pra namorada que ainda está na faculdade — disse ele, taciturno. — Eu precisava de um tempo para pensar. Aí fui para casa.

— *Para* casa *casa*? Para Derry?

— Eu sabia que, se ficasse, meu pau ia me arrastar de volta para a rua Shandon.

Ele suspirou, como se o pau dele estivesse sempre fazendo isso.

— Você podia ter ligado — argumentei.

— Eu sei. Desculpa.

— Eu realmente odeio você por isso.

— Você *tem* que me odiar. Mas eu sabia que, se ouvisse sua voz...

Ele desviou o olhar, parecendo triste.

— Ah, *qual é*? Para de se comportar assim — falei.

—Assim como?

Tateei o ar com as mãos.

— Sou só uma garota que trabalha numa livraria, Carey, você podia ter ligado e terminado comigo sem que isso se tornasse a dança dos sete véus.

Ele ficou furioso.

— Rachel, você tem um corpo tipo o da Mulher-Maravilha; não me venha com essas merdas.

Eu o beijei. Não por causa da coisa da Mulher-Maravilha, que ainda acho besteira, mas porque perdi a força de vontade para *não* o beijar. Ele me abraçou apertado, me beijou intensamente, e o cheiro de suor e pão tomou conta de mim.

Depois de uns minutos terríveis e lindos, estendi a mão para a fivela do cinto dele.

— Ora, ora — ele disse, pegando minha mão com delicadeza. — Aqui não.

— Aqui, sim.

— Isso é coisa da antiga vida, Rachel. Preciso ser um adulto agora.

Ele parecia esperançoso e triste, como o Peter Pan. Eu dei um beijo na testa dele e tentei esconder a decepção.

— Então vou ser adulta também.

13

Hoje em dia há muitos jeitos de descrever o que Carey fez comigo em abril de 2010. Minhas amigas descreveriam aquilo como *ghosting* ou manipulação psicológica. Até mesmo como *gaslighting*. O único crédito que dariam a ele seria o fato de ter avaliado de forma correta a situação. Que era velho demais para mim, que o relacionamento estava condenado, que era muito infantil e precisava crescer e arrumar uma namorada adequada à idade dele. Carey *precisava* levar a vida com seriedade. E se isso envolvesse manter distância de mim, que fosse.

Mas nenhuma dessas justificativas mudava os fatos para lá de concretos do caso. Estávamos loucos um pelo outro. E, em nome dessa loucura, realmente tentamos, e por algum tempo conseguimos, ser adultos juntos.

Nossa versão da vida adulta era a seguinte: comprávamos *bagels* à noite.

— Você já comprou os *bagels* para o café da manhã? — perguntava, ligando para ele no caminho da livraria para casa, orgulhosa de mim mesma.

Trabalhava quatro dias na loja e dois com Deenie. Aqueles sacos de bagels de gergelim estilo estadunidense eram, aparentemente, a única coisa que nos fazia acordar antes das oito da manhã. Nos dias em que Carey não estava trabalhando, ia à biblioteca preencher formulários para empregos mais sérios.

Ele passou a tomar banho todos os dias. Eu passei a arrumar minhas roupas. Dizíamos "namorada" e "namorado", acrescentando a palavra de modo fanático e estranho às frases, como a palavra "Pai" nas orações. Eu o ouvia dizer ao celular: "Eu e a Rachel vamos, a minha namorada", "Fui lá na quinta-feira, com a minha namorada", "Quer ir para Douglas? A Rachel, minha namorada, é de lá".

Aprendi mais sobre ele e sobre o doloroso intervalo de tempo em que ele fingiu que eu não existia. Nos dias de semana, estipulamos um horário de dormir antes da meia-noite, mas nunca adormecíamos antes das duas. Eu me enrolava no corpo de terrier dele e coletava fatos.

— Eu era muito fraquinho quando era criança — contou ele, e gritei de amor por ele usar a palavra *fraquinho*, quando todo mundo que eu conhecia diria apenas que ficava muito *doente*. — Bem fraquinho mesmo.

Ele era o mais novo de cinco filhos, tinha quatro irmãs mais velhas e apresentava uma série de sintomas misteriosos que acabaram sendo diagnosticados como lúpus. Eu já tinha ouvido falar de lúpus. Uma concorrente do *America's Next Top Model* tinha.

— É. A Mercedes — disse ele.

Carey era uma pessoa surpreendente nesse sentido. Não sabia se ele conhecia Mercedes porque assistia a *Top Model* ou porque conhecia todas as pessoas famosas que tinham lúpus.

— Está tudo bem agora, mas não sei, acho que fui muito mimado. — Ele suspirou. — Para a minha mãe e as meninas, nada que eu fazia era errado.

Fizera dois cursos universitários, abandonara os dois, fizera empréstimos para viajar, perambulara por aí. Fora desculpado de inúmeras enrascadas sob o pretexto de que havia perdido grande parte da infância. Havia sempre muita empatia, e contava com seu charme constante quando esbarrava nisso. O primeiro sinal de alerta veio no ano anterior, quando o pai dele mexera os pauzinhos para conseguir um emprego na Apple em Cork e falara que aquela seria a última coisa que a família faria por ele.

Assenti na escuridão e tentei deixar de lado minha própria rejeição em favor do quadro mais amplo. Tentei ver as ações de Carey não como boas ou más, mas como condizentes com quem ele era.

Se não estava interessada na minha família durante a primeira fase de Carey como meu namorado, quase os esqueci na segunda. Sabendo que eu não ia voltar para casa por vontade própria, minha mãe me perseguia para irmos tomar um café na cidade. Pensar nesses cafés, mesmo agora, queima minhas entranhas. Queria redefinir por completo os parâmetros do nosso relacionamento, e não tinha nenhum interesse em dar a ela tempo para se ajustar. Tentei transformar o relacionamento mãe-filha num relacionamento adulta-adulta, e fiz isso bebendo apenas café preto, enrolando cigarros à mesa e depois — o que é o mais constrangedor de tudo — colocando o cigarro atrás da orelha.

Aquilo a deixava louca. É um conjunto de lembranças que sempre testemunho em terceira pessoa, como se eu fosse uma diretora de cinema: meu cabelo comprido demais, meus vestidos baratos, meus peitos muito empinados. Eu tinha um sutiã Wonderbra preto que usei até o tecido se desfazer, até que as tiras pretas estivessem praticamente caindo nos cotovelos. Minha mãe olhava para mim incrédula, chegando a enterrar a testa na palma da mão. "*Rachel*", dizia, com uma careta. "Rachel, *pelo amor de Deus*." Eles tinham se esforçado tanto para me mandar para uma escola particular para meninas, clubes de tênis e acampamentos com pôneis, para que eu acabasse como? Uma filha que andava com os cigarros atrás da orelha. Eu chegava em casa depois daqueles cafés e me jogava no sofá, esperando James me dar atenção.

— Minha mãe não *suporta* o fato de eu ser autossuficiente — dizia eu.

Eu me esqueci dos meus irmãos, e presumi que tinham se esquecido de mim. Não havia uma hierarquia bem definida na nossa casa. Chris e eu brincávamos juntos quando éramos pequenos, mas quando Kevin chegou e eu comecei a estudar, eles se tornaram uma entidade separada de mim. Eles eram *os meninos* e eu era Rachel. Eu era uma criança que gostava de ler, e de escrever para casas de leilão para pedir que me enviassem seus catálogos, e de ser tratada com respeito austero. Era uma criança que colocara "broche de camafeu" na lista de Natal. Os meninos moravam na Ilha dos Garotos. Acho que minha precocidade perdida era parte da infelicidade da minha mãe por eu estar me tornando uma adulta tão estúpida e vulgar. Havia poucas ocasiões em que ainda me sentia a irmã mais velha, e Carey esteve presente numa delas.

Estávamos na cama juntos e ouvimos um baque no quintal. A princípio, parecia um gato derrubando vasos de plantas. Mas aí o gato soltou um gemido bem humano.

— Fica aqui. Vou dar uma olhada — disse Carey.

Eu o segui, claro. Estava animada demais com a ideia de um homem me protegendo para não o seguir. Lembro dele com clareza, meio iluminado pela lâmpada acima do forno: cueca boxer xadrez, sem camisa e com os mais incongruentes óculos de leitura com aros dourados que guardava perto da cama.

— Quem é? — perguntei, com a voz rouca. — Um ladrão?

— Um *ladrão*. Meu Deus. Como se você tivesse algo que valesse a pena roubar.

— A gente tem uma televisão!

— É algum cara bêbado.

— O que está acontecendo? — disse James, sonolento, do topo da escada. — A gente está sendo roubado?

— *Talvez*. Possivelmente — respondi.

— É só alguém bebaço — corrigiu Carey. — Rachel, me joga um moletom, que eu vou falar com ele.

— E se ele bater em você?

Carey me lançou um olhar fulminante. Tinha aquela coisa estranha e heterossexual de não ter medo do confronto físico.

Colocou um moletom roxo meu, apertado demais para o zíper passar da metade. Ele saiu, e James e eu nos entreolhamos como se Carey tivesse acabado de se lançar no espaço. Ouvi Carey falar em tom gentil, mas firme.

— Tudo bem aí, amigo? Bebeu um pouco demais? Precisa de uma xícara de chá?

— Uma xícara de *chá*? — sibilou James. — Ele vai oferecer meu quarto também?

Ouvi uma voz balbuciante e vacilante, mas o tom grave ainda era reconhecível. Corri para o quintal.

— Chris! — Era o meu irmão. Um metro e noventa de altura, dezessete anos e jeans encharcados de sangue. — O que aconteceu?

Eu o sentei numa das cadeiras da cozinha. Ele cheirava não apenas a bebida e sangue, mas a algo forte e medicinal.

— É a minha irmã — disse ele para Carey, irritado, inclinando-se no lugar. — É a minha irmã mais velha. Quem é você? Vocês estão trepando? Você está comendo a minha irmã? Rachel, o que aconteceu com o último cara? O da cara comprida. Cara de cavalo comprida e triste.

— Meu Deus — disse James, já entediado. — Ele tomou miau-miau.

— Ele não pode ter tomado mefedrona. Ele é adolescente — retruquei.

— Só preciso ficar aqui um pouco — falou Chris. — Até o efeito passar e eu conseguir dormir. Vou embora logo de manhã cedo. Por favor, Rachel, por favor, não me manda pra casa. Qual é? Pensa bem.

— A mamãe está esperando você? — perguntei, com as costas eretas. — E por que você tá *sangrando*?

— Não seja crápula, Rachel. — Ele se virou para Carey. — Cara, você tem um cigarro?

Ele mostrou o corte na perna para Carey. Tinha se cortado ao escalar uma janela quebrada numa casa baixa para onde todos estavam levando a droga. Fiquei preocupada com a possibilidade de o meu irmão ser um viciado, mas, quanto mais ele falava, mais eu percebia que ele estava brincando, da mesma forma como eu brincava com o café preto. Ele meio que tinha se dado conta da situação financeira da família, e estava experimentando novos estilos de vida. O verão anterior ele passara no barco de um amigo da família em West Cork, e aquele verão ele estava passando dedicado a ocupações ilegais.

Carey encontrou uma pinça, uma fronha velha e uma garrafa de vodca. Chris se recusou a tirar a calça jeans, então Carey cortou com cuidado um buraco com uma tesoura de cozinha ao redor do ferimento, o que agradou muito a Chris.

— As pessoas *compram* jeans com buracos. Mas eu consegui isso *de forma justa*. Por meios *nobres* — comentou ele.

Para mim, ele ainda parecia demais um bebê. O rosto grande e macio, e o cabelo cor de areia parecendo uma imitação infantil de

James Dean. Carey retirou o vidro da perna de Chris, caco por caco, com a pinça. Meu irmão conversou com Carey o tempo todo, os dois fumando, e Carey com os óculos de aro dourado. James foi para a cama. Fiquei sentada no sofá, uma figurante, enquanto Carey limpava o ferimento com vodca e o envolvia em tiras rasgadas da fronha. Eu não tinha nada a acrescentar, mas não conseguia tirar os olhos da cena. Tive a sensação de que estava na década de 1930. Nunca havia acontecido nada tão masculino na minha casa, a não ser que eu contasse o grande número de homens transando com outros homens.

Em algum momento, Chris foi ficando menos chapado e a conversa se tornou mais normal. Nós, como irmãos sempre fazem diante de pessoas de fora, tentamos fazer da nossa infância um circo itinerante. Histórias sobre antigos alojamentos de férias e quedas de árvores. Carey era um público generoso, que nos fazia perguntas e ria na hora certa. Por fim, fomos para a cama por volta das cinco da manhã, deixando meu irmão caído no sofá.

— Obrigada — falei, estendendo a mão para tocar o braço dele. — Você foi muito legal com ele.

— Ele é um cara legal.

— Você acha que ele é um viciado ou algo assim?

— Não. Um irmão seu? Nunca.

— Não sei o que a gente teria feito sem você.

Ele soltou um suspiro estranho e cansado.

— Você pode fazer qualquer coisa sem mim.

Então adormeceu. Deixando eu repousar na estranheza do comentário e desejar que tivesse parado na expressão "qualquer coisa".

Nesse ponto do nosso relacionamento, estava tão obcecada por Carey que tinha que me segurar para não o comparar o tempo inteiro com astros de cinema famosos. Eu o elogiava com entusiasmo, implorava por sexo e me agarrava a todas as suas declarações evasivas. Mesmo assim, ele ainda fazia declarações como aquela. Comentários melancólicos noite após noite que sugeriam que eu o superaria ou o veria como realmente era. Carey era maravilhoso, mas não tinha muita autoestima. Afinal de contas, era um vagabundo. Um vagabundo nato.

Meus pais sempre me ensinaram que o mais importante em uma pessoa eram seus objetivos. O que é outra forma de dizer: não importa se eles têm dinheiro agora, desde que planejem ter dinheiro mais tarde. Ficou claro para mim que Carey não tinha nenhum objetivo, mas eu não me importava. Era gentil e estava louco por mim e, embora ele devesse ter pensado mais na carreira aos vinte e sete anos, eu estava discretamente feliz por não ser assim. Isso lhe deu mais tempo para se concentrar em coisas mais importantes. Ou seja, em mim.

Aquele ano na rua Shandon foi incrível para mim, mas, acima de tudo, me desvinculou de qualquer tipo de sistema moral herdado. Parei de avaliar os outros de acordo com os valores que me haviam sido ensinados: quem era um perdedor, quem estava no armário, quem estava traindo a esposa. Aprendi o valor do contexto e das pessoas. Isso foi muito útil mais tarde, quando me tornei jornalista.

Às oito da manhã, desci as escadas. Os olhos de Chris se abriram na hora.

— Desculpa — disse ele.

— Está tudo bem. Chá?

— Por favor. Chá.

Ele se levantou, todo comprido e adolescente, parecendo que tinha mãos e pés extras, e me seguiu até a cozinha.

— Acho que o pai está deprimido. Com D maiúsculo — comentou ele.

Passara muito tempo me preocupando com nossos pais nos anos que morei em casa durante a faculdade. Para mim, era a vez de Chris carregar o fardo. Meu trabalho era não dar mais trabalho. Hoje, acho inacreditável o modo como estava convencida de que minha dívida emocional com as pessoas que me criaram estava paga, simplesmente porque não morava mais com elas.

— Se ficar pesado demais, é só vir para cá. Você é sempre bem-vindo — falei.

Mas foram frases como essa — *você é sempre bem-vindo* — que ergueram um muro invisível de formalidade entre nós. Eu precisava que Carey descesse para tratar Chris como se ele fosse um sujeito qualquer da rua, para me ajudar a construir uma ponte entre a Ilha dos Garotos em que meus irmãos estavam e o glamour sujo da minha relação com James. Mas Carey só acordou quatro horas depois e, àquela altura, Chris já havia partido. Ele nunca mais voltou à casa da rua Shandon.

Assim como foi o verão de Carey, também foi o verão de Deenie.

A casa dos Harrington-Byrne era no térreo de um edifício antigo em Sunday's Well, do outro lado do parque Fitzgerald, o único espaço verde decente da cidade de Cork. A casa era eduardiana, com grandes janelas de sacada onde era possível se sentar, e estantes de livros e tapetes estranhos em todos os cômodos. Foi a casa mais linda em que já estivera. Naquela idade, era normal uma pessoa só conhecer casas de família ou residências estudantis. A casa de dois profissionais interessados nas artes na casa dos trinta é algo magnífico, mais encantador que um antigo palácio russo.

Tinha três quartos. Aquele onde os dois dormiam, aquele outro onde Deenie trabalhava e um terceiro onde o dr. Byrne trabalhava. A sala de estar era uma pequena e aconchegante sala vermelha com uma pequena televisão e um sofá verde e macio. A cozinha era enorme e iluminada.

Achei difícil não odiar Deenie durante a primeira hora em que estive na casa dela. Ela parecia não dar valor a nada. Abriu a porta usando um vestido jardineira com gola rolê preta por baixo e uma faixa na cabeça da mesma cor do vestido. Eu sabia que ela tinha um estilo meio professora de escola primária e meio Daphne do *Scooby Doo*, mas o fato de estar daquele jeito na própria casa era demais. Ela me levou até a cozinha, descalça e com meia-calça preta. Eu me sentia enorme ao lado dela.

— Como você está? — perguntou ela, como se eu tivesse acabado de aparecer para uma visitinha. — Ainda está com aquele garoto lindo com quem vi você naquele dia?

Não sei se ela de fato achava que Carey era lindo. Nem todo mundo achava. James costumava dizer muitas coisas astutas do tipo "a beleza está nos olhos de quem vê" sempre que a aparência física do meu namorado virava assunto. Minha interpretação, porém, foi que ela queria checar se eu tinha namorado.

— Carey. Sim, ele voltou à cena — respondi.

— Ele tinha saído de cena?

— Ah, sim. — Dei de ombros. — Perdemos contato por um tempo, naquela época.

— Meu Deus, eu gostaria de ter a sua sorte com os homens quando tinha sua idade. Eu era tão tímida, parecia uma formiguinha. Só arranjei um namorado de verdade quando tinha vinte e três anos.

Isso foi surpreendente sob vários aspectos. Se Deenie ia ser minha chefe, então eram muitas informações pessoais a respeito dela. Além disso, sorte? Com homens?

Devo ter parecido confusa, então ela esclareceu.

— É que eu lembrei daquela noite que encontramos você no show dos Goldfrapp, com aquele outro cara bonito.

Fazia sentido que Deenie não tivesse um bom gaydar, considerando-se com quem era casada.

— James — falei.

— Com ele não era nada sério, então?

— Só um amigo — respondi, e dei a entender que estava sendo discreta.

Ela serviu o café.

— Desculpe — Deenie balançou a cabeça como se estivesse se repreendendo. — É que todas as minhas amigas estão casadas, ou grávidas, ou algo assim. Sempre que alguém tem, tipo, uma vida romântica emocionante, quero saber tudo.

Vida romântica emocionante! Logo eu, que não conseguia nem fazer Carey transar comigo numa bancada de pães.

Bebemos nosso café e por fim começamos a falar de trabalho. Fiquei sabendo que a editora de Deenie a deixava trabalhar dois dias em casa, porque era difícil fazer a edição num escritório movimentado, e muitas vezes ela trabalhava até tarde da noite. As tarefas envolviam um certo número de almoços glamorosos, mas não tantos quanto se imagina por aí. Ela citou alguns dos livros em que havia trabalhado, e fiquei surpresa ao saber que eu conhecia quase todos. Não os tinha lido, mas eram livros que haviam subido na lista de mais vendidos da livraria, e eu lera as sinopses.

— Você ganha um percentual? Sobre todos os livros em que trabalhou e que se saíram muito bem? — perguntei.

Ela riu com sarcasmo.

— Não. Quem me dera.

Deenie acrescentou, com uma nota de conspiração, que ter editado livros que venderam muito bem podia trazer outros benefícios, o que vinha bem a calhar em certas ocasiões. Seus olhos voaram para a estante mais próxima, onde estavam cinco exemplares de *A dieta de Kensington*.

— Ah — falei. — Entendi.

Nós duas rimos, uma risada que era toda de carinho, porque ambas amávamos o dr. Byrne e apoiávamos seu direito de escrever livros inúteis.

Ela me falou o que esperava de mim. Queria que eu lesse uma pilha de manuscritos, a maioria enviada por autores não publicados, e que preenchesse uma planilha com minhas observações a respeito deles. Ela me mostrou a planilha Excel que usava desde que começara a trabalhar com livros. Tinha centenas de linhas, em ordem alfabética e codificada por cores. Verde significava "excelente". Tentava adquirir todos os títulos em verde. Amarelo significava "promissor". Vermelho significava um "não" absoluto. A planilha era quase toda amarela. Dentro do amarelo havia mais codificação: livros que não estavam bem ajustados, autores que não estavam bem preparados, assuntos que estavam um pouco fora de moda. Cada registro tinha uma frase, resumindo o livro e o escritor. "Épico da guerra civil, se alonga um pouco, sabe muito sobre as ilhas rochosas".

Algumas das inscrições em amarelo eram de anos antes, e alguns desses autores haviam se tornado best-sellers. Um deles, que ganhara um prêmio nacional de contos naquele ano, fora resumido como "um homenzinho estranho: adora cachorros, odeia mulheres".

Enquanto ela explicava tudo aquilo, comecei a ficar toda animada. Era a primeira vez que tinha acesso aos bastidores do mundo sobre o qual vinha tomando notas com diligência fazia anos. Imaginei meus autores favoritos aparecendo em uma das planilhas de Deenie, ou em planilhas idênticas no mundo inteiro. Donna Tartt, Toni Morrison, Richard Yates, Barbara Trapido, Haruki Murakami, Edna O'Brien. Racionalmente, eu sabia que todos eles deviam ter sido rejeitados por editoras, e já lera entrevistas sobre o assunto. Mas a ideia de que um dia pudessem ter vivido na mediocridade da lista amarela era muito reconfortante para mim.

Eu teria que ler um certo número de manuscritos por semana. Podia ler alguns em casa e outros na casa dela. Também era responsável pela caixa de entrada do trabalho, enviando um dos modelos de e-mail de rejeição para todos os escritores esperançosos que queriam desesperadamente ser publicados, mas, ao que parece, não tão desesperadamente a ponto de tentarem descobrir o nome de Deenie. "Prezados senhores", era a maneira mais comum de se dirigirem a ela.

No geral, passamos bons momentos juntas. Eu me lembro de pensar, em várias manhãs, enquanto líamos calmamente e bebericávamos café nas canecas de cerâmica, *Se isso é trabalho, então estou dentro*.

Nos primeiros dias do meu estágio, James ficava esperando na porta quando eu chegava em casa, desesperado por informações sobre o funcionamento interno da vida doméstica do amante. Eu não sabia o que dizer.

— Deenie é mesmo muito adorável — comentei, com um tom de desculpas.

— Ela suspeita de alguma coisa?

— Bom — respondi devagar —, ela acha que você é hétero.

— Ah.

Ele parecia atordoado, como uma pessoa que fez um desejo e esse desejo se voltou contra ela.

Descrevi a casa deles, os tapetes vibrantes e os assentos na janela, e James odiou.

— Me fala como é o casamento. Eles parecem felizes? — perguntou ele, desesperado.

— Ele nunca está em casa!

E não estava mesmo. A faculdade estava no período de férias e os festivais literários de verão haviam começado, então o dr. Byrne ainda estava fazendo o possível para desovar alguns exemplares de *A dieta de Kensington*. Também encontrara um ritmo escrevendo o novo livro, então suas visitas no meio da tarde tinham começado a diminuir.

James estava tentando convencer o dr. Byrne a deixá-lo ir a um dos festivais literários. Dizer que era um assistente. O dr. Byrne era firme: nem pensar. Deenie conhecia todo mundo que estaria presente nos festivais. O risco era muito grande.

Sinto uma pontada de culpa ao relembrar aqueles meses. Quando não estava no trabalho, debaixo de uma pilha de manuscritos, estava com Carey. Desistira da maconha sintética, mas James ainda fumava na cama, infeliz, diante de *Frasier*.

— Sou seu melhor amigo — acusou ele, uma vez, surtando ao me ver fazer círculos e sublinhar um manuscrito, como Deenie me ensinara. Eu tinha terminado de ler a pilha de rejeitados e estava começando a editar alguma coisa. — Sou eu quem você devia amar mais.

A franqueza do comentário. Era algo que nenhum de nós diria a um namorado, amedrontados como estávamos de admitir uma necessidade escancarada e aberta. Mas podíamos dizer isso um ao outro.

— Mas eu *amo* você mais — falei, abraçando-o. — Mas preciso separar as coisas. Não posso bancar a espiã por você. Ela é minha amiga, mais ou menos.

Senti uma nova onda de empatia pelo dr. Byrne, que havia superado as próprias lealdades conflitantes ao me ignorar. Eu entendia a tentação.

— Como está indo o roteiro do programa? — perguntei.

Tínhamos desistido de dizer que eu estava coescrevendo o programa. Fazia um mês que eu não abria o documento nem escrevia uma palavra.

Ele não respondeu e foi tomar banho. O segundo do dia.

Alguns dias depois, James tomou três ônibus para Dingle, oito horas no total, e invadiu um festival no qual o dr. Byrne estava palestrando. Foi uma atitude profundamente estúpida. O dr. Byrne o ignorou e se esquivou dele, enviou uma mensagem de texto concisa para encontrá-lo no hotel, e mais tarde os dois discutiram a noite inteira. Não acho que James de fato quisesse que o dr. Byrne deixasse a esposa. Ele apenas achava que merecia mais respeito, mais tempo, um pequeno *pied-à-terre* e um penhoar adornado com plumas de marabu. Ele queria que o caso fosse um tantinho mais francês, se possível.

James sabia que tudo isso era impossível, mas estava chegando ao mesmo ponto a que eu chegara em maio. Também estava começando a se perguntar que rumo sua vida iria tomar, só que seu caso parecia mais drástico que o meu. Ele não tinha nem mesmo o diploma medíocre de uma universidade medíocre.

Em uma manhã de julho, ele entrou na cozinha, onde eu estava torrando bagels. Carey estava no chuveiro.

— O que você está fazendo acordado? — perguntei.

Isso foi três dias depois da viagem a Dingle, e James estava isolado no quarto desde então. Ele montara a tábua de passar roupa e estava examinando tanto minhas roupas quanto as dele.

— Decidi recuperar o autocontrole. Vou desistir do Fred — declarou.

— Uau. Muito bem.

Estava preparada para aceitar essa ficção tanto quanto estivera disposta a aceitar que James era hétero quando nós fomos morar juntos. Minha suspeita era que Fred Byrne tivesse terminado com ele em Dingle.

— Vou arrumar outro emprego. Estou cansado de ser pobre. E vou terminar o programa de TV.

Assenti.

— Estou muito feliz, amigo. Isso é ótimo.

Fiquei aliviada por não ter que discutir oficialmente com ele o fato de eu não escrever mais o programa de televisão. Eu tinha perdido todo o interesse na época, mas parecia grosseiro dizer em voz alta.

— Faço vinte e três anos em novembro, Rache.

— Eu sei.

— Quero ter um plano até lá. Não só um plano. Mas, tipo, perspectivas.

Eu o abracei. Carey saiu do banho com minha toalha amarrada na cintura e a famosa barriga à mostra.

— Carey, posso ir à biblioteca com você hoje? — perguntou James.

— Claro, cara — respondeu Carey, pegando um prato. — O que você anda fazendo?

— Vou virar roteirista.

— Maneiro — respondeu ele, saindo da cozinha com um bagel.

Carey não fazia ideia do relacionamento entre James e Fred Byrne, e não tinha nenhuma imagem de Fred Byrne além do fato de ele ser meu ex-professor e marido da minha chefe. É incrível para mim agora quantos segredos eu escondi dele, mas parecia que o assunto nunca vinha à tona. Ele nunca fazia perguntas sobre a sexualidade de James, embora com certeza a presumisse. Mas sei que ele não se importava. Não que estivesse fazendo uma escolha consciente de aceitação; aquilo literalmente não aparecia no radar dele.

Havia muitas, muitas coisas que não apareciam no radar de Carey. Quanto mais tempo passávamos juntos, mais eu percebia que todos que o conheciam ficavam frustrados com a maneira como ele vivia. Sua irmã mais velha, Cate, começou a me ligar quando queria ter notícias dele. Eu não a conhecia, mas ela percebeu que estávamos aprisionadas ao mesmo destino e que tínhamos que dar um jeito de trabalhar juntas. "Rachel, como você está?", começava ela, a cada ligação. Não esperava por uma resposta. "Escuta, o James precisa carregar o celular e ligar para a mãe. Ela não está bem de novo. E no sábado é o aniversário do pai. Você pode avisar ele?".

Nossas conversas, por mais curtas que fossem, sempre pareciam ser entre duas pessoas que estavam cuidando de uma criança após um divórcio amigável. Às vezes era por causa do lúpus. Carey nunca diria isso, mas havia dias em que só precisava dormir ou ficar quieto, e nesses dias ele se recusava a me ligar. Essa foi a única coisa com a qual já o vi ficar constrangido.

Mas na maioria das vezes era só ele sendo desligado.

— Por que você não carrega seu celular? — perguntava eu. — Por que você simplesmente não...

— Não sei — respondia ele, também perplexo. — Simplesmente não sei.

Entre as tantas coisas que não figuravam no radar de Carey, havia muitas outras coisas maravilhosas que figuravam. Uma vez ele me ligou de um telefone público do lado de fora da biblioteca, tendo mais uma vez esquecido de carregar o celular.

— Rache, escuta só — começou. — Na época da caça às baleias, por volta de 1800, eles descobriram que o melhor óleo estava no cérebro do cachalote. Chamavam isso de "*junk*", o que na verdade era uma massa de gordura. Eles baixavam alguém, com um gancho ou algo assim, até o crânio da baleia, e a pessoa tinha que, tipo, remover o cérebro dela. Você sabia disso?

— *Não.*

— Que cheiro você acha que tinha? Estamos falando de um cérebro tão grande quanto a sua casa.

Ouvi um som fraco de batidas vindo do outro lado da linha.

— O quê? — perguntou Carey.

— Senhor, você não pode pegar livros da biblioteca se não os retirou formalmente.

— Só estou lendo isso pra minha namorada. Rachel, você ainda está aí? O óleo era chamado de espermacete. Porque *parecia* porra.

— Você precisa trazer o livro de volta para dentro, senhor.

Uivei de tanto rir, ofegando tanto que tive que explicar isso para a Deenie. Naqueles momentos, eu não me importava com a imprevisibilidade fundamental de Carey, nem com o fato de que devia estar na biblioteca preenchendo formulários de emprego. Mas o medo sempre voltava. Passava longas noites paranoicas me perguntando se ele havia morrido. Havia dias em que não tinha notícias dele. Mas estava aprendendo que isso fazia parte do amor, ou de amá-lo, de qualquer maneira.

— Se ele fosse qualquer outra pessoa no mundo — falei para James uma noite, depois de olhar meu celular pela quinquagésima vez —, eu iria mandar ele ir se foder.

— Mas ele não é uma pessoa qualquer no mundo — lembrou James, com uma tristeza tocante subindo à sua garganta.

Entrelacei os dedos nos dele. Já haviam se passado semanas desde que ele vira o dr. Byrne.

14

Em julho, Ben convocou uma reunião e disse que precisava reduzir nosso salário. Até aquele momento, eu ganhava nove e cinquenta por hora e James, nove. Os cinquenta centavos refletiam os dois anos de serviço que eu tinha a mais do que ele, além do fato de que eu cuidava das chaves do caixa e podia fazer reembolsos em dinheiro. Recebíamos um adicional equivalente a um terço aos domingos e feriados. A única maneira de manter nossos empregos, explicou Ben, era reduzir o salário de todos para oito por hora e cortar o adicional de um terço até segunda ordem.

Ele não queria demitir ninguém, disse, porque éramos como uma família. Mas nos incentivou a procurar um novo emprego.

— Posso ser flexível se arranjarem entrevistas — disse ele, com pesar.

As pessoas entenderam a dica. Sabrina, que no fundo eu ainda via como uma rival, entregou a demissão no dia seguinte. Iria se mudar para Nova York no final do verão. Alguns outros começaram a trabalhar na grande central de atendimento em Bishopstown. Carey, James e eu tínhamos pavor da grande central de atendimento em Bishopstown. Aquilo nos dava a sensação de ser cavalos velhos, prestes a virar cola. Carey não ajudava em nada. Quando trabalhava na Apple, era por telefone.

— A Apple é a melhor das melhores, com cestas de frutas e tudo o mais, e *mesmo assim* eu queria me matar. — Ele fez uma careta. — Não consigo imaginar como deve ser essa empresa aí.

James e eu éramos como aquelas velhinhas falidas em Londres que dizem "Óbvio que eu nunca poderia viver ao sul do rio" e preferem morrer de fome em seus apartamentos de antes da guerra no bairro de Kensington. Tínhamos padrões. Éramos pessoas *da cidade*. Preferíamos ficar de pé o dia todo, trabalhando na GAP, a amarrados a algum telefone fixo.

As pessoas deixaram a O'Connor, o que significava que havia mais horas para mim e James, mas, agora que nossos salários tinham sido reduzidos, ainda embolsávamos o mesmo dinheiro. Ficamos muito malcriados e totalmente péssimos no trabalho. Passamos a fechar as portas da livraria cada dia mais cedo, tocávamos nossa própria música durante o horário de trabalho e não atualizávamos as listas de best-sellers todas as quintas-feiras à noite. Desenvolvemos um ódio profundo pelas mulheres que compravam *A ajuda* para ler nas férias.

— Elas é que deviam nos dar *A ajuda* — zombava James. — O marido delas devia ter dado ao país *A ajuda* ao não darem *A ajuda* a si mesmos.

Não entendíamos o que estava acontecendo com a economia. Só sabíamos que estava ruim, não apenas o ruim normal, mas o ruim corrupto. Havia algumas frases da moda que captávamos dos clientes, que reciclavam informações ouvidas no rádio. "Os malditos bancos", dizíamos. "Bertie Ahern e aqueles envelopes marrons *do caralho*."

Eu sentia falta de Fred Byrne. Achava que ele podia ter nos explicado o que estava acontecendo.

Nunca cheguei a saber o que aconteceu em Dingle. James sumia atrás de um manto de vergonha e de um spray de engomar roupa quando se tratava do assunto. As únicas pistas que me foram dadas chegaram através de seu roteiro de televisão, que estava novamente a todo vapor e tinha até um título: *Discos*.

James decidiu que, se fosse trabalhar mais horas pelo mesmo dinheiro, então podia muito bem ganhar algo com isso. Passava cada minuto livre na seção "Cinema & Televisão", analisando formatos de roteiros e lendo Robert McKee. Também aproveitava ao máximo a impressora do trabalho, que usava para imprimir folhas do roteiro.

— Acho que descobri qual vai ser o grande acontecimento no final do piloto — disse ele, um dia, enquanto fazíamos a limpeza. — Acho que o Michael deixa o namorado e tem que ir morar com Alice.

— Michael tem namorado agora?

— Tem. A gente nunca o vê — respondeu ele, depressa.

— Tipo a Maris? Em *Frasier*?

— Tipo a Maris.

— Então o enredo do programa é que o Michael e a Alice vão ter que morar *e* trabalhar juntos?

— É! E tipo, como é que negociam o equilíbrio entre trabalho e vida pessoal?

— Como *a gente* negocia?

— Eles não são como a gente — disse ele, na defensiva. Estava nervoso por eu interpretar as ações de Alice como se fossem uma paródia. — Somos muito evoluídos.

```
INT: A LOCADORA

MICHAEL irrompe pela porta, parecendo chateado.
ALICE já está atrás do balcão.

ALICE
Isso são horas de aparecer?!

MICHAEL
Desculpa, desculpa!

ALICE
Você perdeu a remessa de terror! Você sabe como é
triste descarregar um caminhão cheio de violência
pervertida às 9h de uma terça-feira?

MICHAEL
Eu terminei com o Craig.

ALICE
Ah... Então... Eu acho que você sabe!

MICHAEL
Alice!
```

ALICE

```
Olha, me desculpa, tudo bem?! Estou em
choque aqui! Mas você tem que admitir,
seu relacionamento com o Craig não era
exatamente… saudável.
```

Ainda tenho páginas desse primeiro rascunho em uma caixa de sapatos. Cada vez que mudo de casa, dedico um dia a ficar sentada no chão, lendo todas as vozes que James experimentou antes de encontrar a sua. Fotografo cada página, envio para ele, que responde imediatamente ou sete horas depois com o emoji de vômito.

Uma noite estávamos jantando em casa. Estávamos com a última garrafa de vinho de Fred Byrne e decidimos preparar um espaguete à bolonhesa do zero para honrar a bebida. A refeição foi horrível: a carne moída cozinhou por tanto tempo que ficou granulosa, o molho de tomate aguado e um pouco frio demais.

— Gosto assim — falei, várias vezes. — A carne quando está crocante.

— Acho que a gente devia conversar sobre o nosso plano — sugeriu James, derramando o último gole de vinho na minha taça. — Acho que a gente devia se mudar para Londres.

— Ah — falei, mastigando a carne borrachenta. Tinha a consistência de casquinha de ferida. — Sério?

— A gente não pode ficar aqui. Cork está morrendo.

Assenti.

— Cork já *morreu.*

— Estou quase terminando o *Discos*. Quando acabar, vou enviar para as produtoras em Londres. E agências também. Para eu conseguir um agente.

— Meu Deus. — Engoli em seco. — Você já pensou em tudo.

— Eu *só* penso nisso. Fiquei pesquisando na internet. Acho que a gente podia conseguir um apartamento em Londres. Não perto do centro da cidade nem nada, mas em algum lugar mais afastado.

Eu tinha ouvido histórias de pessoas nos subúrbios que se deslocavam diariamente para o centro de Londres no tempo que levava para conseguir um voo da Ryanair. Parecia horrível.

— Não sei — respondi, pensando em Carey, em Deenie, nos vínculos de uma vida em Cork, que eram frágeis, mas que também não iam significar nada sem James.

— Ela podia escrever uma carta de recomendação pra uma editora inglesa — argumentou ele; "ela" se referindo a Deenie. — E você podia pedir para o Carey.

Esfreguei a orelha.

— Pedir o que para ele?

— Para vir com a gente.

Deixei o garfo cair.

— O quê?

— Por que não?

— Você ia querer morar com ele?

Ele deu de ombros.

— Eu basicamente já moro com ele.

— Ele não fica muito aqui.

— Não. — James olhou para mim com olhos astutos. — Quer dizer, basicamente *já moro com ele*.

— Ah, qual é. Não sou tão ruim quanto ele. Estou domesticada!

Eu já lavava até os lençóis naquela época. Ele não tinha percebido?

— Claro.

— James!

— A questão continua de pé. Pede para ele ir com a gente. Se a gente conseguir um apartamento de dois quartos e dividir o aluguel em três, vai economizar um bom dinheiro.

MICHAEL

O que isso quer dizer? Era uma relação muito saudável.

ALICE

Bom, para começar, vocês nunca ficavam na casa dele.

MICHAEL

Ele mora com a mulher dele!

ALICE

É, ele mora com a mulher dele!

MICHAEL

Ele está economizando no aluguel!

Eu não tinha ideia de quando James se tornara aquela pessoa com mentalidade empresarial. Se tivesse que dar um palpite, diria que foi resultado da linguagem clara e seca que os roteiristas de Hollywood usavam em todos aqueles livros que ele lia. Aqueles que sempre diziam coisas como: "Uma página por minuto de tela", "Descubra o que querem e não dê isso a eles", "Mostre, não conte", "Nenhum personagem deve ter cinco linhas de diálogo ininterruptas".

— Não sei. Não sei se eu e Carey estamos... se chegamos nesse ponto. É um troço muito importante emigrar com alguém.

— Nossa, não estou pedindo para você embarcar num navio-caixão com ele. Se não der certo, você termina e ele volta para Cork. O que você tem a perder? Está doidinha por ele, não está?

— Estou. Claro.

Ele também estava louco por mim, nos momentos em que se lembrava que eu existia. E não era esse o objetivo de todo o nosso esforço conjunto para sermos adultos? Não era para onde tudo estava indo? Comecei a imaginá-lo imaginando a si mesmo. O quanto gostaria de contar aos pais que estava se mudando para Londres com a namorada. Como todos ficariam satisfeitos. Imaginei a irmã dele, Cate, ligando para o apartamento que dividiríamos, pedindo para colocá-lo na linha. Imaginei como seria conhecê-la.

Conhecíamos pessoas que haviam se mudado para Londres, claro. Todos falavam de como era difícil, cansativo e competitivo. Como era difuso, com todo mundo a quilômetros de distância uns dos outros. Como os britânicos eram frios e cheios de sinais confusos em relação à amizade, que podiam se passar anos até o convidarem para ir à casa deles. Mas uma mudança para Londres com meu melhor amigo e meu namorado... Nesse caso, tudo bem que todo mundo fosse frio, não é?

Pensei em mim e em Carey juntos no metrô, ele preenchendo as palavras cruzadas nos jornais gratuitos.

James e eu conversamos até tarde sobre como seria uma mudança para Londres. Precisaríamos economizar. De que jeito, era um mistério, considerando que mal conseguíamos nos sustentar.

— Será que Deenie podia dar um aumento para você? — perguntou ele.

Ela ainda me dava cinquenta euros por três manhãs por semana, mas também mencionara um trabalho extra, uma antologia de poesia na qual ela talvez precisasse de ajuda. Eu me perguntei se isso contava como algo fora da competência do meu estágio.

— Talvez. E posso ver se arranjo alguma vaga em um bar — falei.

— Não vale a pena. Não tem nada acontecendo, e eles estão dando todos os trabalhos de limpeza de mesas para garotas polonesas gostosas.

Tentei não parecer muito ofendida.

— Porque elas cobram mais barato, não porque... — começou ele.

Levantei a mão, num pedido silencioso para não ser tratada com condescendência.

— A gente vai dar um jeito de arranjar dinheiro. Você pensa em alguma coisa e eu penso em alguma coisa — concluiu James.

MICHAEL

Olha, eu sei que Craig não era perfeito,
mas mesmo assim é difícil passar por um término.

ALICE

Claro que é! Mas então, o que você disse?

[Michael pensa um pouco.]

MICHAEL

Eu disse… que as coisas não podiam continuar do jeito que estavam, sabe? Falei que continuava tentando, e que ele continuava sem tentar e que, em algum momento, nós dois teríamos que concordar com uma coisa ou outra. E… ele não vai tentar. Eu sei que não. E isso me deixa muito triste, porque… eu amo ele. Amo ele, e realmente queria que isso desse certo, mas não posso ficar tentando, se estou aqui, fazendo isso sozinho.

Eram mais de cinco linhas de diálogo ininterrupto, mas ainda acho que funciona.

15

Decidimos que, para nos mudarmos para Londres, precisaríamos de pelo menos 4 mil libras. Com isso, daria para pagar o caução e o primeiro mês de aluguel, e teríamos uma margem de dez dias de flexibilidade para cada um conseguir emprego.

— A gente junta até o Ano-Novo — declarou ele, com muita certeza. — E depois vamos receber o depósito de volta, quando o contrato de aluguel terminar.

— Precisamos consertar o chuveiro — lembrei, porque ainda tinha um saco de lixo preto sobre o lugar onde eu havia aberto um buraco nos azulejos.

— São só umas cem libras por semana, na verdade. Para cada um. Pede para a Deenie te dar um aumento.

— Você acha que a Deenie vai *dobrar* meu salário do nada? Se é que dá para *chamar* cinquenta libras de salário.

— Bom — prosseguiu ele, sem se deixar abater —, assim que o Carey entrar na equação, ele pode começar a contribuir com o fundo também, não pode?

— Não vamos complicar as coisas.

Ainda não falara com Carey. Estava apavorada com a reação dele. Naquela época, falava-se muito em "compromisso", não apenas na minha cabeça, mas a nível cultural. O compromisso era encarado como algo que as mulheres queriam, mas que matava os homens. As expressões "compromisso", "problemas com compromisso" e o problema evidentemente médico da "fobia de compromisso" apareciam com frequência, tanto que esqueci que, no geral, um "compromisso" queria dizer apenas que uma pessoa passava muitas noites com outra e ocasionalmente ia com ela a casamentos.

Então continuei a não tocar no assunto de Londres com Carey. Quanto mais adiasse a pergunta, mais poderia viver na fantasia em que ele diria sim, e todos nós poderíamos começar a planejar nossa nova vida juntos. Se dissesse não, seria a primeira de uma longa série de conversas que inevitavelmente levariam ao nosso rompimento. Já tinha passado por esse tipo de desgosto uma vez naquele ano. Não tinha estômago para repetir a situação.

Uma manhã ele me trouxe torradas na cama. Foi muito romântico, embora tivesse sido eu quem comprara o pão. Raramente ele acordava antes de mim.

— É melhor você sentar, senão vai ficar cheia de migalhas.

Fiz o que ele disse, adorando tudo aquilo. Ele beijou uma mancha de manteiga de amendoim do meu queixo.

— Tudo bem, Rache? — perguntou ele, de repente parecendo muito tímido.

— Claro. Por quê?

— Eu só... — Quando estava nervoso, ele se agarrava às palavras com a energia de quem está numa brincadeira de tirar a sorte. — Você tem estado muito *lúgubre* nos últimos dias.

— Lúgubre! — repeti, animada. — Nem sei o que significa. Viu para que serviu meu diploma de inglês?

— Triste, meio mórbida. E nunca quer sair. Está meio presa em casa. Quer dizer, quando não está trabalhando.

— Ah, bom. É por causa do dinheiro.

— Você está se saindo bem. Ainda tem a livraria e a Deenie. Podemos nos dar ao luxo de ir ao Brog para beber alguma coisa.

Essa era a hora de contar. Ele estava curioso, preocupado, alerta, focado. Meus seios estavam para fora. Teria sido tão fácil. *Eu e James estamos planejando nos mudar para Londres. Vem com a gente.*

— É que a gente está tentando economizar — falei, tentando ser sincera.

— A gente?

— Eu e James.

— Para quê?

Eu não queria mentir, então não menti. Não tecnicamente.

— A gente quer se mudar pra um lugar melhor — falei, e acenei com a mão, apontando para a linha úmida que subia pela minha parede e para a rua do outro lado da janela. Deixei subentendido que lugares melhores poderiam estar ali por perto, e não num país diferente.

— Ah. Certo — disse ele.

Senti uma pontada de medo, como se estivesse escondendo um caso e prestes a ser descoberta. Pensei em contar para ele. Imaginei-o se afastando, sentindo a pressão do meu pedido, a data de validade da minha imigração. O pânico de perdê-lo tomou conta de mim, pus o prato no chão e o puxei para perto. Foi a primeira vez que me senti consciente, durante o sexo, de querer impressioná-lo, querer mantê-lo. De querer dar um show. Senti que me tornei mais barulhenta, mais performática. Eu me lembro de olhar para baixo durante o ato e pensar que ele parecia confuso.

Depois disso, ele fez carinho na minha cabeça, como se eu fosse um cavalo.

— Foi um belo presente de manhã de terça-feira — falou ele, e não o vi por dois dias.

No meu coração, não acreditava que me mudaria para Londres. Alguns planos acabam caindo na sua mão como um ovo quente. O lançamento do livro do dr. Byrne, por exemplo. Outros parecem vagos desde a concepção e continuam a parecer vagos, não importa quantos detalhes a gente enfie neles.

Não era desse jeito que o plano funcionava para James. Ele se viu em Londres e passou horas pesquisando diferentes bairros em que achava que poderíamos morar.

— Olha esse apartamento que encontrei em Mile End. Dois quartos. Mil por mês.

Dei uma olhada nas fotos. Tinha um clima sombrio, e como se estivesse bem acima do chão. Da porta de correr, dava para ver o topo dos prédios.

— Mil *libras*?

— Dividido por três. Isso não é muito mais do que a gente paga agora. Claro que tem o imposto municipal e tudo o mais no Reino Unido.

— A gente ainda não sabe se o Carey vai junto.

— E a gente não vai saber se você não perguntar.

— *Vou* perguntar.

Não perguntei.

Uma semana depois, James desceu as escadas correndo, segurando o notebook.

— RACHEL! RACHEL! — gritou ele.

Eu estava lendo uma revista de uma semana antes e deprimida por causa de dinheiro.

— Recebi um e-mail! Um e-mail sobre o *Discos*!

> Olá, James,
>
> Muito obrigada por enviar seu roteiro *Discos* para nós. Infelizmente, não vamos levar esse projeto adiante, pois não podemos produzir roteiristas sem agentes. No entanto, queria entrar em contato pessoalmente e dizer que gostei muito da sua escrita e que estou muito curiosa para saber o que acontecerá com Michael e Alice.
>
> Acredito que irá encontrar muitos dos mesmos problemas com outras produtoras. Posso recomendar que você tente enviá-lo para a BBC Writersroom ou talvez para a Sky?
>
> Muito obrigada,
>
> JENNIFER ROMLEY
> Executiva de Desenvolvimento
> Produções Elephant Feet

Era um e-mail de rejeição, mas era tudo de que ele precisava. Os fatos desse e-mail logo se distorceram para se adequar a uma nova mitologia, em que James quase conseguira um contrato de televisão, e a única razão disso não ter acontecido foi por não ter um agente arrogante. Ele seguiu o conselho de Jennifer Romley e submeteu o roteiro à Sky e à

BBC, incluindo a frase "Houve um sério interesse por parte de Jennifer Romley, da Elephant Feet" em todas as cartas de apresentação.

— É tudo uma questão de quem você conhece — repetia ele.

Jennifer Romley talvez fosse alguém pouco mais velha que nós, encarregada de vasculhar a pilha de lixo, assim como eu fazia com a de Deenie. Na fantasia de 2010, porém, ela era uma pessoa importante na indústria do entretenimento, alguém cujo nome seria reconhecido em qualquer lugar. Nós a imaginávamos no Groucho Club, falando sobre "um novo roteirista irlandês fabuloso" e sendo ouvida por acaso por alguém da BBC. Alguém que por coincidência tinha recebido o roteiro de *Discos* naquela tarde.

A coisa do agente estava se mostrando mais preocupante. Ninguém retornava os e-mails dele. James telefonou e telefonou, até que por fim recebeu alguns conselhos curtos e grossos de uma recepcionista.

— Olha, cara, ninguém sabe quem caralhos você é — disse ela, com sotaque irlandês.

Ela se tornava mais inglesa cada vez que contávamos a história. A frase se tornou uma coisa que gritávamos um para o outro, subindo as escadas e quando estávamos em lados opostos da rua. "Ninguém sabe quem CARALHOS você é!"

— Por que vocês ficam falando isso toda hora? — perguntou Carey, uma vez. — E ainda imitando os ingleses?

— Pela curtição — respondi, alegremente.

Era uma boa desculpa, mais ou menos. E aquele era mesmo o motivo de fazermos qualquer coisa.

— É por isso que eu nunca moraria na Inglaterra — comentou ele, enrolando um cigarro. — Esse jeito de falar. Irritante que nem barulho de unha arranhando lousa.

— Nunca? — perguntei, com o estômago revirando.

— Meu Deus, você consegue me imaginar lá? — Ele riu. — Eu ia cantar "Come Out, Ye Black and Tans" no metrô.

Ele estava brincando. Ou não. É difícil saber. Sua família consanguínea tinha sido alvo de muitas perseguições durante os conflitos, como aconteceu com muitas famílias católicas em Derry. Era difícil avaliar a gravidade do seu rancor contra a Inglaterra. Isso tinha importância? Muita gente que odiava a Inglaterra se mudava para lá.

De qualquer forma, levei o comentário a sério. Que era o que realmente tinha importância, no final.

— Preciso que você vá comigo para Fermoy no domingo. Vou sair do armário para a minha mãe — anunciou James.

Eu estava no banho. Tive certeza de que ouvira errado.

— Quê?

Ele ergueu a voz.

— Eu disse que você tem que ir para Fermoy comigo no domingo, porque preciso sair do armário para a minha mãe.

Desliguei a água e me enrolei na toalha. Na cozinha, a porta estava aberta e James fumava um cigarro sob o raio de sol que vinha do quintal.

— Por que você vai sair do armário para a Nicola?

Há amigos de uma certa época que encontram consolo excessivo no nome da mãe. James e eu éramos dessa época. Éramos melhores amigos, apesar de não nos conhecermos havia muito tempo, e estávamos determinados a compensar o lapso da nossa amizade com a intimidade familiar. Eu sempre perguntava por Nicola e Frank; ele queria saber de Bridget e Paul.

— Ela precisa saber, não é?

Ele havia recebido outro e-mail, idêntico ao de Jennifer Romley da Elephant Feet. Era de outra produtora de nome bizarro, provavelmente outro funcionário júnior. Dissera que a escrita de James era "animada" e que era revigorante ver "personagens gays dinâmicos" num roteiro. Também sugerira a BBC Writtersroom.

Uma carta de rejeição atenciosa era bom. Duas era ainda melhor. Duas era "burburinho".

— Se vou ficar famoso por meus personagens gays dinâmicos, é melhor ter uma vida gay dinâmica — argumentou ele.

Tomamos o ônibus e caminhamos um quilômetro e meio até o vilarejo. Perguntei por que não podíamos simplesmente pedir à mãe ou ao padrasto dele que nos buscasse, e James disse que precisava caminhar para pensar no que ia dizer.

Achei que talvez ele quisesse experimentar diferentes abordagens comigo. Não fez isso. Ficamos em silêncio o tempo todo, James andando um pouco à frente.

Quando finalmente chegamos, havia muitas distrações. Nicola tinha uma gata birmanesa que acabara de dar à luz, e nós acariciamos os filhotes deitados em uma caixa, na garagem, enquanto ela nos explicava o processo de criação. Era uma mulher doce, toda loira e com joias douradas, que vivia surpresa por ter ido parar em uma fazenda na Irlanda. O padrasto de James estava sempre fazendo alguma coisa em algum lugar. Nunca entendi o suficiente de agricultura para sacar em que ele estava trabalhando.

Ela tocava muito no filho. A mão na nuca dele, o polegar esfregando a linha do cabelo. Segurei os gatinhos, um em cada mão, as garrinhas enganchando no meu vestido.

— Esperamos conseguir quatrocentos pelos meninos. Quinhentos pelas meninas — disse ela.

— Mãe, eu sou gay.

Nicola olhou para o filho e depois para mim. Eu presumira que a conversa de ser gay aconteceria enquanto eu estivesse no banheiro. Voltei a atenção para os gatos.

— Certo — disse ela, por fim.

Então estendeu a mão mais alto na linha do cabelo de James, e puxou-o para perto. Ela o abraçou por um longo minuto. Então começou a chorar.

Desde então, tive amigos queer em número suficiente para saber que as mães sempre choram. Não importa se já desconfiavam. Não importa o quanto é óbvio. É o tipo de choro de uma pessoa assistindo a um filme no avião. Intenso e irreal, repleto de terror silencioso e ar artificial.

Nicola continuou chorando, e eu coloquei os gatinhos na caixa e saí da garagem de fininho.

Não havia para onde ir, então me sentei num muro e olhei para um campo vazio. Alguém, possivelmente o padrasto de James, estava manobrando um cortador de grama.

Demorou algum tempo até que James e a mãe saíssem da garagem.

— Não tem nada a ver — dizia ele. — Eu sempre fui assim.

Não me virei. Não queria deixá-los constrangidos com a minha presença.

— Rachel! — chamou Nicola, a garganta soando seca. — Você quer entrar para comer um sanduíche?

Comemos sanduíches de presunto na mesa da cozinha, e em seguida ela nos levou até o ponto de ônibus. A gente se comportou como se estivesse saindo de um funeral, com aquele sentimento de que, mesmo nas piores situações, todo mundo ainda precisa ser alimentado e chegar a algum lugar. Eu sabia que havia algo mais acontecendo ali, e que o misterioso *valor de x na equação* que envolvia James e sua sexualidade estava sendo revelado para mim. Estava recebendo provas, mas não sabia de quê.

Não conversamos muito no ônibus. Aliás, não conversamos até estarmos em segurança na casa da rua Shandon. A gente se deitou na cama dele totalmente em silêncio.

— Não tem nada a ver com o quê? — perguntei.

Ele suspirou.

— Eu fui abusado.

É uma frase estranha, mas foi assim que ele disse. Não quis me dar muitos detalhes editoriais, muitos ângulos de câmera e depois deixar que eu chegasse à minha própria conclusão. Tinha muito carisma, mas não queria usá-lo para aquilo.

Por fim, consegui esses ângulos de câmera. Aos poucos e com o passar dos anos. O amigo de faculdade da irmã. O quarto de hóspedes com a pequena televisão, onde James assistia a desenhos animados, e onde o amigo estava hospedado. As conversas tranquilas e engraçadas que se transformaram em uma dura realidade e, por fim, em uma sensação maçante e oleosa de distância.

— Ai, meu Deus. Sinto muito.

— Está tudo bem. — Ele olhou para mim pela primeira vez desde que saímos naquela manhã. — Foi depois que nos mudamos para a Irlanda. Aconteceu só uma vez. Eu contei para eles na hora. — Ele disse tudo como se estivesse lendo um telegrama. — Ela passou muito tempo tentando nos proteger do meu pai. Acho que ficou abalada por ter esquecido de nos proteger de outras pessoas.

— Ah, James.

Eu não conseguia pensar em mais nada para dizer. Apenas *Ah, James.*

— Sabe, costumavam acontecer coisas ruins com muita frequência na Inglaterra, com pessoas que a gente conhecia, com pessoas da nossa família. Sempre pensei: *Alguma coisa vai acontecer comigo também um dia*. Então, quando aconteceu, quase pensei, *Ah, finalmente*.

Deitei a cabeça no ombro dele.

— Mas ela... ela tinha certeza de que isso ia me ferrar. Isso a destruiu. Eu não queria que ela estivesse certa.

— Você não está ferrado.

— Tudo bem. — Ele não parecia acreditar. — Não sei, estava emitindo vibrações de criança gay antes de conseguir ficar de pé. O que não ajuda. Acho que os homens notam esse tipo de coisa. — Ele fez uma pausa. — Obrigado por ter ido.

— Obrigada por me levar. E por me contar tudo isso.

James pôs o braço em volta de mim e encostei a cabeça no peito dele. Ficamos assim por um tempo. James e eu dormíamos na mesma cama com frequência, mas nunca nos abraçamos, a não ser naquela noite. Adormecemos como amantes.

Acordei algumas horas depois, ainda de sutiã, as costelas forçando a faixa das costas. Ele abriu os olhos, e nós nos entreolhamos, conscientes de que havíamos acordado num mundo novo. James acariciou meu rosto, sussurrou meu nome e me beijou com suavidade na boca.

O beijo durou dez segundos. Quinze, no máximo. Não lembro como parou ou por que, mas voltamos a dormir, tranquilos feito bebês.

Nunca conversamos sobre o beijo. Pensei nele, claro. Agora que tinha saído do armário, beijar uma mulher seria o último tabu que restava? Ele estava dizendo adeus às mulheres e à noção de heterossexualidade? Foi uma maneira estranha de agradecer por tê-lo acompanhado a Fermoy? A resposta mais enfadonha é, talvez, a mais verdadeira: que ele simplesmente quis marcar o último dia em que viveu com segredos.

16

Agosto foi um mês tão agitado que agora só nos referimos a ele de um jeito: o Gaynascimento.

Se você era um homem gay ou bissexual e morava em Cork em agosto de 2010, pode acreditar, meu amigo James transou com você.

Como esperado, a revelação de James mudou pouquíssima coisa. A maioria das pessoas se mostrou muito gentil e apenas assentiu e o parabenizou. Outros não se portaram tão bem, e acabaram na nossa lista de cuzões.

Existe um certo tipo de personalidade viciada na ideia da própria inteligência. São as pessoas que insistem que previram a reviravolta do filme; que sempre pensaram que o casal divorciado era infeliz; que a celebridade feminina parecia louca. Também são as pessoas que sempre souberam que alguém era gay e não conseguem parar de falar disso.

— Eu *sabia* — disse Ben.

— Bom, agora é oficial. — James permaneceu indiferente.

— Eu *sempre* soube — repetiu Ben, sugerindo que sabia antes de James.

— Você viu as câmeras da livraria, não é? — perguntou James, com tranquilidade, e a expressão presunçosa de Ben ficou chocada.

— É sério isso? Na loja? — perguntou ele, pálido.

— Ah, desculpa. Achei que você *soubesse*.

James não se limitava mais às poucas noites queer que a cidade tinha a oferecer. Havia se libertado por completo, pressionando corpos contra todas as áreas de fumantes de Cork e levando alguns deles para casa. Dormi muito mais no meu quarto, o que não era exatamente a sentença de morte que costumava ser. Ter um namorado era uma influência domesticadora. Agora eu tinha lençóis limpos, flores num pote de geleia e quadros na parede. Sentia que estava indo muito bem, para uma garota de vinte e um anos.

Nunca brigamos, oficialmente, por causa dos garotos que ele levava para casa. Eles eram, na maioria, sérios e gentis, conversavam de modo educado comigo pela manhã e me perguntavam sobre os livros nas estantes. Mas havia alguns, e um em particular, que irradiavam certa aversão por mim e pelas mulheres em geral. Pensavam em James como Julieta e em mim como sua ama leal e perturbada, chamando-a da varanda.

Às vezes eles tentavam me intimidar um pouco. Piadas sobre Maria Purpurina e as coisas idiotas que garotas heterossexuais faziam. Comentários velados sobre meu tamanho, sobre como devia ser legal o fato de James e eu podermos compartilhar roupas.

James nunca saiu em minha defesa, mas também não incentivava esses comentários. Não precisava. Invariavelmente, Lady Gaga tocava nos alto-falantes do iPod e nós dois nos dissolvíamos no nosso próprio mundo, deixando quem quer que estivesse conosco à margem. Cantávamos "formigueirence" em vez de "*bad romance*", porque era verão e a casa inteira estava cheia de formigas.

A antologia de poesias que Deenie estava organizando acabou sendo mais trabalhosa do que ela esperava, por isso eu ia muito à casa dos Harrington-Byrne. A antologia não tinha nada a ver com o trabalho diário dela, mas com o patrimônio literário do pai. Era o vigésimo aniversário da coletânea mais famosa dele, e a filha havia encomendado aos "poetas mais interessantes da Irlanda" que escrevessem um poema em resposta ao legado do pai.

— Os poetas mais interessantes da Irlanda que aceitarem duzentas libras — explicou ela.

Foi bem corrido. Tive que enviar e-mails aos agentes, estabelecer prazos, ficar atrás deles e enviar atualizações de volta à editora. Ela estava feliz por ter a minha ajuda, e dizia isso com frequência.

— Acho que nunca teria aceitado se não tivesse você. Organizar poetas é como pastorear gatos — comentou ela.

Ela estava grata pela minha ajuda, comprava doces nos dias que eu ia para lá, mas não parecia disposta a me pagar mais. Eu me sentia estranha com isso. Com certeza o estágio tinha acabado, não? Pesquisei as tarefas de um assistente editorial, e lidava com cada item da lista. Gerenciava a correspondência. Encaminhava faturas para contadores. Dominei as planilhas. Aprendi sozinha todos os tipos de fórmulas para o Microsoft Excel a fim de cumprir os vários prazos, e com certeza isso valia mais de cinquenta libras por semana.

Foi o verão das queixas não expostas. Estava ansiosa demais para conseguir contar a Carey sobre Londres e com medo demais para pedir um aumento salarial a Deenie. James não era o único a escrever roteiros. Escrevi inúmeros e longos roteiros na minha cabeça, todos diálogos em que eu despontava como uma garota íntegra e sofredora, e todo mundo como pessoas insensíveis e cruéis.

```
RACHEL
Você fica sentada aqui na sua casa enorme, com seu
marido adorável e sua cozinha de vidro, mas não
vê o que está bem na frente! Eu, a pessoa que vem
a pé para cá porque não tem dinheiro para pegar o
ônibus todo dia!

DEENIE
(Horrorizada) Rachel… Eu não fazia ideia.
Por favor.

(Abre a bolsa) Pegue meu dinheiro.
```

Tinha medo de parecer ingrata, então não disse nada e comecei a guardar ressentimento. Na primeira vez que Deenie me deixou sozinha na casa dela, achei que era um gesto magnânimo e de muita confiança. Ela ia almoçar com um autor e não teve receio algum de me deixar sozinha com suas coisas.

Ela deveria ter se preocupado. Fiquei quieta por vinte minutos para ter certeza de que realmente tinha saído e, então, comecei a bisbilhotar. Primeiro, só queria examinar as coisas. Revirar as bugigangas da vida dela e imaginar como alguém poderia ter uma churrasqueira George Foreman e um tapete nepalês tecido à mão. Era uma vida que queria para mim, e ainda é o padrão pelo qual julgo minhas próprias escolhas estéticas: *Será que Deenie teria isso na casa dela?*.

Encontrei maneiras pequenas e estúpidas de me vingar. Fui até o quarto dela e usei o creme de mãos. Dei uma olhada na gaveta de calcinhas. Dei Honey Nut Cheerios para o gato, embora ele fosse muito gordo e supostamente estivesse de dieta.

Estava com raiva por ela não reconhecer que eu não era mais uma simples estagiária, mas sei que isso não era tudo. Havia algo mais espinhoso, mais cruel, por trás daquele comportamento. Gostava de Deenie Harrington, mas na minha cabeça eu tinha normalizado que não havia problema em fazer coisas ruins com ela. Os relacionamentos se desenvolvem sobre a base em que foram fundamentados. A base do meu relacionamento com Deenie sempre seria o fato de ela ser a esposa ingênua do amante do meu melhor amigo. Havia uma parte de mim que sempre seria condescendente com ela, não importava quanto ela fosse doce, inteligente ou gentil.

Encontrei tiras de teste de ovulação no banheiro. Usei uma, por curiosidade. Não estava ovulando. Estava tomando pílula. Mesmo assim, foi interessante.

Na próxima vez que verifiquei o armário do banheiro, elas tinham sumido. Deenie notara que eu havia usado uma ou ela mesma usara todas. Ela falava, às vezes, de amigos que tinham filhos, mas nunca disse uma palavra sobre começar uma família.

— Fred Byrne e Deenie fazem sexo? — perguntei a James naquela noite.

Ele deu de ombros.

— Devem fazer. Eles *são* casados.

— Pensei que talvez...

— Que eram duas pessoas na década de 1950 com "um acordo" e que dormem em camas separadas?

— Bom, sim, mais ou menos. Vocês nunca falaram disso? Da vida sexual deles?

— Não — respondeu ele, os olhos ainda grudados na televisão. — Curiosamente, os homens casados não tendem a querer falar das esposas.

Era a primeira conversa que tínhamos sobre o dr. Byrne em semanas, mas a articulação de seu nome pareceu convocá-lo até nós. Ele ligou para James na semana seguinte e o convidou para tomar um café.

— Café? No... mundo? Em público? — perguntei para o meu amigo.

— Café no mundo — respondeu James, também atordoado.

Quando voltou, ele se atirou na minha cama, encantado consigo mesmo.

— Ah, meu Deus, Rachel. Ele está *caidaço* por mim.

— Ele disse isso?

— Basicamente. Falou sem parar do quanto sentia minha falta, do quanto eu era especial, do que existia entre a gente, e então perguntou se eu sentia falta dele.

— Ele perguntou se *você* sentia falta *dele*? — Eu era tão ruim em fazer perguntas diretas às pessoas que ficava surpresa quando os outros conseguiam isso. — O que você disse?

— Disse que sentia, às vezes, mas agora que tinha saído do armário, minha vida se resumia a olhar para frente, não para trás.

James parecia orgulhoso, e com razão. Eu também estava orgulhosa dele.

De todas as pessoas que esperávamos que aceitassem mal a revelação de James, nunca havíamos pensado no dr. Byrne. Ele podia não ter saído do armário, mas ainda era uma pessoa queer. Achamos que ficaria encantado. No momento, ficou. Mas aquilo plantou uma semente de algo ruim nele, que brotou de forma desenfreada nas semanas seguintes. O dr. Byrne começou a telefonar para James com frequência, primeiro dizendo como ele era maravilhoso, depois confessando que estava "muito preocupado" e que James precisava "dar uma segurada".

— Ele disse que não queria que eu me tornasse um daqueles gays que só vão em festas — contou James, perplexo. — Estava sendo muito puritano. Eu falei que ele estava tentando fazer aquela coisa velha de *slut-shaming* comigo.

— Ele *está* tentando fazer aquela coisa velha de *slut-shaming* com você. Diz para ele cair fora.

— Ele só está com ciúmes. E solitário. Está sozinho no armário agora.

Ele tinha tanta empatia pelo dr. Byrne que isso me fez perceber, por fim, o que acontecera entre os dois naquele primeiro dia na livraria. Toda aquela conversa casual sobre o Canadá, Fermoy e aparelhos de DVD, a conversa fiada que de alguma forma se tornou a paixão marcante da jovem vida do meu amigo. Percebi que era solidão. Eles viram isso um no outro no mesmo instante. Ambos eram carismáticos, ambos eram queridos e, ainda assim, ambos eram companheiros de solidão.

O Gaynascimento trouxe uma atmosfera de verão bem-vinda à nossa casa fervilhante e cheia de formigas. Também era excessivamente caro.

Havia um trechinho de grama atrás da igreja Shandon Bells que pegava um bom sol. Começávamos a beber mais cedo, saíamos mais tarde e terminávamos a noite na madrugada fria e azul empoleirados no telhado plano de casa, que tinha vista para a cidade moribunda.

— No final das contas, somos só nós dois, Rache. Ninguém vai tomar conta de mim do jeito que você faz — disse James.

— Nem ninguém de mim — falei, mole, com o queixo apoiado nos joelhos. Pensei em Carey, que me adorava, mas não conseguia fazer um plano com mais de uma semana de antecedência sem ficar angustiado com as circunstâncias. — Às vezes tenho a sensação de ter passado a vida em coma, ou algo assim, até a gente se conhecer.

— Entendo perfeitamente — respondeu ele, e eu não entendi se James queria dizer que percebera que eu estava em um tipo de coma ou se ele próprio estivera em um.

Apoiei a cabeça em seu ombro, e ele me enrolou um cigarro com os restinhos do seu pacote de tabaco Amber Leaf. Os fiapos eram tão finos que pareciam folhas de chá.

17

Economizávamos e gastávamos como se estivéssemos fazendo uma dieta radical. Sempre que conseguíamos separar algumas centenas de euros, dizíamos que merecíamos uma comemoração. James corria para a loja de conveniência e comprava uma boa garrafa de vinho para nós. Por "boa", quero dizer um Rioja ou Pinot Grigio, que geralmente custava em média dez libras e tinha um gosto meio europeu. Bebíamos no telhado e conversávamos sobre como era muito mais saudável desfrutar de um presentinho decadente uma vez por semana ou algo assim do que diluir as entranhas com removedor de tinta a cada duas noites.

Por volta das dez horas, saíamos para procurar o removedor de tinta. Alguém encontrava cinco pratas em algum lugar, cinco pratas que ainda não tinham sido contabilizadas como parte das nossas economias porque estavam perdidas no bolso de um casaco, e a gente saía para a loja de bebidas. À meia-noite, decidíamos roubar cervejas no Brog, uma tarefa fácil porque todo mundo tinha que deixar as bebidas na máquina de cigarros se quisesse sair para fumar. Por fim ficávamos paranoicos com a possibilidade de o segurança estar nos vigiando e comprávamos algumas vodcas com limonada. Duplas, para economizar. Acordávamos na manhã seguinte e descobríamos que, de alguma forma, havíamos gastado cerca de quarenta euros.

Foi em uma dessas noites, no meio do Gaynascimento, que dei de cara com meu namorado.

Estávamos na pista de dança, quando senti os braços de Carey em volta da minha cintura, e a barba loira e áspera no meu pescoço. Ele estava com os colegas de casa, que estavam acostumados a me ver usando a cueca samba-canção e o colete de Carey, me arrastando pela casa e comendo o cereal deles.

— O que você anda fazendo fora de casa, Rache? Pensei que estava falida... — comentou ele.

— Ah, e estou mesmo — respondi, abraçando-o. Estava usando um vestido curto e queria que os colegas de casa vissem que eu não era uma cretina, mas uma garota muito sexy. — Estou economizando.

— *De que jeito*?

— Ah, os cavalheiros que me cortejam, os cavalheiros que me cortejam — respondi. James e eu tínhamos esses personagens que às vezes interpretávamos, duas belas sulistas que estavam desesperadas por dinheiro, mas igualmente desesperadas por glamour. — Sempre contamos com a gentileza de estranhos.

Peguei a garrafa de Bulmers roubada e pisquei para ele, mas deve ter sido uma olhada assimétrica, entre Scarlett O'Hara e Blanche DuBois. Carey me deu as costas e começou a conversar com os amigos.

Vacilei em pé, esperando ser olhada de novo. Eu não conseguia ver James em lugar nenhum e Carey estava de costas para mim. Por que ele estava de costas para mim?

Cutuquei o ombro dele, o dedo rígido.

— Vou deixar você me pagar uma bebida — falei, o que deveria ser engraçado, mas soou só petulante e mimado.

Carey fez uma cara estranha, como se estivesse movendo os dentes em uma nova ordem.

— Não sei, Rachel — disse ele, e depois voltou a conversar com os amigos.

Fiquei mortificada. Os amigos pareciam desconfortáveis e com pena de mim. Era isso, então? Carey não queria nada comigo de novo?

Fiz a única coisa possível para uma mulher numa situação como aquela. Saí furiosa.

O ar frio me atingiu de imediato, e compreendi que, quanto mais rápido eu andasse para longe do Brog, menor seria a chance de Carey mudar de ideia de repente e sair correndo para me encontrar. Ainda faltava meia hora para fechar, então a calçada estava repleta de grupos de meninas chorando ou passando mal. Eu me recusei a participar daquilo. Eu me sentei sozinha, congelando sem casaco, e pedi um cigarro de um homem que passava. Eu tremia, olhando fixamente para frente, e esperei que ele viesse.

Ele apareceu, claro. Com a constituição de um terrier e igualmente comum.

— Rache, o que você está fazendo aqui fora? Você vai congelar — disse ele.

Agora me ocorre que ninguém em Cork em momento algum se preocupava com a segurança dos outros. Só com a temperatura corporal.

— E o que *você* tem a ver com isso? — retruquei, triste. Estava bem bêbada, mas nunca fui muito de gritar. Minha versão de péssima bêbada era ficar intratável e imóvel de repente. — Você vai terminar comigo mesmo, não vai?

— Eu podia dizer a mesma coisa para você — argumentou ele, com fúria genuína na voz. — Por que tudo isso? Era você quem queria ser toda oficial. Agora está aqui, vestida assim, sem me dizer nada, sem querer tomar cerveja comigo durante a semana. Falando de admiradores.

De vez em quando, um argumento feminista chega à consciência pública e é adotado até mesmo pelas jovens que mais odeiam a si mesmas. Naquela época, havia muita conversa sobre culpabilização sexual, sobre homens policiando a maneira como as mulheres se vestiam, sobre o real significado de dizer que "ela estava pedindo". Havíamos identificado as tendências de Fred Byrne ao *slut-shaming* duas semanas antes. A ideia estava na minha cabeça e, por isso, aproveitei esse fragmento do que Carey estava dizendo — *vestida assim* — e ignorei o contexto do que ele de fato estava falando. Na verdade, ele estava se referindo a segredos e à possibilidade de eu o estar traindo. O que eu tinha ouvido era uma crítica à minha roupa.

— Vai se foder, Carey — falei, a voz baixa e séria. — Posso me vestir como quiser.

Foi como se tivéssemos colocado lenha na fogueira. De repente, estávamos tendo um tipo de briga em que as duas pessoas agem como se estivessem em um filme, fazendo mímica para uma câmera que não existe. Não paramos de dizer coisas estridentes, impetuosas e totalmente falsas. Eu o acusava de ser ciumento, o que não era o caso.

Ele me acusava de ser indiferente, quando isso não poderia estar mais longe da verdade. Eu me preocupava tanto em preservar o status quo com Carey que estava sempre escondendo dele os fatos sobre mim. Não apenas Londres, mas também as coisas com James: seu relacionamento com o dr. Byrne, os encontros à tarde na nossa casa, como eu havia conseguido o emprego com Deenie. Estava escondendo tanta coisa de Carey que às vezes me pergunto sobre o que realmente conversávamos.

— Você pode fazer o que quiser, Rachel, mas não precisa fazer com que eu me sinta um idiota no processo. — Ele exalou com força, como se estivesse tentando se controlar para não me dar um tapa. — Hoje os caras não pararam de me falar para te chamar, porque a gente ia sair e você quase não vem mais aqui. E eu tipo, ah, não, ela está sem dinheiro, está economizando, está preocupada com o emprego. Aí a gente sai e você já está aqui, bêbada que nem um poste.

Minha raiva começou a se dissipar. Entendia perfeitamente o ponto de vista dele, mas, em vez de sentir empatia, fui acometida pela ideia romântica de uma Rachel que existia quando eu não estava por perto. Misteriosa, desejada, incapaz de ser mantida na coleira. Capaz de enlouquecer um homem.

— Quer dizer, o que está acontecendo? Você só não quer ser vista comigo, é esse o problema? — emendou ele.

Uma mulher sóbria teria explicado o que estava acontecendo. Uma mulher sóbria teria explicado sobre Londres e sobre guardar dinheiro, teria confessado sua incapacidade de dizer não a James e a efervescência de seu Gaynascimento. Uma mulher sóbria teria perguntado a Carey se ele queria se mudar com ela.

Mas naquele momento eu não era uma mulher sóbria. Não era sequer uma mulher. Era uma garota, uma garota bêbada, com um vestido minúsculo. E estava com frio.

Então o beijei. Eu o agarrei e confiei que a força da nossa conexão física diria todas as coisas que eu não era capaz de colocar em palavras no momento. A princípio ele se afastou, a boca fechada e o queixo retesado.

— Vem para casa comigo — falei, o dedo no colarinho dele. — Vem para casa e a gente conversa.

Ele voltou para casa comigo. Não conversamos.

As cortinas do meu quarto eram finas. O poste do lado de fora lançava um facho de luz branca perpétua sobre a cama, que escapava por pouco dos travesseiros, mas cortava uma faixa na diagonal do colchão. A pele dele parecia lunar naquela noite, como algo que tivesse nascido do céu.

— Eu te amo — falei, os polegares na famosa barriga. — Te amo como nunca amei ninguém.

— Rachel, você ama todo mundo — disse ele, um pouco triste.

Não era verdade. Mas ele devia acreditar nisso. Eu o amava, e amava James, e como esse era o único grupo de amostra com o qual Carey trabalhava, ele não tinha ideia de quanto me sentia indiferente em relação ao resto do planeta. Todos os outros podiam ir para o inferno.

— Não. Você tem que acreditar em mim, Carey. Nunca foi assim com ninguém — argumentei, começando a ficar chateada.

Queria que essa conversa fosse tão cheia de significado e amor quanto as conversas no telhado que eu tinha com James, mas isso só funcionava se as duas pessoas cooperassem.

— Tenho que ir para Derry amanhã. Minha mãe está doente — disse ele.

— Quê? Por que você não me falou? Qual é o problema?

— Ela vai ter que ficar no hospital por alguns dias. Preciso cuidar do meu pai. Ele é um pouco vulnerável, sabe? Vai acabar comendo sanduíche de tomate em todas as refeições.

— Mas você vai voltar? Não vai?

— Vou. Vou, claro.

Ele adormeceu logo depois, e eu fiquei o olhando. Não com aquele olhar afetuoso de uma amante, mas com o olhar frenético e ansioso de alguém que tenta entortar colheres com a mente.

Ele estava indo embora de novo. Não ia voltar. O medo do sofrimento era quase pior que a realidade. Tive a sensação de que havia engolido um tapete de banho molhado.

A preocupação e a vodca pesaram duplamente, e rastejei de joelhos até o banheiro. Vomitei até ficar cansada demais para continuar acordada.

18

Eu estava totalmente preparada para que o segundo êxodo de Carey fosse a pior coisa que me aconteceria naquele verão. Estava pronta para cozinhar em fogo brando e fazer um banquete com a minha devastação. James chorara pelo dr. Byrne no início do verão, agora eu estaria chorando por Carey de novo no final.

E então Ben me demitiu.

— Não é que você não trabalhe direito — disse ele com tristeza, embora eu não trabalhasse direito. — Odeio ter que fazer isso. É só que preciso pensar em todo mundo aqui.

— Você vai demitir o James?

— Não.

— O quê? — gritei, toda a lealdade temporariamente jogada pela janela. — Ele é pior do que eu.

— Eu sei. Mas, sabe, você tem um diploma, Rachel. Pode conseguir trabalho num escritório.

Eu não conseguia acreditar. Desde quando o Ben se preocupava com a gente ou com qualquer outra coisa além do "mercado" fantasma do qual ele gostava de pensar que fazia parte?

— Não sei se consigo, Ben — respondi.

Eu me sentei, abatida, na cadeira do escritório, observando cada placa rachada do teto. Trabalhava na livraria havia três anos e meio. Seria essa de fato a última vez que eu veria o interior daquele escritório, onde já havia contado amargamente pela manhã as notas e as moedas para iniciar as operações do dia tantas e tantas vezes antes?

Eu não conseguia olhar para ele. Ben sentia muita pena de mim. Só olhei para a impressora, acima da qual havia uma placa que dizia USO EXCLUSIVO PARA TRABALHO, JAMES.

— Qual é o valor da minha indenização? — perguntei por fim.

— Bom, você tem dez dias de férias que não tirou.

— É só isso?

— Receio que sim.

— Que merda, Ben. Isso é legal?

Ele me encarou.

— Receio que sim — repetiu ele.

Eu o encarei. Não era culpa dele. Afinal, Ben não era o dono da livraria. Mas o proprietário morava em Tipperary e nunca o víamos, então talvez ele tivesse alguma culpa no cartório.

— Acho que você está de sacanagem comigo — falei.

— Você pode trabalhar o restante do dia. Dizer tchau para todo mundo e tudo o mais.

— Vou ser paga mesmo se eu for embora?

— Vai.

— Bom, então acho que vou cair fora. Acho que vai ser melhor para todo mundo, não é?

Saí depressa, a bolsa batendo furiosamente na minha coxa nua, a raiva exalando de mim num suor profundo. Hoje me arrependo. Nos anos que se seguiram, muitos estudos foram feitos sobre a vida profissional nômade dos *millennials*, e às vezes sinto que minha vida adulta foi um simples estudo de caso para um artigo do *Guardian Weekend*. Nunca trabalhei em um site, revista ou jornal por mais de dois anos. Depois disso, normalmente sou despedida ou o site vai à falência. Agora, à beira da licença-maternidade e ainda indecisa quanto a voltar ou não ao escritório em tempo integral, estou começando a me perguntar se algum dia vou voltar de fato a participar da equipe de alguém.

E se eu soubesse naquela época que a Livraria O'Connor seria o período mais longo que eu trabalharia em algum lugar?

Liguei para Carey enquanto descia a rua, o sotaque do norte já mais evidente, a boa água salgada de casa causando forte influência sobre ele.

— Ai, meu Deus, Rache, isso é horrível. O que você vai fazer?

— Eu *não* sei.

— O que você *quer* fazer?

— Quero ver você. Posso ir aí ver você? — perguntei, sentindo as lágrimas subindo.

— Com que dinheiro? Vai custar uma fortuna pra você chegar até aqui. E você quer mesmo passar a semana com meu pai de oitenta anos?

Achei bizarro que alguém com quem eu estava dormindo tivesse um pai tão velho. Mas o pai dele começou tarde, e Carey era o caçula. Conversamos um pouco. A mãe dele ainda precisava de mais exames. Ficaria hospitalizada por mais uma semana. Meu telefone apitou, sedento por mais crédito.

— Só não some de novo — falei, e não consegui esconder o apelo calejado da minha voz. — Deixa o celular carregado, certo? Te amo.

E a ligação foi interrompida antes que ele respondesse.

Caminhei até a casa dos Harrington-Byrne. Era um sábado e os dois estavam em casa. Nunca me ocorreu o que faziam quando estavam juntos em casa, mas a resposta era: almoçavam.

Deenie atendeu a porta. Estava usando um vestido de seda verde-azulado. Tinha o tipo de pele branca e perolada que combinava perfeitamente com a paleta de cores do início de 2010: esmeralda, framboesa, verde-azulado, safira. Cores que a faziam parecer uma joia e que me faziam, com meu cabelo loiro-escuro e sobrancelhas claras quase invisíveis, parecer a mãe da noiva.

— Rachel! O que você está fazendo aqui? Ah, Deus, aconteceu alguma coisa?

O gato de Deenie, cujo nome acabei de lembrar — Júpiter! — veio até a porta e se enrolou nas minhas pernas, batendo a cabeça nas minhas panturrilhas.

— Fui *demitida* — disse, num rompante.

— Da livraria?

Assenti, e Júpiter começou a brincar com um fio solto pendurado na barra da minha saia.

— Ah, Deus, sinto muito. Entre, entre, entre.

Na minha cabeça, eu fora até a casa dos Harrington-Byrne para exigir um aumento de Deenie. No meu coração, fora porque senti que os dois eram as únicas pessoas em quem eu poderia me apoiar.

Carey estava fora; James ainda tinha um emprego e se sentiria culpado; meus pais ficariam preocupados e sugeririam que eu voltasse para casa.

E, além disso, eu não era muito próxima dos meus pais naquela época. Deenie e o dr. Byrne os haviam substituído como adultos influentes na minha vida. Os paralelos não eram perfeitos, mas estavam próximos. Deenie e minha mãe eram delicadas e amorosas, e de caráter tão contraído que me permitiam ficar obcecada por mim mesma. Assim como meu pai, o dr. Byrne costumava ser distante, mas ocasionalmente falava comigo e revelava a verdade sobre o mundo brutal. Além disso, ambos eram doutores, mas não eram o tipo de médico que alguém iria querer atendendo uma emergência.

A cozinha estava quente devido ao reflexo do sol e havia uma espécie de chá da tarde sobre a mesa. Uma pequena quiche do tamanho de um punho. Um prato de tortinhas de massa folhada recheadas de creme. Dois sanduíches, um de presunto e brie, um de pimentão vermelho e queijo de cabra, todos cortados em fatias da grossura de um dedo. Eles obviamente tinham ido ao Mercado Inglês naquela manhã. Tudo tinha uma camada áspera de farinha de sêmola amarela e estava levemente amassado por causa das sacolas.

— Por favor, sente-se, Rachel. Bebe uma taça de vinho.

O dr. Byrne me serviu um copo gelado de Sauvignon Blanc, que reconheci das suas visitas primaveris à rua Shandon. Engoli de um só gole, como um corredor de maratona tomando água.

— Fui demitida — repeti, caso o dr. Byrne não tivesse me ouvido gritar na porta. — Eu não tenho emprego.

A frase ficou ali, uma bola esperando para ser agarrada. Queria que Deenie me dissesse que eu tinha um emprego, que era sua assistente e que iria começar a me pagar trezentos dólares por semana a partir daquele momento. Ou que iria me apresentar a todos na editora e conseguir uma entrevista para um emprego fixo para mim. Iria repetir aos colegas o que muitas vezes me dizia: que eu era indispensável, uma salva-vidas, que ela não estaria fazendo a antologia de poesia para o legado do pai se eu não a ajudasse.

A bola caiu. Ninguém sugeriu nada.

— Coitadinha — disse Deenie, com suavidade. Ela passou a mão nas minhas costas. — Deus, é tão difícil, não é?

— Coisa terrível — comentou o dr. Byrne, balançando a cabeça. — E não é um bom sinal para os livros.

— Não. Não é nada bom para os livros — disse ela, com tristeza.

Uma semente de raiva brotou em mim. Tinha acabado de perder o emprego, estava sendo criminosamente mal paga pelos Harrington--Byrne havia meses e ali estava eu, um estudo de caso para o setor como um todo. Terminei o vinho e me servi de mais.

— O mercado editorial é uma bagunça. E todo mundo ainda está pirando com o Kindle — lembrou Deenie.

Ele tocou a mão dela.

— Bom, todos os estudos dizem que as pessoas que compram e-books continuam comprando livros físicos também.

Ele disse isso como se já tivesse dito diversas vezes. Como se fosse uma história que às vezes contava para ela na hora de dormir.

— Posso usar o banheiro de vocês? — perguntei, sem esperar resposta, simplesmente me levantando e marchando até lá.

Pensando bem, dá para ver que Deenie e o dr. Byrne não estavam tentando fazer com que a demissão dissesse respeito a eles. O que estavam tentando fazer era enviar um sinal adulto para alguém que ainda não tinha a linguagem para traduzi-lo. Quando Deenie disse "O mercado editorial é uma bagunça", o que ela quis dizer foi "Eu adoraria poder ajudar você, Rachel, mas a verdade é que eu mal estou conseguindo manter meu próprio emprego".

Mas, em retrospecto, eu ainda não tinha acesso a essa visão. Tudo que tinha era o banheiro deles, minha raiva e as leves manchas de pasta de dente no armário espelhado acima da pia.

Eu o abri. Deenie guardava todos os cosméticos no quarto dela, mas também tinha algumas coisinhas ali. Havia algumas pequenas amostras de perfume e um tubo de algo da L'Occitane. As tiras de teste de ovulação estavam de volta. Coloquei algumas coisas na bolsa, sem me importar se ela iria perceber ou não.

Senti uma calma ondulante me percorrer. Eu não precisava ir embora, nem aturar a hospitalidade gentil deles ao mesmo tempo que os odiava. Podia beber outra taça de vinho e me sentir tranquila com o fato de que todos nós havíamos prejudicado uns aos outros.

Voltei a sair, e os Harrington-Byrne estavam mais barulhentos, mais divertidos e um pouco menos paternais.

— Bom, srta. Murray — começou o dr. Byrne, pegando uma garrafa de gim enquanto a esposa cortava pepinos —, às vezes, na vida, as pessoas são demitidas.

— É um incômodo — emendou Deenie. — E é uma droga. Mas as coisas sempre acabam dando certo.

O dr. Byrne deu meia-volta, sempre ágil, apesar da compleição volumosa. Tirou um saco plástico de gelo do freezer, quebrou-o no chão de ladrilhos e juntou os pedaços com as mãos grandes.

— Mas ainda bem que existe o álcool — concluiu ele.

Ele largou o gelo em copos e depois o cobriu com gim.

Deenie passou dos pepinos para o toca-discos. Colocou a agulha no lugar e "Bad Moon Rising", do Creedence Clearwater Revival, começou a tocar.

Coloquei a bolsa no chão, verificando se a aba frontal estava fechada. Fred Byrne me entregou o gim. Emborquei o copo, os grandes cubos de gelo fazendo cócegas na ponta do meu nariz, o quinino amargo cobrindo minha língua.

Acho que eles se sentiram culpados por não poderem me ajudar da maneira como eu queria ser ajudada. Mas superaríamos isso da mesma forma que os irlandeses tradicionalmente superam tudo: enchendo a cara.

Qualquer nervosismo que eu devia ter sentido por ficar bêbada com minha empregadora e meu ex-professor se evaporou. Os Harrington-Byrne se dedicaram ao que devia ser um papel que interpretavam com frequência: o de casal encantador e sem filhos, cuja falta deve ser coberta para evitar que alguém sinta pena deles.

O dr. Byrne contou histórias sobre os pirados que dirigiam o departamento de inglês, histórias que podia falar sem se preocupar agora que minha vida na UCC tinha acabado. O professor que usava meias-calças femininas por baixo da roupa. O aluno de doutorado que não parava de enviar cartas de amor para a orientadora, uma mulher casada na casa dos sessenta anos. O autor *muito* famoso que se formara na UCC em 2003, mas dissera aos jornais que estudara na Trinity. Nós rimos, ficamos cada vez mais bêbados e, de vez em quando, eu me pegava lançando olhares para o dr. Byrne: *E o professor de inglês que ainda está obcecado pelo ex-namorado de vinte e dois anos.*

Deenie, apesar de toda a suavidade, também sabia contar uma boa história. Elas vinham de seu falecido pai, que havia convivido com pessoas como Patrick Kavanagh e John Berger.

— Pelo jeito, Kavanagh era só um velho beberrão — comentou ela, rindo. — Saía por aí comendo bicarbonato de sódio direto do pacote.

Eu tinha minhas histórias, claro. Histórias de paixonites juvenis e sordidez que as pessoas na casa dos trinta anos acham tão revigorante ouvir. Lembretes divertidos de que não há muito do que sentir falta na juventude.

Era um dia belamente quente, e fomos para o jardim, bebendo e tagarelando.

— O que está rolando com seu namorado? O Casey? — perguntou Deenie.

— *Carey* — corrigi, um tanto pesarosa. — *Carey, get out your cane.* — Tomei outro gole do gim. — Carey, estou tomando toda a cana.

— Não acho que ele seja bom para você, Rachel. Você merece mais do que um homem invisível — disse Fred Byrne.

— O que você sabe dessa história? — perguntou Deenie, perplexa.

Um dardo de pânico. O dr. Byrne tinha esquecido que não deveria me conhecer muito bem, apenas como estudante, apenas como funcionária de uma livraria.

— Ah, Deus, eu vivia sentada na sala do dr. Byrne — comentei, rindo e tentando acalmar as coisas —, contando para ele minhas desventuras.

— Ah, é? — perguntou Deenie. Ela não estava exatamente desconfortável, mas lutava para fazer a quadratura do círculo. — Você não era assim na minha época, Fred. Não tinha paciência para desventuras estudantis.

— Amoleci na minha velhice — disse o dr. Byrne, cantarolando.

Deenie fechou os olhos para o sol.

— Preciso de protetor solar. Estou começando a queimar, acho.

— Vou buscar para você.

O dr. Byrne entrou correndo em casa, a ansiedade no encalço dele.

Houve um breve silêncio entre Deenie e eu, mas foi bastante confortável. Havíamos passado bastante tempo juntas em silêncio durante nossas longas tardes na mesa da cozinha.

— Meu pai também foi professor, sabe. Durante alguns anos — contou ela.

— É mesmo? Em Cork?

— Não. Dublin. UCD.

— Mas você cresceu aqui?

— Hum — disse ela, a luz do sol dançando nas pálpebras. — Ele morava lá durante o período letivo.

— Isso deve ter sido difícil.

— Hum — repetiu ela. — Eu não percebia, de verdade. Era adolescente. Mas acho que a mamãe se sentia assim. Solitária, sabe? Não faço ideia do que ele estava fazendo, do que aprontava.

— Entendi — falei, me sentindo desconfortável com aquele tipo de conversa. — Deve ter sido difícil.

— Ela sempre dizia "Os homens devem ter permissão para ter uma vida privada, Aideen". — Deenie riu baixinho com a lembrança. — Sempre me perguntei se ela achava que as mulheres também podiam ter vidas privadas.

James me ligou. Ele estava no horário de almoço do seu turno, que começava uma hora depois do meu, e recebeu a notícia da minha demissão.

— Rache, você está bem? Onde você está? Por que não ligou?

— Estou bem — respondi de maneira despreocupada, esticando os sons das vogais. — Estou nos Harrington-Byrne.

— O quê? *Por quê?*

— Para ficar bêbada.

— O quê? Com o Fred?

Eu não tinha certeza de quanto Deenie conseguia ouvir do lado de James. Os olhos dela continuavam fechados.

— Rachel, você está sendo elusiva de um jeito irritante. O que está *acontecendo*? — vociferou James.

— Estou bem! A gente conversa mais tarde!

Desliguei antes que ele tivesse tempo de protestar.

O dr. Byrne atravessou o gramado correndo, com o protetor solar. Deenie abriu os olhos.

— Meu colega de casa. Queria saber se eu estava bem.

— Você nos chama de Harrington-Byrne? — perguntou Deenie, achando graça. Ela passou o protetor nos braços sardentos. — Por quê?

— O que seu colega de casa faz? — perguntou Fred.

Animado demais, curioso demais, meio caricato.

— Ele trabalha na livraria — respondi, ressentida com a teatralidade da coisa. — Mas como o relacionamento de vocês começou, afinal?

Foi uma importante lição de vida para se aprender, e a tenho usado muito desde então: se quer distrair um casal, basta perguntar como eles se conheceram.

Ela tinha sido aluna dele, claro. Isso eu já sabia. Ele era um pouco jovem para ser professor; ela estava um pouco velha para fazer mestrado. Eles se uniram por causa de Thackeray. O caso teve a emoção de ser um tanto controverso, mas não exatamente escandaloso. Era uma história repleta de "um pouco" e "ligeiramente".

A noite esfriou e voltamos para dentro. Aquela deveria ter sido a deixa para eu voltar para casa, mas estava bêbada demais para pensar nisso. Dançamos nos azulejos da cozinha enquanto escurecia, e eu contei um monte de coisa para os dois. Sobre meus pais, meus irmãos e em algum momento sobre Carey. Chorei em cima de Deenie, apoiada no braço dela, no sofá verde e macio.

— Só queria grampear ele no chão, sabe? Tipo, pregar os sapatos dele — falei, as lágrimas escorrendo do meu queixo para Deenie sem desvios. — Sinto que a gente podia se amar de verdade se ele me deixasse fazer isso.

Não sei por que eu estava tão chateada. Carey e eu ainda estávamos, tecnicamente, juntos. Mas não dava para confiar nele, e eu precisava muito de algo em que pudesse confiar. A incerteza me dominava.

— Ah, querida. — Ela acariciou meu cabelo. — Os homens são horríveis. É um clichê, mas é verdade. Eu sinto muito.

— Ele nem é horrível. Ele é muito legal.

— Como ele é, exatamente? Você nunca disse.

— Ele é muito gentil — expliquei, limpando o nariz com a mão. — E muito estranho. Posso ligar pra ele?

— Do nosso telefone?

— O meu celular está sem crédito.

— Claro.

Reclinei-me no sofá verde enquanto ela me passava o telefone sem fio. Liguei para o celular de Carey e ele atendeu, desconfiado do código de discagem. Ele se tranquilizou quando soube que era eu e parecia feliz por eu estar bêbada e sendo cuidada.

— Sei que você acha que sou muito jovem, mas acho que a gente podia fazer o amor dar certo de verdade — argumentei.

— É — disse ele, soando sombrio. — É, eu sei.

— Qual é o problema?

— Minha mãe está com câncer.

— *O quê*? Achei que ela estava fazendo exames.

— Estava. Exames para detectar câncer. Ela está com câncer. No pâncreas.

— Ah, Care. Eu sinto muito. Você está bem?

— Estou... Não sei. Meu pai está em pedaços.

— É claro, é claro.

— As meninas voltam para casa amanhã. Mas todas têm família, Rache. Os próprios filhos. Eu sou o único... — Ele parou. Eu me lembrei da nossa conversa na barraca de pães. James Carey era um vagabundo, um vagabundo nato. As tentativas dele de chegar à vida adulta foram como Peter Pan tentando capturar a própria sombra.

Naquela frase inacabada, ele estava chegando à conclusão de que algumas pessoas criam a própria vida adulta, e outras têm a vida adulta imposta a elas. Acontece que ele seria o segundo caso. — Tenho que cuidar das coisas por aqui, Rachel. Eu... Na verdade, não sei o que dizer para você.

— Eu entendo — falei, as lágrimas voltando a cair.

— Eu te amo *de verdade*. E talvez, quando as coisas se acalmarem, você possa vir um pouco pra cá, para o norte. Ou encontro você em Dublin. Mas...

— Entendi — falei. — Você precisa estar aí para sua família. Para sua mãe.

— É. — Ele suspirou. — Não sei se vou ser útil pra muita coisa.

— Vai ser. Posso ligar pra você, mesmo assim?

— Rachel, vou enlouquecer se você não me ligar. Só uma vez por semana, com notícias ou algo assim. Por favor. Por favor, não desiste.

Não conseguia acreditar naquela reviravolta. De repente, era ele quem queria pregar meus sapatos no chão.

— Claro — respondi.

Ele soava como se estivesse se segurando para não chorar.

— Tenho que ir agora.

— Não tem.

— Preciso.

Deenie fora para a cozinha para me dar privacidade. Estava tocando um disco novo, uma cantora de jazz, Dinah Washington ou algo do gênero. Deenie estava descalça, um metro e cinquenta e dois de altura, e dançando com o marido. Parecia tão pequena que, pela primeira vez, não senti inveja. Era como se ela pudesse se partir em pedaços.

Saí por volta de uma da manhã, com a bolsa cheia de produtos roubados. Eu me lembro de ter pensado que, independentemente do que acontecesse com Carey ou com minha situação profissional, não seria tão ruim se eu ainda tivesse aquele cantinho de extravagância adulta, aquela amizade com os Harrington-Byrne.

Quando algo bom acontece conosco nessa idade, não conseguimos aceitar a ideia de que foi algo único. Queremos que seja o início de uma tradição. Foi como me senti em relação àquela noite: queria que já fosse uma lembrança, uma lembrança fundamental, a primeira noite de muitas noites semelhantes. Queria uma nostalgia futura, uma visão retrospectiva, um carinho de anos por algo que literalmente acabara de acontecer.

Isso foi há mais de dez anos, o que faz com que seja uma lembrança genuína, e não a que fantasiei na viagem de táxi para casa. O problema com as lembranças genuínas é que a gente sabe demais. Isso estraga tudo. Posso amar aquela noite pelo que foi, mas sei que, depois daquilo, só entrei naquela casa mais duas vezes e, quando o inverno passou, nunca mais voltei a ver Deenie Harrington.

19

Abrira uma central de atendimento em Monkstown, perto de onde cresci, e um dos contatos do meu pai me conseguiu um emprego lá. Àquela altura, eu não estava em posição de traçar limites arbitrários entre o trabalho na cidade e qualquer outro tipo de trabalho. Estavam me oferecendo treze euros por hora para ligar para doadores de instituições de caridade e convencê-los a aumentar as contribuições mensais.

— Numa semana, você pode trabalhar com a instituição de Cães-Guia da Irlanda — disse minha nova gerente —, e na próxima com fenda palatina.

Ela estava vendendo aquilo como se fosse uma vantagem.

— Variação. Você nunca vai ficar entediada. Sempre há muito o que aprender, se quiser aprender.

A central de atendimento era um edifício pré-fabricado do tamanho do auditório da minha escola secundária. Tinha cheiro de novo e barato. Havia duas máquinas de venda automática, uma para lanches e outra para bebidas energéticas. A máquina de lanches funcionava com dinheiro, mas a de bebidas era gratuita. No meu primeiro dia, uma garota da minha idade me mostrou o local. Já era gerente, mas havia começado a trabalhar lá em maio. Era final de agosto.

— O bom é que é muito flexível. Tipo, ninguém vai chamar você para o escritório se não estiver sentada em sua mesa às nove e dez, ou algo assim. É só atingir suas metas, e pode fazer o que quiser — disse ela.

Era parecida com as garotas com quem eu estudara. Dourada, com mechas e praticamente sem sobrancelhas, com roupas azul-bebê e rosa-claro. Devia ser muito legal, mas eu estava resistente. Passara grande parte do último ano em um mundo diferente, de shows, piercings no septo e provas de livros, e me ressentia de ser puxada de volta para o mundo das garotas de quem nunca gostei de verdade.

Fui conduzida à minha mesa. Havia um telefone, um computador e divisórias em ambos os lados. Vi duas páginas grampeadas à espera na minha cadeira, e presumi que seria uma apresentação da empresa, mas na verdade era um texto a respeito de pesquisas sobre leucemia.

— Tem grandes oportunidades de promoção. Agora estou recebendo dezesseis por hora — contou ela.

— *Dezesseis*?

— Bom, não cuido só dos telefonemas. Sou a gerente.

— Certo, claro.

— O importante é conseguir manter as pessoas na linha. Se conversarem bastante tempo com você, vão se sentir culpadas. Pergunte sobre seus animais de estimação, os netos. No final, elas vão concordar em doar.

— Certo.

— Mas também não perca muito tempo. Algumas vovozinhas vão arrancar sua orelha. Você tem metas.

— Certo.

Assim que me vi sentada diante do telefone, senti que estava ficando com raiva de James, e com razão. Eu era tão obviamente a pessoa errada para aquele trabalho, e ele era tão obviamente a certa. Quem era melhor em convencer as pessoas do que James? Enquanto isso, ele continuava a trabalhar na Livraria O'Connor, apesar do fato — e essa última frase veio com a voz mais cruel de todas — de nem ler livros de verdade. Só manuais de roteiro.

Liguei para Carey na hora do almoço. Não havia lugar para almoçar, então encontrei um pedaço de grama perto de uma estrada e me apoiei numa cerca que tinha ali.

— É horrível?

— Demais. Ninguém quer falar comigo.

— Eu quero falar com você.

— Você pode me pagar treze pratas por hora? Enfim. Como estão as coisas em casa?

— Por enquanto, a mãe está no hospital e o quadril do pai está ruim de novo, então vou levar ele na fisioterapia dia sim, dia não. Só que ele não quer fazer alongamentos nem nada, então tenho que ficar fazendo junto.

Tinha desejado que Carey fosse grampeado no chão, e agora ele estava bem grampeado mesmo. A vida dele se resumia a consultas de quimioterapia, idas e vindas, sobrinhas e sobrinhos, arrumar almoços e jantares, administrar as brigas internas das irmãs, a depressão da mãe e a recusa obstinada do pai em mover a perna no sentido horário e anti-horário em movimentos circulares repetidos. Meu desejo de que Carey se tornasse confiável fez com que ele se tornasse absolutamente confiável para todos na cidade de Derry, que ficava a aproximadamente quinhentos quilômetros de distância.

— Você é um filho incrível. E irmão. E tio — falei.

Estava prestes a acrescentar "e namorado", mas estávamos evitando títulos de forma consciente. Sabíamos que nos amávamos, mas não sabíamos o que fazer com aquilo, dadas as circunstâncias, nem o que aquilo significava. Nenhum de nós sabia quanto tempo isso ia durar, e nenhum de nós queria segurar o outro.

— Na verdade, não sou. Estou só pagando dívidas — respondeu ele.

Monkstown fica mais perto de Douglas do que o centro da cidade, então, nas noites em que estava muito cansada por causa das chamadas, descia do ônibus algumas paradas antes e voltava para a casa da minha família, onde era monótono, quentinho e cheio de comida. Estava com fome o tempo todo, pegava o empadão de carne da minha mãe do forno e o comia na cama na frente do notebook. Chris quase nunca estava em casa. Tínhamos um acordo tácito de não falar a respeito da noite em que ele caíra do muro do meu jardim, embora ainda usasse a calça jeans com o buraco feito por Carey. Via Kevin um pouco, e ele ainda não tinha atingido o pico de crescimento que Chris e eu tivemos na idade dele. Ele era esbelto, pequeno e quieto, e o papai parecia constantemente irritado com o caçula. Papai e eu, por outro lado, encontramos um novo e estranho equilíbrio. Estávamos ambos bastante tristes e não queríamos que nos convencessem a sair dessa tristeza, por isso nos sentávamos juntos e assistíamos a filmes em silêncio.

James me ligou durante uma dessas sessões de cinema sentimentais compartilhadas com meu pai, preocupado com quando eu voltaria para casa.

— Cadê você? É a segunda noite consecutiva que fica aí com seus pais — disse ele, com a voz chorosa.

— É mais fácil, só isso. Estou muito cansada.

— Você vive *cansada* agora — retrucou ele, mal-humorado. — Sou eu quem fica de pé o dia todo.

Senti os olhos caírem enquanto conversávamos.

— Ficar falando no telefone é cansativo de uma maneira diferente. É cansativo para a *alma*.

Meu pai assentiu no sofá ao meu lado, como se concordasse. Também estava com a alma cansada.

Dei por encerrada uma sexta-feira às seis horas, após ter, de alguma forma, atingido as metas impossíveis da semana, e fiquei animada para o sábado e domingo de um jeito como não ficava havia anos. Saí do escritório dizendo "Graças a *Deus*, é *sexta-feira*" com um entusiasmo que parecia tão curiosamente exagerado que chegou a ser dramático. Dei por mim pensando: *Quem diz uma coisa dessas na vida real?*. Tomei o ônibus para a rua Shandon, agarrada ao Orbe Dourado do fim de semana, engasgada com a alegria de não ter que voltar a Monkstown antes do meio-dia de segunda-feira.

Abri a porta da frente e ouvi corpos. Meu primeiro pensamento foi que estávamos sendo roubados. Ouvi uma queda contra a mesa, o som de algo sendo empurrado.

Não sabia se tinha energia para um assalto. *E se eu simplesmente me virar e sair?*

— Rachel? É você? — perguntou James.

— Quem mais ia ser? — gritei.

— Dá um segundinho para a gente.

Era incomum para James receber um convidado tão cedo, mas também era justo. Era provável que ele só esperasse que eu chegasse em casa dali a algumas horas ainda.

— Tudo bem. Pode entrar — disse ele.

James estava com o rosto vermelho, ainda fechando o cinto. Uma nuvem de fumaça de cigarro vinha da porta dos fundos da cozinha.

— E aí, Rachel? — cumprimentou o dr. Byrne.

— Oi... dr. Byrne.

Eu me virei para James, horrorizada.

— Vocês estavam transando na mesa da cozinha?

James esfregou o queixo.

— É.

— Há quanto tempo vocês voltaram?

— Hum. Algumas semanas?

O dr. Byrne veio do quintal, o rosto vermelho e cheirando a fumaça. Estava cansada demais para aguentar mais uma merda. Muito cansada, com muita fome, muito triste.

— Ela vai acabar descobrindo — falei de modo ríspido. — Por que cacete você faz isso? Por que não consegue simplesmente respeitar sua esposa, que ama você?

— Eu a amo — respondeu ele.

— E você acha isso suficiente?

— Por que você está tão *irritada*? Estava de boa com tudo isso quando te proporcionava um trabalho.

— Trabalho! — gritei. — *Trabalho! Eu era estagiária!* E trabalhei que nem uma condenada. Por pouquíssima grana.

— Rachel...

Fred Byrne colocou a mão enorme no meu ombro.

— Estive na sua casa *há menos de três semanas*. Vi você dançar com a Deenie na cozinha. Sou amiga dela agora. E me importo com ela. Não é justo.

— Não. — Ele se sentou no sofá. — Não é.

Uma onda de cansaço tomou conta de mim mais uma vez. Ele parecia tão confortável, sentado no nosso sofá. Eu me sentei ao lado dele.

— Desculpa — falei, embora não soubesse ao certo se estava arrependida ou se era simplesmente o caso de eu não estar com disposição para um confronto, apesar de ter iniciado um. — Só estou cansada.

O dr. Byrne e eu nos entreolhamos. Era impossível acreditar que ele já havia sido meu misterioso e querido professor. Era igualmente estranho pensar que era o deus benevolente que me encheu de gim quando eu fora demitida. Agora eu tinha a sensação de que éramos dois palhaços tristes em uma pintura de berçário.

— Bom, vocês dois estão se divertindo muito — disse James, fulminando a gente com o olhar. — Vamos abrir uma garrafa de vinho ou algo assim?

Ele vasculhou a cozinha.

— Vocês estão tentando ter um filho juntos, não estão? — perguntei a Fred Byrne. — Você e a Deenie. Por que, quando você está tentando iniciar uma...

Ele esfregou as têmporas.

— O que você está *fazendo*? — perguntei, como se fosse minha única chance de descobrir como, exatamente, funcionava o mundo adulto.

— Rachel — começou James, da porta da cozinha —, isso não é da sua conta.

— Eu acho que é, quando tenho que...

O dr. Byrne ergueu a mão.

— Ela está certa, James. Rachel faz parte disso, à sua maneira, e não é justo.

— Eu e a Deenie... estamos tentando há alguns anos. Nunca funcionou. Ela quer muito, mas não acontece.

— O quê? Sexo? Você não consegue...?

Ele pareceu ofendido.

— Não, claro que fazemos sexo, Rachel, meu Deus. Ela é linda. Sinto muita atração por ela. Amo homens e mulheres. Está tudo bem. Sempre fui bastante ambidestro.

— É *bissexual* que fala — comentou James, revirando os olhos. Parecia que já tinham tido aquela discussão antes. — Como uma pessoa *normal*.

O dr. Byrne fez uma careta.

— Mas eu... nunca pensei nos homens como... como *viáveis* para um relacionamento. Você vai achar isso muito antiquado, tenho certeza, mas sabe, tenho quase quarenta anos.

Tenho notado desde então que homens queer de certa idade e renome às vezes fazem isso. Declaram a idade e esperam. Permitem que façamos as contas. Olham para a gente com uma expressão que diz: *Nasci em 1972. Fui adolescente nos anos 1980. Pense nas coisas que vi, nas notícias que me aterrorizaram, no corpo letal que me disseram que poderia me tornar*. Mais tarde, me perguntei se a obsessão do dr. Byrne pela fome tinha a ver apenas com ser magro, se não tinha também a ver com a AIDS e a liberdade de pensar em emaciação.

— Nunca me encontrei com nenhum homem nos primeiros anos do nosso relacionamento. Juro. Isso já tinha acabado para mim. Uma coisa de jovem, sabe? Eu a amava. Ainda a amo.

James se sentou no apoio de braço, com uma expressão mais suave. Beijou o dr. Byrne no topo da cabeça e depois passou o cigarro para ele. Para mim, era incrível como ele conseguia ser terno, apesar do sentimento: a ideia de que os homens eram um deleite juvenil, mas não eram apropriados para um amor comprometido.

— Mas quanto mais... quanto mais a coisa do bebê não funcionava, quanto mais a gente tentava, mais eu me sentia como se estivesse... decepcionando ela, suponho, mais precisava... É difícil explicar. Sexo com ela, sexo com mulheres, se tornou um pouco...

— Pesado — concluiu James.

— É. Pesado — concordou Fred Byrne.

Olhei para James. Eu não conseguia acreditar no pouco que tinha ouvido falar de tudo isso e no tanto que James sabia, mas não havia compartilhado.

— James não foi meu primeiro deslize — disse o dr. Byrne, com cuidado. — Mas ele foi... ele é... meu primeiro amante.

— Ai, meu Deus, pode falar *namorado*, como uma pessoa normal — protestou James.

— Então, quando você me pergunta o que estou fazendo, Rachel, a resposta é... — Ele olhou para as próprias mãos. — Não sei. Só sei que estou infeliz há meses. Que amo minha esposa. Mas também... — Ele pegou a mão de James. — Amo esse jovem aqui.

Pela primeira vez, James não tinha nada a dizer. Os olhos dele pareciam enormes.

— Nossa, achei que você nunca ia dizer isso na frente de... bem, de qualquer pessoa — disse ele, por fim.

— Querem que eu vá embora? — perguntei, sentindo-me desconfortável.

Mais uma vez, eu era a pessoa sobrando. Foi como na noite na casa do dr. Byrne, mas num universo paralelo onde o orçamento era bem menor. Bebemos todo o vinho do Mercado Inglês e depois fomos até a loja de bebidas para comprar cerveja e Monster Munch. Conversamos e fumamos muito, embora houvesse um cansaço oco e latejante em tudo que eu fazia. Comecei a fantasiar sobre a cama e acabei indo para lá.

Horas depois, James se deitou ao meu lado, os pés frios me acordando num susto.

— *Porra* — gritei. — O que você está fazendo? Você estava lá fora? *Por que está tão gelado?*

Ele se aconchegou, puxando o edredom até o nariz.

— Fred acabou de sair. Eu o acompanhei. Qual a impressão que a gente dá?

— Ele acabou de sair? Que horas são?

— Duas. Mas fala, qual a impressão que a gente dá? Comparado a eles?

De repente, eu acordei e fiquei ressentida.

— Não sei. É óbvio que ele adora você.

— Está muito diferente agora, Rachel — contou James, animado. — Ele era muito reservado antes. Mas agora quer falar das coisas. Do que sente por mim.

Coloquei a cabeça debaixo das cobertas.

— Ele não vai deixar ela.

— Nunca se sabe. Talvez depois que a gente se mudar pra Londres ele sinta tanta saudade que queira começar uma nova vida.

— Você está louco.

— Isso pode acontecer! Ele não tem nada que o amarre. Não tem filhos.

— Você está esquecendo que ele a ama. E que ela é muito legal.

— Ah, o que é que você sabe?

Mas as coisas mudaram mesmo depois disso. O dr. Byrne finalmente entendeu que James não poderia viver apenas de vinho e queijos sofisticados, e periodicamente recebíamos uma batida na porta do entregador do Tesco.

— Rache — gritou James, em direção à escada —, Fred fez uma COMPRA GRANDE pra gente!

A compra grande era um constrangimento de riquezas. Latas de feijão, ervilhas e massa *anellini*. Bacon. Peito de frango. Pão integral, pacotes de salmão defumado. Café de verdade. Os recibos estavam sempre na entrega, e ele nunca gastava menos de cento e cinquenta euros. Eu considerava essas entregas não apenas para James, mas para nós, para a casa. Às vezes ele me dizia que eu parecia cansada ou muito magra, e eu revirava os olhos e dizia que estava mais gorda do que nunca.

Finalmente era possível guardar dinheiro. Eu estava ganhando melhor, mas estava exausta demais para gastar. James estava à mercê do dr. Byrne, então também não saía tanto. Nossa poupança cresceu tanto que abrimos uma conta conjunta. Cada um de nós tinha um cartão, e às vezes íamos juntos até o caixa eletrônico para ver quanto havia lá. Antes do meu emprego na central de atendimento, nossas economias nunca passavam dos duzentos euros. Agora tínhamos quase o triplo disso. Uma emigração em janeiro parecia viável.

Na nossa fantasia, era assim: em janeiro, nos mudaríamos para Londres. James conseguiria um agente imediatamente e eu, um emprego na Penguin Books. Passaríamos de três a seis meses sendo doidões e descobrindo a cidade, e então a mãe de Carey morreria e o dr. Byrne deixaria Deenie. Os dois se mudariam para Londres e viveríamos em uma casa fabulosamente moderna, todos nós, artistas e escritores (Carey descobriria um grande talento, decidimos), e, quando morrêssemos, nossos biógrafos falariam de nós como se fôssemos um grande coletivo de gênios do século XXI. Nossas cartas seriam antologizadas assim que começássemos a escrever cartas um para o outro.

Era uma bela fantasia, e talvez pudesse ter se tornado realidade — pelo menos em parte —, se eu não tivesse engravidado.

20

Não vi Deenie por um tempo depois de conseguir meu novo emprego, então, quando ela me ligou numa quinta-feira no início de outubro, deixei minha mesa imediatamente e fui até o estacionamento falar com ela.

— Rachel — disse ela, a voz soando alegre e como se tivesse sentido minha falta. — Como vai? Viu, vou dar um jantar na próxima sexta para o livro do papai. No dia 15. Você vem?

— Sério? Você me quer lá? — perguntei.

— Claro — gritou ela. — Você trabalhou duro nisso. Faz parte da equipe.

Ainda não sabia que estava grávida. O período de pausa de sete dias do anticoncepcional foi decorado com manchas marrons e nada mais. Pensei que estava tudo bem.

Na verdade, pensei que, se havia alguma coisa errada comigo, era que estava deprimida. Até pesquisei algumas vezes na internet. Estava cansada, lenta, mal-humorada. Odiava meu novo emprego, odiava telefonar para as pessoas para obrigá-las a se sentirem culpadas e fazerem doações, quando muitas estavam à beira da pobreza. Ouvia muito isso. Os suicídios dos empresários recomeçaram, e acabei conversando com algumas mulheres de meia-idade cujos maridos saudáveis morreram de repente. Tudo isso me parecia um bom motivo para ficar deprimida.

— Eu adoraria. Mal posso esperar para ler o livro! — exclamei.

— Por que você não vem no sábado? Tipo, depois de amanhã. Tenho uma caixa enorme de cópias antecipadas. Vou te dar uma e a gente pode beber alguma coisa.

Parecia o paraíso. Concordei no mesmo instante.

Cheguei na casa dela no sábado e encontrei um jornalista do *Irish Times* conversando com Deenie e um fotógrafo tirando fotos dela ao lado de uma pilha de edições antigas do pai. Sendo a filha jovem e fotogênica do poeta falecido, o pessoal da assessoria a tinha indicado para todo o tipo de entrevistas na imprensa irlandesa.

Ela permaneceu radiante durante a hora em que estiveram lá, mas, assim que o *Irish Times* saiu, ela foi ao banheiro lavar o rosto.

— Sinto muito por isso. Esqueci completamente que eles estavam vindo. Essa não é a minha praia, de jeito nenhum — disse ela, muito séria. — Mas tem que ser feito.

Achei que estava sendo falsamente modesta.

— Ah, fala sério. Foto no jornal, cabelo e maquiagem no capricho.

Ela me deu uma olhada.

— Nossa, nem me lembra. Sério, gostaria de não ter que fazer isso, mas estamos torcendo para que a coisa dê algum dinheiro. A poesia do papai não rende porra nenhuma. Sinceramente, não tenho ideia do que a mamãe vai fazer. O dinheiro não vai durar mais cinco anos. Nunca se case com um poeta, Rachel.

Não sei dizer quanto disso era exagero. Na minha cabeça, Deenie era rica. Estava na casa dos trinta e tinha roupas bonitas e uma bela casa. Certamente, se a mãe estivesse falida, Deenie não viveria tão bem. Não entendia então que ter uma sobra no final do mês para gastar com doces e vinho não é a mesma coisa que ter uma mãe que pode se aposentar. Um era questão de centenas e o outro era questão de milhares.

— Como está o Carey? — perguntou ela.

— Ah... não sei — respondi, sem querer falar disso. — Para ser honesta, acho que acabou para sempre. Nossas vidas estão em lugares muito diferentes.

— Que péssimo — disse ela, e parecia genuinamente solidária. — Sei que você era louca por ele. Você está bem? Parece um pouco... De coração partido é muito presunçoso?

— *Não* é impreciso.

Havia uma caixa de livros na mesa da cozinha. *Pequenos incêndios: Uma resposta à poesia de Alistair Harrington.*

(Anos depois, quando *Pequenos incêndios por toda parte* foi lançada, me perguntei se as vendas da antologia de poesia teriam aumentado. Verifiquei na Amazon; não está mais em circulação.)

O livro era muito bem-feito, verde-oliva com chamas vermelhas refletoras. Era elegante. Algo que alguém daria de presente. Contava com um prefácio escrito por Deenie, uma dedicatória à mãe e cerca de trinta poemas.

— É lindo — falei, admirada.

— Olha os agradecimentos.

Havia elogios efusivos aos poetas, às pessoas que administravam o patrimônio, à editora, à família Harrington. E então, a algumas linhas do final:

Para Rachel Murray, que ajudou a policiar a atmosfera.

Sorri para ela.

— Obrigada. Eu policiei *mesmo* a atmosfera, não foi?

Ela assentiu.

— Você vai ter uma grande carreira no mercado editorial, querida. Posso afirmar.

A última linha dos agradecimentos era realçada.

Para Fred, o Bill do meu Grover: obrigada. Por tudo.

— Quem são Bill e Grover?

— Ai, meu Deus. — Deenie parecia envergonhada. — Bill Withers e Grover Washington Jr.?

— Certo.

— É uma coisa boba. Eles cantavam "Just the Two of Us" juntos. É uma piada interna sem graça.

Meu coração bateu forte e minhas axilas começaram a suar. O rosto abatido de Fred Byrne voltou, a voz suave dizendo que estava sempre decepcionando a esposa. O peso psicológico do sexo com ela que se seguiu às muitas tentativas de gravidez.

Fiquei extremamente enjoada, um sintoma tanto dos meus nervos quanto do fato de que estava — sem que soubesse — grávida de oito semanas. Eu me sentei na cadeira da cozinha.

— Posso tomar um copo d'água, por favor?

— Claro. — Ela pareceu preocupada e pegou uma jarra de água filtrada na geladeira. Colocou um copo de fundo grosso na minha frente. Parecia caro. — Tem mais alguma coisa errada, Rachel?

Tomei um longo gole de água.

— Só não estou me sentindo tão bem ultimamente. Desde o novo emprego.

— É tão ruim assim?

— É uma central de atendimento. Preciso arranjar outra coisa logo.

— Gostaria muito que houvesse algo que eu pudesse fazer por você, mas absolutamente nenhum lugar está contratando. Ouvi dizer que minha empresa está contratando estagiários não remunerados que, na verdade, têm mestrado. É um momento terrível para se começar uma carreira.

Deenie disse isso como se eu tivesse escolhido 2010 para começar a procurar emprego, contrariando todos os melhores conselhos de negócios dos meus contadores.

— E quanto a... outros editores, como você? Para leitura de originais?

— Não sei. Ninguém gosta de admitir que precisa de ajuda, e não é... não é um setor muito bem pago do jeito que está. Não acho que as pessoas possam se dar ao luxo de contratar alguém como fiz por você.

Fiquei magoada com o tom de caridade na voz dela. *Como fiz por você.* Deenie me pagara muito mal. Explorara, na verdade.

— Talvez no jantar da semana que vem você possa fazer alguns contatos. Ser vista. Muitas pessoas do mercado editorial vão estar presentes.

— Como está o Fred? — perguntei, já sentindo náuseas, e ainda mais diante do pensamento de fuçar nos contatos de Deenie como um corvo sobre um corpo.

— Ah, tudo bem. — Ela franziu a testa por um breve momento. — Não sei. Ele é um homem enigmático às vezes. Acho que está um pouco decepcionado com *Kensington*. Havia um artigo no jornal sobre o livro do papai e... Ah, não sei.

— O que o artigo dizia?

— Ah — ela acenou com a mão —, era sobre como sou filha de um poeta e me casei com um autor.

— E...

— E, bom — ela revirou os olhos para me informar que o artigo sem dúvida falava um monte de merda —, o tipo de autor que Fred é. Era algo insignificante sobre ele ser... ah, pouco sofisticado, acho que essa era a definição.

Ela olhou para mim, um pouco desesperada, aparentemente querendo que eu discordasse.

— Isso é besteira — falei, como era esperado.

Mesmo nauseada, achava curioso que James nunca tivesse tocado no assunto. Talvez nem soubesse. O dr. Byrne estava mesmo tão apaixonado por James ou ele era apenas um bálsamo para o ego dele? Ter um jovem amante e o ódio da imprensa fazia com que se sentisse como Oscar Wilde ou algo assim?

— As vendas foram um pouco... bom, as vendas de livros em geral caíram. Como você sabe.

Senti outra onda de náusea. Tive a sensação de que andara em um carro muito quente por muito tempo, em concreto esburacado e estradas sinuosas.

— Você pode abrir a janela ou algo assim? — perguntei, pondo as mãos sobre os olhos. — Desculpa, isso é constrangedor. Só estou me sentindo...

Deenie abriu a porta de correr da cozinha. O ar estava abafado e não oferecia muito alívio.

— Acho que vou vomitar — falei, por fim, e as palavras foram uma surpresa para mim.

Eu não era do tipo que vomitava. Era a pessoa da dor de cabeça e diarreia. A última vez que vomitara fora na noite anterior à partida de Carey, e a anterior a esta fora numa festa de aniversário, quando tinha doze anos.

Entrei no banheiro e me ajoelhei na frente do vaso sanitário. Mas fiquei paralisada de vergonha. Não conseguia parar de pensar em Deenie na cozinha, ouvindo-me abusar do lindo banheiro dela. Fiquei no chão por dez minutos e depois ouvi Deenie sair para o jardim, obviamente tentando me dar privacidade.

Àquela altura, já era hábito vasculhar o armário do banheiro de Deenie. Era tão instintivo quanto lavar as mãos. Sudocrem, mais tiras de teste de ovulação, uma caixa de tintura de cabelo para cobrir os fios grisalhos. Isso era bem empolgante. Já tinha visto aquilo, mas nunca examinara direito. Eu tinha uma pele bastante clara, então nunca considerara as desvantagens das dramáticas madeixas castanho-escuras de Deenie. Eu a puxei e revelei outra caixa retangular escondida atrás dela.

Ali, com uma fina camada de poeira cobrindo o papelão, estava um teste de gravidez Clearblue.

A caixa estava ali havia muito tempo, era óbvio. Quando a tirei, a poeira em volta deixou uma marca fina, como o contorno de giz de um corpo.

Resultados digitais: cinco dias antes do previsto!

Era o primeiro teste de gravidez que eu via fora das prateleiras de uma farmácia. Nunca tinha feito um daqueles testes, nunca tivera uma amiga que me pedisse para comprar um para ela, nunca segurei a mão de nenhuma garota enquanto ela esperava pelos resultados. Sabia que era para fazer xixi neles, e só. A gente sempre passa correndo por essas coisas na Boots, sem nunca querer parecer muito interessada na seção de saúde sexual.

Não sei quando me dei conta, exceto que senti uma gota fria de suor escorregar do cabelo preso em um rabo de cavalo e descer pelo pescoço. Meu coração começou a bater forte e pesado nos ouvidos. Era como se meu corpo soubesse antes de mim. Comecei a contar as semanas. Aquela onda de enjoos voltou a tomar conta de mim.

— Rachel! Você está bem? Quer um pouco de água?

— Tudo bem! — gritei. — Dois minutos!

Abri a caixa e tirei o pacote e as instruções. Enfiei tudo na bolsa e recoloquei a caixa no armário e a tintura de cabelo na frente dela, fechando a porta espelhada do jeito mais delicado que pude.

Saí do banheiro com o rosto vermelho.

— Coitadinha — disse Deenie. — Sabe, acho que tem uma virose por aí. Você quer se deitar um pouco?

— Não, acho que não. Deenie, você se importaria de me levar pra casa?

— Claro. Claro.

O dr. Byrne e Deenie dividiam um carro, um Golf prata, e fiquei surpresa com a bagunça. Havia migalhas nas dobras dos bancos. Ela pareceu perceber isso, apesar de toda a sua preocupação.

— Ele sempre come no carro — comentou, parecendo cansada. — Uma vez encontrei um biscoito Wagon Wheel aqui dentro.

Encostei a cabeça na janela aberta e fingi dormir. Meu cérebro não poderia estar mais desperto, à procura da última lembrança da menstruação. Não encontrava nada. Minha cabeça não guarda acontecimentos a menos que envolvam outras pessoas: gente com quem conversei, bebi, reclamei. Não só não conseguia lembrar da minha menstruação, como também não conseguia me lembrar de ter tocado no assunto com ninguém. Na época do ensino médio, falávamos constantemente das cólicas e dos desejos, e até na livraria eu cutucava Sabrina e pedia um absorvente interno. Mas minha vida se tornara cheia de homens e eu nunca mencionava minha menstruação a nenhum deles.

Finalmente lembrei de uma coisa. De tomar banho de sol no pátio da igreja, perto dos sinos, e sentir a umidade inconfundível de um absorvente interno que decidiu que já tinha visto o suficiente. "Preciso ir", lembro de ter resmungado para James. Eu me levantei cambaleando, chateada por ter de caminhar cinco minutos até em casa só para pegar um absorvente novo.

Isso foi no início de agosto, ou talvez até no final de julho. No momento era outubro.

Estava tomando anticoncepcional e, embora eu tentasse fazer tudo certinho, não era exatamente um cão fiel. Podia tomar o comprimido às nove de uma manhã e não lembrar até meia-noite do dia seguinte. Esse tipo de coisa importava? Então me lembrei da noite com Carey. A noite em que estava tão bêbada e ansiosa que devia ter vomitado o comprimido que provavelmente tinha ingerido poucas horas antes.

Calma, Rachel. Você está diagnosticando um problema que pode não existir.

— Onde você mora, Rache? Sei que fica ao norte, mas...

— Ali na rua Shandon. Perto do antigo Butter Exchange — murmurei.

Não registrei o silêncio dela como algo particularmente estranho.

— Qual é a casa? — perguntou ela, cinco minutos depois.

A voz era peculiar, mas muito distante. Distante e interrogativa, como um policial na sala ao lado.

— Ah, não se preocupa — falei, um tanto triste. — Eu desço aqui.

Agradeci e saí do carro. Caminhei devagar, arrastando os pés. Enjoada e apavorada, sabendo que quando chegasse em casa teria que fazer o teste de gravidez, e que isso confirmaria algo bastante óbvio.

Não olhei para trás, mas, se tivesse feito isso, tenho certeza do que teria visto: o mundo de Deenie Harrington desmoronando quando coloquei a chave na porta.

21

Londres está cinco horas à frente de Nova York. Nos últimos meses, James começou a me mandar mensagens de texto quando o programa termina, pois sabe que minha rotina de sono está caótica.

Na manhã seguinte ao *Toy Show*, às seis horas, James está saindo do trabalho. Ele me manda uma mensagem:

Como está a minha garota favorita?

Olho para a mensagem, encarando a tela. Como se diz a uma pessoa que o ex-amante dela está em coma?

Como está o neném James Júnior?? xx

Escrevo de volta.

Não vou chamar ele de James.

Pois devia.

Como foi o programa?

Incrível. Exceto que o segundo convidado não apareceu e tivemos que colocar uma mulher qualquer e o pug dela.

O pug dela?????

O pug é maravilhoso!

Começo a digitar.

Saí noite passada e conheci alguém que ouviu dizer que o dr. Byrne estava doente e em coma.

Apago depressa. Em vez disso envio:

Diz aí. Qual é o Instagram do pug?

É um exagero dizer que James e eu nunca falamos a respeito do dr. Byrne. Mas a conversa é limitada a um determinado tempo e lugar. Essa hora e esse lugar são a minha sala de estar, por volta das três manhã, na segunda noite de uma visita de três noites. Quando já tivermos mastigado toda a nostalgia antiga, atualizado um ao outro sobre todos os assuntos possíveis e criado algumas lembranças novas para que as antigas não se tornem obsoletas. Depois de cuidarmos de nossa amizade como a orquídea rara que é, ele me cutuca com o pé, completa minha bebida e diz: "O que você acha que está acontecendo com Fred Byrne? Onde você acha que ele está agora?".

Especulamos algumas hipóteses e, por fim, abrimos o notebook. Aideen Harrington, Deenie Harrington, Deenie Harrington-Byrne, Fred Byrne, Frederick Byrne, dr. Frederick Harrington-Byrne.

A única rede social que qualquer um deles tem é a página privada de Deenie no Facebook. A única foto que vemos é a dela, de óculos escuros, em frente a uma parede branca em um país quente. Faz quatro anos que ela não troca a foto.

O dr. Byrne ainda leciona na UCC. Não publica um livro desde *A dieta de Kensington* e, quando estamos nos sentindo egocêntricos, James e eu nos perguntamos se é por nossa causa.

Fiz o teste assim que cheguei em casa e fui para a cama com ele. O resultado deu positivo e liguei para James.

— Cadê você?

— No trabalho — respondeu, com firmeza.

Estava ressentido porque eu não precisava mais trabalhar nos fins de semana.

— Estou grávida.

— Porra.

— Eu sei.

— Aguenta aí. Estou voltando para casa.

Não sei o que James falou para Ben, mas chegou em cinco minutos e ficou comigo o restante do dia.

— O que você vai dizer para o Carey? É do Carey, não é? — perguntou ele.

— Claro! De quem mais seria?

— Bom, não sei! Eu nem sabia que você estava com a menstruação atrasada. Vai saber quais segredos você está escondendo.

Ele não sabia o que fazer comigo. Eu não sabia o que fazer comigo mesma. Nunca fui boa em implodir na hora certa. Há alguns anos, quando minha mãe ficou doente, eu mantive uma calma glacial. Desempenhei sem esforço o papel de uma boa filha. Parecia que estava lidando com a situação de maneira magnífica, mas meus amigos pararam de entrar em contato com tanta frequência, e então, quando o verdadeiro colapso aconteceu, um mês depois, me vi não apenas às lágrimas, mas curiosamente sozinha.

Essa reserva, que James descreve como minha "herança de classe média", assumiu o controle da minha psique. Eu estava completamente imóvel, incapaz de considerar a ideia de uma criança crescendo dentro de mim.

— O que você quer fazer, Rache? — perguntou ele, abraçando-me.

— Você ainda está com o carro da sua mãe?

Nicola estava de férias e deixara James ficar com o carro por duas semanas.

— Estou.

— Podemos ir em um drive-thru?

— Claro. Qual?

— Tanto faz. Só... quero...

Não sabia o que estava pedindo nem por que queria aquilo. Havia um drive-thru do McDonald's perto da casa dos meus pais, e era para lá que minha mãe nos levava se tivéssemos um dia ruim na escola.

Entramos no carro.

— Existe alguma chance de ser um falso positivo? — perguntou James, tentando quebrar o silêncio de um jeito educado. — Será que a gente tenta fazer outro teste?

— Não, não adianta. O jeito como tô me sentindo... faz sentido.

Entramos na fila do McDonald's. No carro à frente havia duas crianças, gêmeas, olhando para nós pela janela traseira, fingindo ser baiacus. Agitavam as mãos perto do rosto, imitando as guelras.

— Quantos anos você acha que eles têm? — perguntei.

— Seis? Sete? — arriscou James.

— Preciso de um aborto. Eu não... Como a gente consegue um, mesmo?

— Hum... Inglaterra.

— Bom, Inglaterra, óbvio. Mas... para quem é que a gente liga?

Na verdade, eu não conseguia acreditar em quão pouco sabia sobre aquilo, apesar de estar mergulhada no debate sobre o aborto desde a adolescência. Em 2002, ano em que menstruei pela primeira vez, houve um referendo para legalizar a interrupção voluntária da gravidez para mulheres cuja saúde estava seriamente em risco, mas foi derrotado. Foi a primeira notícia à qual me lembro de ter prestado atenção. É impossível pensar na menstruação sem pensar em sexo, e a longa sombra de um aborto potencial pairava sobre todos os pensamentos acerca do assunto. Pensei muito em estupro, em ter o filho de um estuprador e se eu seria ou não suficientemente suicida para convencer o Estado de que precisava fazer um aborto. Criei enredos de novelas grandiosos para mim mesma, simulações aterrorizantes que se abriam como um teste de fluxograma no final da revista *Mizz*.

Eu lia detidamente sobre aquilo, discutia sem parar e brigava muito com meu pai por causa disso. Ele, embora tenha votado a favor da revogação da Oitava Emenda em 2018, não estava tão convencido no início dos anos 1990. Falava que se tratava de "um assunto escorregadio", se referia ao aborto como "a nova pílula do dia seguinte" e comentava a respeito de mulheres que tinham se arrependido da decisão de viajar para a Inglaterra, muitas das quais afirmou conhecer. Ele era doutor, e eu devia levar a sério o que meu pai dizia; mas, além de ser meu pai, ele era dentista, então eu não dava importância.

Mas, em todos aqueles debates à mesa do jantar, alguns dos quais terminaram sem que nos falássemos durante dias, eu nunca pensara nos aspectos práticos de uma interrupção da gravidez. Para quem se ligava, quanto custava, tudo isso.

— Existem pílulas. Você pode encomendar comprimidos pelo correio. São ilegais, mas tem como conseguir — explicou James.

Eu lera sobre as pílulas, principalmente sobre mulheres que haviam tomado e tido uma hemorragia ou morrido.

Chegamos à janela do drive-thru. Pedi batata frita e milkshake. James pegou nuggets. Paramos no estacionamento e comemos tão devagar que ficou tudo frio.

— Na verdade, eu não quero ir para a Inglaterra. Na verdade, não quero fazer isso.

James arregalou os olhos. Parecia um daqueles gatos da mãe dele.

— Você quer *ficar com o bebê*?

— Não — rebati.

— Você quer... entregar para adoção?

— Meu Deus, não. Não estamos nos anos cinquenta.

De alguma forma, a adoção era a opção mais assustadora de todas. A ideia de ter um filho de Carey e depois entregá-lo para outra pessoa, mais uma parte de Carey que estaria por aí, para sempre um mistério para mim.

Então me dei conta. De verdade. *Filho de Carey*. O primeiro homem que de fato amei, que de fato me excitou, e que agora estava preso em Derry por tempo indeterminado, e eu carregava um bebê dele.

Imaginei um mundo onde levava a gravidez adiante. Havia algo de romântico nisso, e valia a pena fantasiar. Em todo caso, não havia empregos na Irlanda. Eu poderia me entregar à maternidade e encará-la como um período de hibernação, em que só voltaria a me mexer dali a cinco anos, quando a criança começasse a frequentar a escola e eu pudesse me jogar de vez no mercado de trabalho. Podia contar a Carey. Imaginei a mim mesma grávida de seis meses e tendo a mesma aparência da Tess dos d'Urbervilles, esperando na estação de trem em Derry. Ele ia ficar chocado, e depois que o choque passasse, ia dizer algo delicioso e inesperado como sempre fazia. Ele, que sempre amara o tamanho do meu corpo, ia gostar ainda mais de mim grávida. Acariciando minhas curvas, meus novos seios inchados, a barriga grande e firme.

Havia algo de belo naquilo. A mãe dele em declínio, e nossa gravidez prosperando. Ela conheceria o neto e iria me amar. Já havia tantas crianças pequenas na família de Carey, mais uma de cabelo loiro-avermelhado correndo por aí não faria quase nenhuma diferença. Poderíamos morar na casa dos pais dele por um tempo. Era uma casa grande, pelo menos foi o que ele me dissera, e estava quase vazia.

Eu conseguia imaginar tudo. Cada detalhe, da mesma forma que conseguia visualizar Londres, um universo paralelo que era acessível com um simples passo definitivo da minha parte.

— O que você acha? — perguntei a James.

Ele ergueu as mãos.

— Não vou dizer nada.

— Por que não?

— Porque esta tem que ser uma decisão sua. Não quero persuadir você sem querer, nem para um lado, nem para o outro. Mas... independentemente do que fizer, Rache, eu estou aqui. Vou para a Inglaterra com você, ou vou ajudar com o bebê, ou algo assim. A gente vai dar um jeito.

Um terceiro mundo se abriu. Aquele em que eu e James Devlin criávamos um bebê juntos em Cork, e aquele mundo, apesar de seu componente de *sitcom*, era o mais horrível de todos. Eu tinha ideias e imaginava cenários, mas James tinha um sonho de verdade. Ele precisava ser um roteirista de televisão, e, se já era bastante improvável que um irlandês gay sem conexões conseguisse tal feito, seria impossível se ele estivesse ajudando a criar um bebê.

Percebi que o mundo em que eu me mudava para Derry, o mais atraente para mim nesse bufê de ideias ruins para manter a gravidez, também era o mundo em que eu não morava mais com James. Eu dificilmente o veria. E, embora soe infantil e carente, eu era, naquela época, muito infantil e carente. Não suportava a ideia de não o ver, de não morar com ele.

— Acho que a gente devia começar a telefonar pra alguns lugares na Inglaterra.

Já passava das seis horas e era fim de semana, então ligar para a Inglaterra estava fora de questão até segunda-feira.

— Você vai telefonar dizendo que está doente? Quer dizer, na central de atendimento? — perguntou ele.

Eu tinha acabado de passar vinte minutos imaginando vários universos paralelos, e o fato de a central de atendimento ainda existir, apesar de todas aquelas possibilidades, foi chocante para mim.

— Não. Vai custar dinheiro, não é? Voos e tudo mais. Vou precisar de dinheiro — declarei.

Não sei como conseguimos sobreviver àquele fim de semana. Apesar de ter decidido fazer um aborto, minha herança de classe média me dizia que eu não deveria beber. Não queria prejudicar o bebê que planejava matar.

James também não bebeu. Voltamos à nossa rotina de janeiro, em que morávamos no quarto dele. Pareciam os dias seguintes a uma morte, em que o ar fica estagnado e nos envolve feito um cobertor protetor. A quietude que diz: *Uma grande coisa acaba de acontecer*, e a atmosfera para até que haja espaço no universo para que mais coisas aconteçam. Assistimos a todos os filmes da Cher que encontramos em DVD. *Minha mãe é uma sereia*, *As bruxas de Eastwick*, *Feitiço da lua*. Pedimos duas pizzas grandes e comemos aos poucos ao longo do fim de semana, esquentando as fatias na frigideira.

Carey me ligou duas vezes no sábado. Não atendi. Ele me ligava para um breve alívio, para se distrair da doença, e eu não podia oferecer isso no momento. Sabia que, se atendesse o telefone, ia querer ficar com o bebê e contar para ele.

Foi a única vez que James me ofereceu algum tipo de orientação.

— Não o castigue. Pode escolher contar para ele ou não, mas não dê um gelo nele. Ele já está passando por um momento bem difícil.

Conversamos no domingo à noite.

— Como vai, minha linda garota? — cumprimentou ele, parecendo que estava sob um raio de sol. — Olha só, estive pensando.

— Em quê?

— Sexo por telefone.

Foi a primeira vez que ri durante todo o fim de semana. Ele era um cara engraçado demais e não tinha ideia de que eu estava grávida, e de repente eu não queria fazer nada além de me dar uma folga durante aquela conversa telefônica.

— Por que você está rindo? Acho que a gente ia se sair bem! Nós dois somos bastante verbais, não é?

— Ah, não sei se eu ia conseguir levar isso a sério.

— Vai lá, tenta aí.

— Agora?

— Não, a gente vai conversar por alguns minutos, e aí do nada você abre uma brecha para mim, tipo uma surpresa. Só diz que as suas roupas caíram ou algo assim.

Ri de novo e conversamos sobre o que estava acontecendo em Derry. Sua sobrinha mais velha havia começado o ensino médio. Ele queria saber quando ia ser minha formatura.

— Não sei, em algum momento na metade deste mês.

— Você não parece preocupada.

— Parece que foi há muito tempo — falei, e era sério. — Faculdade. Parece inútil. Não sei o que estava pensando, um diploma de inglês.

— Na verdade, eu me arrependo de nunca ter ido na faculdade ver você.

— Para me ver? Por quê?

— Ah, não sei. Pra ver você escrever seus pequenos ensaios. Para seguir você entre as pilhas de livros. Sempre tive uma fantasia com biblioteca, desde pequeno.

Eu me perguntei se essa era a brecha para o sexo por telefone.

— O que acontecia nessa fantasia?

— Ah, você sabe. — Ouvi um leve rangido no colchão e percebi que ele havia passado da posição sentada para a posição deitada. — Bibliotecária gata de peitos grandes tentando encontrar um livro raro para mim.

Tinha passado uma parcela tão grande dos dois dias anteriores nos meus próprios mundos de fantasia interconectados que era incrível visitar o de outra pessoa.

— Continua.

— Sabe, você podia subir numa daquelas escadas — disse ele, o tom ainda alegre. — E eu...

Ficou claro que ele já tinha feito aquilo antes. Nunca fui o tipo de garota que pergunta sobre as ex-namoradas. Prefiro presumir que os homens simplesmente estavam dormindo antes de eu os conhecer. Ele falou de olhar para minha saia justa ("Saia lápis?", perguntei, estragando o clima por um segundo), de passar a mão pelas minhas pernas, de sentir que eu estava molhada até as coxas. Senti que era minha hora de assumir o controle, fechei os olhos e falei do corpo dele. Foi fácil. Eu já tinha pensado muito no corpo dele.

Apesar de tudo, consegui me distrair. Estar grávida foi quase um acréscimo à experiência. Não era apenas uma bibliotecária. Eu era uma bibliotecária... *com um segredo*. Nós nos tocamos e conversamos, e foi magnífico até que ele começou a falar em gozar.

— Meu Deus, quero gozar dentro de você — disse ele, e toda a narrativa foi jogada pela janela.

Ele não parava de falar isso. Dava para ouvir que ele estava quase lá. Esfriei. Ele tinha gozado dentro de mim, afinal. É por isso que estava naquela situação. Fiquei em silêncio. Nesse ponto, ele já estava totalmente entregue.

Quando terminou, ficou repetindo meu nome.

Porra, porra, Rachel, Rachel, porra.

Eu me perguntei se era normal dizer tchau e desligar o telefone, mas a voz dele retornou muito rápido.

— Desculpa, não consegui esperar.

— Esperar o quê?

— Ah, você.

— Ah, está tudo bem.

Eu sabia que soava estranha, e que ele percebera.

— Você está bem?

— Estou. Foi divertido.

— Temos um novo hobby de longa distância, você não acha?

— Acho que sim — respondi, e tentei manter a voz sexy. — Estou com saudade.

Desligamos o telefone logo depois. Quando saí do meu quarto, encontrei um *post-it* colado na porta, com o número da Marie Stopes International.

Foi uma semana de conversas telefônicas inusitadas.

Liguei para a organização Marie Stopes na segunda-feira de manhã. Eles me disseram que primeiro precisava fazer uma consulta e então me deram uma lista de clínicas a que eu poderia ir na Irlanda. Havia duas em Cork. Depois que um médico me atendesse, eles me encaminhariam para uma clínica particular no Reino Unido.

Desde então, passei tanto tempo noticiando, entrevistando e editando as experiências de várias mulheres irlandesas com o aborto, que minha mente fundiu minha própria experiência à delas. Os roteiros são muito semelhantes. Tudo começa sempre com um telefonema, aí uma consulta, e então você seleciona uma clínica com base não tanto na segurança ou na capacidade médica, mas no local onde a Ryanair está negociando as tarifas mais baixas naquele mês. Às vezes Manchester é mais barato, e às vezes, Londres.

Há um campo limitado de opções e de emoções que as acompanham. Assustada, triste. Irritada por ter que viajar. Furiosa consigo mesma por ter sido irresponsável. Furiosa com o médico por perguntar se eu tinha certeza absoluta de que queria uma interrupção, o que suponho que seja sensato perguntar, mas me irritou mesmo assim. Será que isso de fato me irritou? Ou simplesmente li tanto sobre essa experiência em particular que meus sentimentos se ligaram a um centro nevrálgico global do pensamento feminino irlandês sobre o aborto?

É impossível dizer.

As únicas memórias claras são aquelas com James.

Fomos juntos à clínica em Cork na quarta-feira, onde fiz outro exame e onde o médico confirmou que eu estava grávida de nove semanas. Contei que fazia apenas seis semanas que Carey e eu tínhamos feito sexo desprotegido, mas aparentemente isso não importava. A gravidez era, de forma inesperada, contada a partir da data da última menstruação. Depois o médico saiu da sala e disse que uma enfermeira voltaria para discutir "nossas opções".

— Ai, meu Deus. Aposto que ele pensa que sou o pai — comentou James.

— Bem, ótimo. Espero que sim. Não quero que ele pense que engravidei por ser uma piranha. Quero que ele saiba que as pessoas me amam.

Foi a primeira vez que James pareceu chocado com algo que eu disse. Se não estivéssemos ali para agendar meu aborto, ele teria me repreendido.

Ele olhou os folhetos das clínicas na Inglaterra.

— Você não precisa sentir vergonha de nada disso — murmurou ele.

Eu ri. Fiz um som de pigarro de nojo, como se fosse uma loucura me sentir assim.

Mas o fato de ser irlandesa levou a melhor.

— Mas é ilegal.

— É. — Ele ergueu a sobrancelha. — E a sodomia também, até tipo, 1993 ou algo assim, então no fundo somos dois criminosos.

Ergui as sobrancelhas.

— É, tipo Bonnie e Clyde.

Sorrimos um para o outro, porque tínhamos visto o filme de Faye Dunaway havia pouco tempo. James pegou minha mão, usando a voz suave e melodiosa de dama sulista.

— Eles os chamam de assassinos de sangue frio, dizem que são insensíveis e malvados. Mas digo isso com orgulho, por ter conhecido Clyde...

Meu amigo encostou os lábios nos nós dos meus dedos e pressionou com força, depois encontrou meus olhos para terminar o verso.

— ... e ela era honesta, correta e limpa.

A enfermeira entrou na sala quando James ainda segurava minha mão, e ele não a soltou enquanto ela falava conosco. Ela me disse que poderia agendar a interrupção da gravidez no Reino Unido para dali a duas semanas, o que me levaria a onze semanas, e que poderia escolher entre tratamento médico ou cirúrgico. O primeiro consistia simplesmente em tomar um comprimido, mas era doloroso, e era necessário fazer isso durante dois dias, o que significava reservar duas noites na Inglaterra. A cirurgia era mais comum para mulheres irlandesas que viajavam. Assenti. Se a cirurgia era o que a maioria das mulheres irlandesas fazia, então eu faria o mesmo.

Saí da sala enquanto a enfermeira ainda falava. Imaginei meu retorno à Irlanda, toda vazia e raspada.

— Perdão — disse James, puxando-me de volta —, você disse *quinhentos* euros?

— Quinhentos? Está falando sério? — guinchei.

— A gente não tem tudo isso — explicou ele.

— É, a gente não tem tudo isso — repeti.

A enfermeira assentiu com uma simpatia ensaiada. Provavelmente tinha aquela conversa dezenas de vezes por dia.

— Parte do valor é a taxa de consulta que você vai pagar hoje — disse ela, sem ajudar em nada. — É sessenta e cinco. O restante você paga quando estiver lá.

Eu deveria telefonar mais tarde naquele dia, quando tivesse decidido o que queria fazer. Paguei os sessenta e cinco e saímos da clínica. Inclinei o corpo sobre as grades do rio Lee, tentando respirar o ar úmido.

— Não se atire, pelo amor de Deus.

— Como vou pagar por isso, James? E ainda tem os voos.

— E o hotel — lembrou James, baixinho.

— E a porra do hotel — repeti.

Ele se sentou perto da grade.

— E, na verdade, também tem o transporte público, os táxis, o almoço e o jantar para nós dois. A gente pode levar sanduíches, mas não para todas as refeições.

— Nós dois?

— Não vou deixar você ir *sozinha*. — Ele olhou para o rio. — Tem quinhentos e cinquenta e sete euros no nosso fundo.

— Metade desse dinheiro é seu.

— É o *nosso* dinheiro. A gente vai conseguir economizar de novo. A gente só vai ter que emigrar mais para frente.

Eu o abracei, os braços em volta da sua cintura, os dele em volta dos meus ombros. Realmente parecíamos um casal. Senti o corpo esguio tenso, e o amei, não porque fosse fácil para ele se despedir daquele dinheiro, mas porque era incrivelmente difícil.

— A gente precisa de mais duzentos, pelo menos, pra voos e tudo mais. E tem que reservar logo também, senão vai ficar ainda mais caro — lembrei.

— Duzentos! — zombou ele. — Trezentos, pelo menos.

Quando chegamos em casa, olhamos os voos. Os para Londres estavam na casa das centenas; encontramos alguns para Manchester por sessenta e cinco euros cada, desde que não levássemos bagagem.

— Você acha que a Ryanair faz todo o dinheiro deles com abortos? É um modelo de negócio incrível, se parar para pensar — falei, sem ânimo.

Liguei de volta para a clínica para confirmar que havia decidido por Manchester. Reservamos os voos usando o cartão da conta poupança.

— A gente precisa mendigar. Vamos fazer uma lista — disse ele, com um suspiro.

Eis a lista de James:

PAIS DA RACHEL

CAREY

PAIS DO JAMES

BEN?

CENTRAL DE ATENDIMENTOS

HARRINGTON-BYRNE

— Meus pais não têm. E não vou contar para eles. Meu pai é pró-vida — falei.

— E o Carey?

— Definitivamente não tem. Ele não tem emprego e está cuidando dos pais.— Olhei a lista. — E não posso pedir para os *seus* pais. Nem conheço eles direito.

Risquei os três primeiros, e o nome de Ben, que era uma ideia estúpida.

— Eu podia pedir um adiantamento para a central de atendimentos — sugeri, e senti uma onda de depressão tomar conta de mim. Não queria dever um favor à central. Passava todas as viagens de ônibus torcendo para que o lugar tivesse pegado fogo na noite anterior. — Talvez só cem, do meu próximo pagamento.

— E você podia falar com o Fred e a Deenie para pedir mais cem. Ou talvez duzentos. Eles amam você. Vão dar o dinheiro com prazer — disse James.

Eu me contorci.

— Não sei. Não quero que eles... saibam isso sobre mim.

Eu me imaginei contando a Deenie e ao dr. Byrne sobre a minha situação. Sobretudo considerando o que sabia agora sobre a falta de sorte deles com as tentativas de engravidar. Ela ia me odiar por isso. Eu havia tropeçado bêbada em um estado a que ela tentava chegar havia anos.

— Você podia perguntar ao Fred. Aí a Deenie não ia ficar sabendo — falei.

Ele mordeu o lábio.

— Não sei. Acho que ele terminou comigo de novo.

Eu me sentei.

— Por quê?

James sempre era bastante minucioso sobre as idas e vindas do dr. Byrne. Era um ato de notável gentileza que ele não tivesse compartilhado essas novas angústias comigo enquanto eu estava lidando com o planejamento do aborto.

— Ele não está atendendo minhas ligações. Não sei. Talvez Deenie tenha olhado o celular dele ou algo assim. Embora meu contato esteja salvo como "dentista" no telefone dele. Talvez ela tenha decifrado o código.

— Não! Você acha?

Ele assentiu com tristeza.

— É, acho.

— Bom, ela não me disse nada.

— Mas por que ela *faria* isso?

Fui trabalhar no dia seguinte e pedi para falar a sós com minha gerente.

— Sei que não trabalho aqui há muito tempo, mas gostaria de saber se poderia pedir um adiantamento do salário deste mês. É uma emergência. Juro que não estaria pedindo se tivesse outra alternativa.

Ela riu.

— Boa tentativa.

Mais tarde naquele dia, fui visitada pela assistente do departamento pessoal e presumi que minha gerente havia mudado de ideia.

— Rachel Murray? — chamou ela, enquanto eu ainda estava ao telefone. — Ainda não recebemos seu histórico de impostos pagos.

— Ah. — Não sabia o que fazer. Nunca tinha tido um novo emprego antes. A O'Connor foi meu primeiro. — Como eu...?

— Você precisa ligar para sua antiga empresa e pedir que enviem.

— Certo, vou fazer isso hoje.

Ela começou a se afastar.

— Mas ainda vou ser paga no dia certo, certo?

— Hum?

— Se conseguir entregar o documento amanhã. Ainda vou ser paga? No último dia útil do mês?

— Não, é provável que você seja colocada na taxação provisória.

— Provável?

— Não tenho certeza. Mas é provável.

Saí e me sentei na grama perto da estrada, a cabeça apoiada nos joelhos.

Recebi um e-mail com a confirmação da consulta em Manchester e percebi que o aborto estava marcado para 26 de outubro, mesmo dia da minha formatura na UCC. Naquela tarde, também recebi um telefonema do meu pai perguntando a data da formatura.

— Ah, eu não vou — falei, tão casualmente quanto consegui fingir. — Eu e o James vamos viajar para Manchester, para um pouco de diversão.

— Por que você não vai?

— É caro para o que é. Você sabe, aluguel de vestidos e tudo mais. É uma espécie de fraude. E nunca me senti muito conectada ao curso de qualquer forma. Acho que seria estranho. E eu não tinha amigos lá.

— Acho que você devia ir, Rachel — argumentou ele, soando decepcionado. Afinal, eu era a filha mais velha e tenho certeza de que a formatura é um momento que qualquer pai gostaria de viver. Eles tinham tão poucos motivos para sair de casa. — Acho que você pode se arrepender com o tempo.

Fechei os olhos e engoli em seco, como se estivesse tomando um comprimido.

— Tive que *trabalhar* muito durante a faculdade. Acho que não iria aproveitar tanto assim.

Isso resolveu. Sabia que resolveria. Naquele momento, o coitado do meu pai estava todo culpado pela experiência universitária que não tive, devido às mensalidades que ele não podia pagar.

— Bom, se você tem certeza.

— Tenho certeza.

Eu não queria desligar o telefone depressa. Não logo depois de acabar com os sonhos dele.

— Pai, como você está? — perguntei, hesitante.

— Acho que sua mãe quer dizer alguma coisa — disse ele, e passou o telefone para ela.

De alguma forma, já era fim de semana de novo, e eu tinha o jantar na casa dos Harrington-Byrne. Era muito cedo na minha gravidez para que meu corpo demonstrasse, mas mesmo assim estava paranoica. Tinha a impressão de ficar inchada em todas as roupas que experimentava, e meus seios estavam chegando à fase sensível, então os sutiãs apertavam demais.

James se sentou na minha cama e me observou experimentar as peças.

— Eu me sinto muito estranho por você ir lá. Para o jantarzinho burguês deles, enquanto eu fico em casa, Cinderela com os ratos — comentou ele.

— Desculpa — falei, passando outro vestido pela cabeça.

— Você não pode me levar junto? Como seu acompanhante?

— Em primeiro lugar, é tarde demais para incluir um acompanhante na equação. Eles já prepararam a refeição. Em segundo lugar, *não*. Você e o dr. Byrne ficariam lançando olhares um para o outro a noite inteira.

Optei por um vestido floral verde menta que minha mãe e eu tínhamos comprado anos antes para a festa de batizado de um primo, e eu não o usava desde então.

— Como estou?

— Como se você nunca tivesse levado um dedo no cu.

— *James.*

Ele se deitou e olhou para o teto.

— É estranho você estar jantando com meu namorado, quando eu mesmo não vejo ele há uma semana.

Fui andando até a casa deles, segurando uma garrafa de vinho de nove euros e treinando conversas para adultos. Tinha que tratar aquele jantar como a oportunidade que era. Precisava me mostrar para as pessoas. Agora que de fato não seria uma jovem mãe, precisava resolver o problema da carreira, com ou sem recessão.

Bati à porta e ouvi conversas altas e música do outro lado. Parecia que estava aguardando um portal para um mundo adulto me sugar.

Uma mulher que eu nunca tinha visto me atendeu. Tinha cerca de trinta anos, estava com o cabelo loiro-acinzentado preso em um rabo de cavalo e vestia um macacão preto aberto nas costas.

— Ah, olá! — disse ela, esperando que eu dissesse meu nome.

— Oi — cumprimentei, tímida. — Sou a Rachel. Trabalho com a Deenie...

— Ah, sim! Entre, entre, desculpa. Deenie está fritando as vieiras, então estou de plantão na porta. A propósito, meu nome é Ciara. Fiz o copidesque do manuscrito.

Pendurei meu casaco pensando: *Achei que eu tinha feito o copidesque do manuscrito.*

Havia dez pessoas na cozinha e quatro amontoadas no sofá da pequena sala de estar. Deenie estava olhando um tanto aflita para as vieiras e não pareceu me ouvir entrar. Não avistei o dr. Byrne em lugar nenhum. Ciara me apresentou a todos, uma enxurrada de pessoas que trabalham com livros que assentiram educadamente quando expliquei meu papel.

— Sou uma espécie de assistente. Ajudei com as autorizações e esse tipo de coisa.

— Tipo uma estagiária? — perguntou um homem de cabelos cor de areia, cortados até as orelhas.

Ele era outro editor da editora onde Deenie trabalhava e parecia o tipo de homem que surfava no inverno. Ficou claro que nunca tinha ouvido falar de mim.

— É, mais ou menos.

— Meu Deus, você ouviu que agora há pessoas com mestrado fazendo estágios em Dublin? Você tem mestrado? — interrompeu alguém.

— Não — respondi, sentindo-me profundamente insuficiente. — Na verdade, acabei de terminar a graduação. Vou me formar em breve.

— Ah, uau! — exclamou o homem de cabeça arenosa. — Nossa, imagine ter toda essa experiência antes mesmo de se formar. Você vai ser uma ótima candidata quando for entrevistada para o próximo estágio.

Não sabia se ele estava sendo sarcástico ou apenas sincero. Na minha experiência, uma pessoa fazia um estágio e depois conseguia um emprego. E eu tinha feito um estágio.

— Cadê o dr. Byrne? — perguntei, então me corrigi: — Cadê o Fred?

— Ah, acho que foi comprar mais vinho. Venha para a sala de estar. Está tão cheio e quente aqui — disse Ciara.

Ainda não tinha cumprimentado Deenie, mas fui levada para a sala de estar. Havia três pessoas da universidade que reconheci do departamento de inglês. Apenas uma delas me reconheceu. Era uma professora chamada Anne Sheehan, que lecionara vários módulos de cinema que eu tinha cursado. Devia ter mais ou menos a idade do dr. Byrne, mas nunca pensei que os dois pudessem ser amigos ou que os professores socializassem juntos.

— Ah, olá! Eu conheço você. Rachel, não é? — disse ela, alegremente.

— Isso. — Eu me senti do tamanho de um dedal. — Rachel Murray, fiz seu curso de cinema *noir*.

Um homem, o namorado ou marido dela, pareceu muito animado com isso.

— Ai, meu Deus — disse ele, com o braço em volta dela. — Vamos jantar com uma das suas alunas?

— Ex-aluna — corrigi. — Na verdade, vou me formar em breve.

— Esse é um sonho que se tornou realidade — continuou o namorado ou marido. — Estou sempre desesperado para assistir a uma das aulas da Anne, mas ela nunca deixa, diz que ficaria com ansiedade e se sairia mal. Sempre quis saber quão incrível ela é como professora.

— Ah, bom — falei, sem saber exatamente o que ele queria de mim. — Ela é muito boa.

— Deixa eu fazer um teste com você. Deixa eu ver o quanto a Anne é boa.

A dra. Sheehan se contorceu um pouco.

— Não faz isso com ela, Con. Ela não quer ser questionada na noite de folga. — Ela olhou para mim com uma expressão apologética. — Não liga para ele, Rachel.

Con estava um pouco bêbado. Parecia ser aquele tipo de homem, o que chegava cedo demais para uma festa e bebia tudo o que via. Conhecia esse personagem das festas a que eu ia e fiquei surpresa ao notar que eles não mudavam na vida adulta.

— Tudo bem, não vou te questionar; só me diz o que você sabe.

— O que eu sei sobre o quê? — respondi, confusa.

— *Noir*. Filmes *noir*.

Eu me senti como uma criança sendo convidada a cantar a música ensaiada para o jantar. Estava desesperada para que o dr. Byrne aparecesse para me salvar.

— Bom, ah, as imagens do filme *noir* se baseavam fortemente na pintura expressionista alemã, no uso da luz para transmitir o clima — comecei.

— Ah, Annie, você *é* boa! Pintura expressionista alemã! — exclamou Con.

Eu queria morrer. Olhei para a dra. Sheehan. Acho que ela queria morrer também. Pela primeira vez em uma semana, eu não estava pensando em estar grávida.

— Já chega agora. Como você está, Rachel? Sente-se.

Ouvi a porta da frente bater e depois os passos pesados do dr. Byrne.

— Comprei a birita — declarou ele. — Todo mundo pode relaxar. Vai dar até para nocautear um bebê elefante.

— Isso não é jeito de se referir a si mesmo, Fred — gritou Ciara.

Depois a voz de Deenie.

— Bem na hora. As entradas estão prontas.

— Vamos nos sentar?

— Vamos.

Eu, a gangue da UCC e o terrível Con fomos para a cozinha. A mesa perto da janela fora desdobrada e coberta com toalhas brancas. Algumas pessoas vieram do jardim dos fundos, onde estavam fumando. Todos tiveram que se espremer na parede para encontrar seus lugares. Havia cartões marcando o assento de cada um, e alguns deles tinham apelidos, como "Botas", "Bichona" e "Nariz". Outros eram normais e diziam apenas "Anne".

Fiquei me perguntando se Deenie tinha um apelido para mim que eu não conhecia, porque não consegui encontrar meu nome. Eu era a última pessoa de pé em uma sala cheia de pessoas sentadas. Foi então que os Harrington-Byrne finalmente me viram. Grávida de dez semanas e com um vestido verde menta que, pensando bem, não era tão elegante quanto deveria.

— Rachel — disse o dr. Byrne. Estava abrindo uma garrafa de vinho, o rosto congelado em estado de choque.

Deenie estava servindo as vieiras e ergueu os olhos. O rosto pálido ficou escarlate, a expressão morta, as mãos imóveis.

— Rachel — repetiu ela.

— Oi. — Estava na casa havia apenas dez minutos e já havia sofrido muita humilhação. Queria chorar. Então, com toda a jovialidade que pude reunir, perguntei: — Eu vim na noite errada?

Todos na mesa me olhavam confusos. Havia catorze convidados e duas cadeiras para os anfitriões. E nenhuma cadeira para mim.

O editor do cabelo claro falou:

— Vocês iam fazer sua estagiária comer no jardim, pessoal?

— Não — respondeu Fred, como se fosse um robô. — Rachel, bom te ver. Aideen... esqueceu de me dizer que tinha te convidado.

— Bem, aqui estou eu — falei, sem jeito.

Ele desapareceu no escritório e arrastou uma cadeira para a cabeceira da mesa. Deenie começou a distribuir pratos de vieiras com morcela.

Eu me esforcei para disfarçar meu horror. A cadeira do escritório pairava sobre as outras cadeiras e, se eu me sentasse nela, ficaria exposta durante toda a refeição.

— Rachel, pode ficar com o meu lugar — disse ele, com falsa alegria. — Vou assumir o trono.

Pelo menos metade dos convidados estava morrendo de vergonha alheia. Eu me sentei bem devagar no lugar do dr. Byrne. Comecei a repassar mentalmente a conversa telefônica com Deenie. Ela me convidara, certo? Eu já estava sofrendo de afecção cerebral por conta da gravidez?

Todos haviam retomado uma espécie de conversa estranha, educados demais para perguntar o que raios estava acontecendo.

Deenie com certeza havia me ligado. Caso contrário, como eu saberia que aquele jantar estava acontecendo? Talvez ela tivesse me contado sobre o jantar, mas o mencionara de passagem, e interpretei mal como um convite. Talvez tivesse me contado, mas como uma maneira diplomática da classe média de me pedir ajuda com o bufê, e pensei que fosse um convite.

Mas eu tinha certeza, tanta quanto sabia que havia um feto de dez semanas na minha barriga, de que Deenie havia me telefonado para me convidar para aquele jantar. Ela até disse que eu poderia fazer alguns contatos. Falou que eu fazia parte da equipe que havia publicado o *Pequenos incêndios*. Eu tinha o livro em casa. No final dele, Deenie me agradecia por ter policiado a atmosfera.

Nesse momento, eu estava matando a atmosfera. Alguém na cozinha estava fazendo uma matemática avançada com as vieiras, e me passaram um prato com uma delas, enquanto todos os outros tinham duas.

O cheiro de peixe se misturou à fumaça terrosa da morcela. Meu estômago se revirou e tomei um longo gole de água, querendo desesperadamente vomitar.

— Perdão — disse a mulher ao meu lado —, acho que você pegou o meu copo d'água.

— Desculpa, desculpa — murmurei, e então peguei o meu próprio copo, o copo que deveria ser do dr. Byrne.

O bêbado começou a tagarelar a respeito de como sempre pensara que ia ser um ótimo professor, mas tinha a sensação de que perdera a chance. Isso aliviou um pouco a tensão e o grupo começou a falar de todas as bobagens que poderiam ensinar.

— Sempre consigo fazer uma caneta voltar a funcionar depois que ela fica seca. Eu podia dar um curso sobre isso — comentou Ciara.

— Já vi todos os episódios de *Keeping Up Appearances* — arriscou outra pessoa. — Eu daria um curso sobre as tensões de classe na Grã-Bretanha do pós-guerra.

Era óbvio que já tinham pensado no assunto.

— Qual era mesmo o nome do cunhado? Era estranho. Otto.

— Onslow.

— Onslow!

Deenie e o dr. Byrne conversavam educadamente com as pessoas sentadas ao lado deles, mas nenhum olhou para mim, nem um para o outro. Eu queria desesperadamente ir embora, mas tinha senso social suficiente para saber que sair dali era a única coisa pior do que ficar.

Então fiquei, esmaguei minha vieira com o garfo e pensei: *Por pior que seja, vai acabar uma hora. Jantares sempre acabam em algum momento. Esse é o lance dos jantares.*

O prato principal saiu do forno, e cada um de nós recebeu um prato limpo e quente. O cheiro de peixe foi substituído pelo forte odor de frango, cebola e vinho quente.

Ciara se levantou para ajudar Deenie com os pratos de ensopado. Ficou claro que eram boas amigas e que tinham uma espécie de ligação física estreita que reconheci. Ciara olhava Deenie incisivamente nos olhos, com uma expressão de *Você está bem?*. Isso pareceu reavivar Deenie.

— *Coq au vin!* — disse ela, aproximando-se da mesa. — Sei que é clichê, bem anos setenta, mas você pode preparar com antecedência, então...

— Divino!

— Fantástico!

— Deenie, você é incrível.

— O *cheiro*, D, não consigo lidar com isso. Estou com água na boca.

Outra travessa, de purê de batatas, apareceu, e o refrão recomeçou.

— Purê!

— Ai, meu Deus, *purê*.

— Minha comida favorita, purê. É bom quente, é bom frio. É versátil.

— Qual é aquela frase da Laurie Colwin mesmo...? Sobre as pessoas só quererem comida infantil em jantares?

— Sim, ninguém gosta de comida muito elaborada. Não de verdade.

— Purê!

Desde então, sempre comparei as reações dos meus convidados às dos amigos de Deenie Harrington. Ninguém nunca ficou tão animado para provar meu purê. Meu marido não gosta e acha pegajoso, tipo comida de prisão. Por outro lado, ele vai à loucura com minhas batatas assadas.

Eu me pergunto muito se eles estavam mesmo entusiasmados com a comida ou se simplesmente tinham notado que ela estava sofrendo e queriam fazê-la se sentir melhor. Acho que foi a segunda alternativa. Eles a amavam muito.

22

Um homem com um cabeção — tipo, uma cabeça fisicamente grande — enfim falou comigo.

— Estou tentando me lembrar de onde conheço você. Você trabalha na O'Connor, certo?

Sorri. Foi a primeira vez que alguém me fez uma pergunta que não me deu a sensação de ser um experimento científico.

— Isso, trabalhei até pouco tempo atrás. Eles tiveram que fazer uma redução drástica no pessoal, então não trabalho mais lá. Recessão, sabe?

Ele assentiu.

— Sim, é isso. E você estava lá no lançamento do livro do Fred, não estava?

Deenie deixou cair o garfo, que foi parar no chão. Todos ergueram os olhos e depois olharam para mim.

— É. Sim, ainda trabalhava lá naquela época — respondi.

— Foi um bom lançamento — comentou ele, às pressas, sentindo que havia cometido um erro. — Depois que terminou, ficamos no pub até altas horas.

Deenie decidiu que já tinha aturado o suficiente e saiu da sala. Era a desculpa de que eu precisava. Eu a segui, o silêncio se arrastando atrás de mim. Ela estava sentada na cama.

Quando me viu na porta, ela gritou. Como se eu fosse uma assombração ou um fantasma.

— Sai do meu quarto — disse ela, a voz alta e sem controlar as lágrimas. — Sai da minha *casa*.

— Deenie, o que está *acontecendo*? — Tentei reprimir meu próprio choro. — Você me convidou para vir aqui. Você me ligou no trabalho e me convidou.

— Isso foi antes. Antes de eu saber — rosnou ela.

— Saber o quê?

Ela ficou chocada. Ofendida por ser considerada uma idiota.

— Que você estava *dando* para o meu marido.

— Deenie, por que você acha isso? Não transei com o dr. Byrne.

— Ah, não se dê ao trabalho, Rachel. — Ela começou a enxugar as lágrimas de forma agressiva, como se estivesse tentando arrancar um pouco da pele. — A gente já resolveu isso. Ele me contou tudo. Também tentou mentir.

O dr. Byrne apareceu na porta e pôs a mão no meu ombro.

— Acho melhor você ir, Rachel.

— Não, quero ouvir o que ela tem a dizer. — Deenie parecia a esposa de *O Iluminado*, os olhos borrados e os cabelos pretos. — Meu Deus, existe algum jeito de ter essa conversa que não pareça, tipo, tão *chato*? — continuou ela, a voz cheia de desgosto. — É tão chato ser *essa* personagem. Essa é a pior que existe, sem dúvida. O marido mulherengo se diverte bastante. A jovem assistente piranha tem uma experiência de vida novinha em folha sobre a qual escrever no diário. Mas eu, porra, estou simplesmente presa aqui, me sentindo uma *idiota* por ter deixado essa pessoa entrar na minha *casa*.

— Não estou entendendo. — Eu estava começando a choramingar. — Alguém me explica o que está *acontecendo*.

— Eu vi as notas — disse ela, furiosa. — Os recibos. Ele manda coisas para a sua casa, Rachel. Ele manda vinho. E queijo.

Ah, não.

— Eu sabia que tinha *alguma coisa* acontecendo, mas nunca pensei... Você trabalhava para mim, Rachel. Aí me pede pra levar você em *casa*. Era para o *seu* endereço que ele mandava aquilo. O endereço de Rachel? *Minha* Rachel...

— Nós não estamos transando — respondi, mantendo-me fiel à verdade. — Deenie, eu não estou transando com seu marido.

— Ele admitiu, Rachel, então você pode muito bem admitir também.

Isso me atingiu como um aríete. Ele *admitiu* ter dormido comigo?

Deenie olhou para o edredom como se estivesse pensando em se cobrir.

— Fred, chama a Ciara.

Ele fez o que ela disse e Ciara apareceu.

— Você está bem, querida? — A linda Ciara, com seu macacão frente única, deu uma olhada ao redor do quarto e ficou rígida, como um mordomo. — Quer que eu mande as pessoas pra casa?

— Quero.

— Certo.

Então ela desapareceu.

— Agora vou ter que contar pra ela também — disse Deenie. — Embora todos já tenham adivinhado. Cork já vai falar disso amanhã de manhã. Espero que vocês estejam felizes.

Deenie não estava sendo autocentrada. A história estaria *mesmo* circulando por Cork no dia seguinte de manhã, porque Cork é um ovo. Ela esfregou os olhos.

— Por que você não ligou para ela e disse que tinha terminado, seu cretino? Podia pelo menos ter me poupado da humilhação de ver ela na festa do livro do meu pai.

Fiquei surpresa ao ouvir Deenie xingar assim. "Cretino" não era uma palavra que eu esperaria ouvir dela.

— Para começar, eu não sabia que você tinha convidado ela. Você nunca falou — disse o dr. Byrne, sem muita convicção.

— Não, claro. Afinal, ela é minha amiguinha. Meu Deus, isso tudo é tão... isso é *Tudor* pra caralho, Fred. Você me arranja uma dama de companhia para poder ficar de olho nela?

Tive vontade de gritar: *Não sou eu; é com James que ele está transando*. Mas isso me tornaria menos culpada? Ainda assim, eu sabia que meu melhor amigo estava transando com o marido dela. Bebi o vinho da infidelidade, comi o queijo da infidelidade. Além disso, ela iria acreditar? Deenie não fazia ideia de quem era James.

— Só tenho uma pergunta, Rachel — disse ela, cravando o olhar em mim. — Carey sequer era real?

— O quê? — A pergunta me deixou muito chocada. — É claro que Carey é real.

— Todo aquele choro em cima de mim. Você estava chorando por causa do *meu* marido? Para *mim*? Só consegui pensar nisso essa semana, sabia? *Ela inventou um namorado? Ela é tão sociopata assim?*

A bela estranheza de Carey, a minha tristeza, o coração desolado que eu havia mostrado a ela de forma tão honesta. Ela achava que eu estava só brincando?

A analogia da dama de companhia era estranhamente apropriada, porque Deenie parecia uma rainha naquele momento. Sentada de pernas cruzadas na cama, fazendo pronunciamentos para o quarto.

— Quando te conheci, com aquela conversa estúpida de como a livraria queria fazer o lançamento daquele livro *horrível* dele, eu soube que tinha algo errado. Não fazia sentido. E aí quando vi você... — disse ela, e se permitiu uma gargalhada seca. — Eu pensei, *Ah, meu Deus, que bobagem, ela é só uma aluna gordinha apaixonada.*

De todas as coisas que Deenie Harrington disse naquela noite, essa é a frase que mais me volta à lembrança. Nos meus piores dias, nos meus piores encontros, nas entrevistas de emprego que não saem como o planejado.

Só uma aluna gordinha apaixonada.

Grandes manchas despontaram no pescoço e nos braços de Deenie. Não havia mais nenhum brilho perolado nela. Estava desleixada, suada e avermelhada. Pela primeira vez, o corpo pequeno não parecia feminino para mim. Parecia infantil.

— Então, de repente... ele sabe *um monte* de coisas sobre você. Coisas que não contei para ele. Coisas que você não sabe, se for só... só uma aluna normal. Eu sei. Fui a primeira, lembra?

Eu queria tanto sair dali, mas ainda conseguia ouvir as pessoas amontoadas na porta da frente, e não suportava olhar para elas. Àquela altura, todas já tinham juntado as peças. Tinha medo de me apedrejassem até a morte.

O dr. Byrne estava tão imóvel, como uma pintura de si mesmo. Parecia pensar que, se simplesmente aceitasse as ondas de grosseria, tudo acabaria e ele teria a esposa de volta no final. Ele me ajudara muito no curto período em que tivemos contato, mas nunca mais me ajudaria.

— Dei uma olhada nos e-mails dele depois que deixei você naquele dia. — Deenie coçou os braços, e as marcas vermelhas ficaram ainda mais vermelhas. — Ele salvou você do atraso na entrega dos ensaios? Escreveu cartas para o departamento e conseguiu estender os prazos? Mas você já sabe disso. — Ela começou a coçar os dedos. A mão esquerda mexendo na direita, arranhando o espaço entre os nós dos dedos e as articulações. — Sabe, existe um mundo onde seu diploma nem é *válido*, Rachel. Eu poderia ligar para eles amanhã e fazer com que meu marido fosse demitido, e suas notas seriam anuladas porque você conseguiu uma porra de uma extensão de prazo *por meios nada acadêmicos*. Você ao menos escreveu os próprios trabalhos? Ou ele fez isso também?

As provas eram convincentes. Parecia que cada momento desde que o dr. Byrne entrara na O'Connor em janeiro havia conduzido ao que estávamos vivendo naquele quarto. Predestinado desde o instante em que eu mentira sobre as encomendas da *Dieta de Kensington*.

— Por favor, não faça isso. Por favor, não anule meu diploma — falei.

— Ela não vai anular seu diploma — disse o dr. Byrne, com calma.

Denunciar a mim significaria denunciá-lo, e isso levaria a um divórcio, assim como à demissão do dr. Byrne. Aparentemente, pelo menos naquela noite, os dois tinham planos de continuar casados.

— Na mesma noite... *na mesma noite* em que ele me mandou um e-mail sobre você — continuou Deenie. — Eu lembro. Estávamos sentados no sofá e ele disse: "Tenho uma aluna que precisa de um estágio, aquela garota alta e simpática que você conheceu, acabei de te enviar um e-mail sobre ela". Notebook aberto. Suave na nave.

Ela passara dias tentando digerir aquela informação, e ainda não conseguira. Os fatos, ou o que acreditava serem os fatos, continuavam emergindo feito bile.

De certa forma, eu entendia por que Fred preferia que a esposa pensasse que estava dormindo com uma mulher mais jovem, em vez de com um homem mais jovem. Ele estava no armário havia muito tempo. Imagino que estivesse planejando morrer lá.

Preferia ser um professor abusivo e corrupto a ser bissexual. Preferia que Deenie pensasse que o marido era um sociopata, capaz de arranjar um emprego para a namorada com a própria esposa, em vez de ser corretamente identificado como queer.

— Só queria que a Rachel tivesse uma oportunidade. Não pensei... — começou ele.

Não havia como terminar aquela frase. Ele olhou para mim com uma expressão que, para Deenie, talvez parecesse a tristeza de um amante, mas cujo verdadeiro significado eu soube de imediato. *Por favor, Rachel. Por favor, não diga nada. Estou implorando.*

Só me restava uma coisa a fazer.

— Estou grávida.

Era uma daquelas situações em que a única saída era pelo enfrentamento.

Os Harrington-Byrne ficaram em silêncio.

— Estou grávida — repeti.

— Rachel, não, você não está — disse o dr. Byrne.

— Tenho um e-mail da instituição Marie Stopes.

Deenie parecia ter levado um tapa na cara.

— Não. — Ela ecoou o marido. — Não, não, você não está.

— Estou. Dez semanas.

Fiz um pacto comigo mesma de não mentir para Deenie. Mesmo agora, estou impressionada por ter superado todo aquele incidente sem mentir de fato.

— Tem uma caixa de teste de gravidez no seu banheiro. E está vazia. Isso porque roubei o teste da última vez que estive aqui — falei.

A casa estava vazia. Dava para sentir o silêncio dos outros cômodos pesando sobre o cômodo em que estávamos, empurrando as paredes.

Deenie se levantou da cama e pegou o notebook. A raiva havia disparado porta afora com o restante dos convidados. Naquele momento, ela parecia uma cientista de filme, alguém que acaba de descobrir que um asteroide está prestes a atingir a Terra.

— Mostra. Mostra o e-mail.

Era uma loucura estar sentada com ela na cama, como se fosse sua assistente outra vez. Entrei na minha conta de e-mail e abri a confirmação do agendamento do dia 26.

— Bom, aí está — disse Deenie.

Fechei a tampa do notebook.

— Dois mil — anunciei.

— O quê?! — exclamou Deenie.

Fred enfim teve a delicadeza de parecer chocado.

— Rachel, o quê?

— Dois mil euros. — Cerrei os punhos com tanta força que senti as unhas cravadas nas palmas das mãos. — Dois mil euros e vocês nunca mais vão me ver nem ouvir falar disso, nunca mais.

— Dois *mil*?

— Para o aborto. Para os voos, o procedimento, o hotel. E quero que um amigo vá comigo. Não vou fazer isso sozinha. — Pigarreei. — Meu amigo James.

Eles se entreolharam, e me perguntei se o dr. Byrne estava grato por estar mais uma vez no mesmo time que a esposa. Eu estava fazendo um favor aos dois. Antes eles eram um casal enfrentando uma crise, mas agora estavam enfrentando algo juntos, e esse algo era uma extorsão.

— Vou esperar no corredor — falei, decidida —, e vocês podem discutir o que querem fazer. Não queria fazer isso. Não era meu plano.

Então saí.

Entendo o instinto de me julgar. Extorquir Deenie Harrington para interromper a gestação de um bebê que não era do marido dela foi a pior coisa que já fiz, e espero sinceramente que seja a pior coisa que irei fazer.

Mas, embora a visão retrospectiva tenha mudado muita coisa em relação a essa história, ainda é difícil, pelo menos na minha cabeça, entender o que mais eu poderia ter feito.

Eu me sentei numa cadeira de madeira no corredor, ao lado do aparador, e esperei. Depois de dez minutos, eles saíram do quarto. Deenie estava com um talão de cheques nas mãos.

— Como vamos saber se você não ficou com o bebê? — perguntou ela, com as mãos trêmulas.

Pensei.

— Vocês não têm como saber.

Àquela altura, Deenie Harrington já estava me fulminando com o olhar havia quase uma hora, mas foi a primeira vez que fez contato visual de fato. Estava mordendo os lábios, com as narinas rosadas.

— Rachel, você não era... você não foi essa pessoa o tempo todo, não é? — perguntou ela.

Examinei cada um dos meus dentes com a língua.

— Não sou uma pessoa ruim — falei para ela e para mim mesma. — Só... não tenho dinheiro nenhum, Deenie.

Ela franziu a testa.

— Não é só isso.

— É — enfatizei. — Juro para você que é.

— Eu... fui uma péssima chefe ou algo assim? Isso é uma questão de vingança?

Ela destacou o cheque e me deu.

— Deenie — comecei, colocando a mão na porta da casa —, eu era sua assistente.

Deenie pareceu ainda mais confusa. Nessa hora eu a odiei. Odiei os amigos dela, a beleza de ser filha de um poeta, as falsas preocupações com dinheiro. Odiei o dr. Byrne. Odiei a covardia dele, o modo como fingia amar James, o modo como era um turista na nossa vida. Odiei que fosse mimado e sempre conseguisse o que queria.

— E...? Você era minha assistente e o quê? — disse Deenie.

— E você nunca *me pagou*, porra.

23

Não fiquei nada orgulhosa de como lidei com o jantar. Mas consegui me desfoder em uma situação que estava bastante fodida por todos os lados. De qualquer forma, estava destinada a me afastar dos Harrington-Byrne. De qualquer forma, tinha que pagar por um aborto. Foi prudente misturar esses dois problemas, e foi um presente para eles: agora estavam em conluio juntos. Haviam pagado para que um problema desaparecesse, e esse problema era eu.

Cometi um erro, no entanto. E foi o jeito como contei para James.

Entrei pela porta de casa espumando de ódio. James estava deitado no sofá, lendo uma revista e fumando com a janela aberta.

— Você chegou em casa cedo — disse ele, então olhou para o meu rosto. — Ah, porra, o que aconteceu?

— Eles acham que sou eu. Acharam que era *eu* quem estava transando com ele — rosnei.

Comecei pelo final: primeiro disse que tínhamos 2 mil euros e depois que nunca mais poderíamos falar com os Harrington-Byrne. O restante da história ele teve que arrancar de mim, acometida por minhas lágrimas, hiperventilação e risadas repentinas e tensas que terminavam comigo agarrando os meus braços e depois os braços dele. Primeiro ele ficou confuso, me fez centenas de perguntas e me obrigou a contar a história mais uma vez. Falei da distribuição dos lugares à mesa, de Ciara e dos amigos que claramente nunca tinham ouvido falar de mim, mas que agora se lembrariam de quem eu era para todo o sempre.

Eu me engasgava com as palavras ao fazer novas descobertas: que a dra. Sheehan e os outros membros do departamento de inglês contariam aos colegas, aos alunos de doutorado, aos alunos de mestrado, aos graduandos. Que provavelmente eu nunca mais andaria pelo campus da UCC sem sentir que estava sendo observada. Esse fato, que poderia não significar nada se eu morasse em uma cidade maior, tinha imensa importância em Cork. O campus é quase parte da cidade. Todo mundo vai a exposições de arte e a exibições de filmes lá. Todo mundo encontra gente lá.

Finalmente, meu diploma. Meu diploma, embora ainda válido, estaria para sempre manchado.

E eu também.

Afundei nisso, me afoguei nisso. Na erradicação dos três anos anteriores, que agora sempre pareceriam um prelúdio desse acontecimento. Cada seminário e palestra, cada ensaio que Carey lera e me comparara a Chomsky, cada café e cerveja descontraídos na assembleia de alunos. Estava tudo arruinado. Eu sempre seria Aquela Garota.

Foquei tanto a ideia de mim mesma como a garota promíscua da University College Cork, que nem sequer vi o coração de James se partindo bem na minha frente.

— Ele disse para ela que estava transando com você. Que estava dormindo com você. Que estava apaixonado por você — disse ele.

Fiquei paralisada.

— Ele... ele não disse apaixonado. Não disse nada, na verdade.

James andou em círculos pela sala e se sentou. Então se levantou e repetiu tudo. Parecia um cachorro que não conseguia se acomodar.

— Você disse que, por 2 mil euros, ele nunca mais teria notícias suas.

— Falei.

— E ele aceitou.

— Eu...

Como eu não pensara naquilo? James estava segurando minha mão desde o momento em que eu descobrira que estava grávida. Durante quase um ano havíamos permanecido unidos feito unha e carne e, na semana anterior, pensei nele apenas como um depósito para minhas próprias ansiedades. Não tinha me passado pela cabeça, nem por um segundo, como tudo aquilo o impactaria. Nem que, na prática, eu tinha terminado com o dr. Byrne por ele.

Cambaleei de um lado para o outro.

— Eu não podia fazer nada. A gente estava fodido de um jeito ou de outro. Estava tudo acabado, James. Ele não ligava para você fazia uma semana, lembra? Não está mais interessado. Ele foi pego.

James se afastou de mim, os olhos frenéticos. Pegou o celular.

— Preciso ligar para ele. Preciso falar com ele.

— James, não. — Tentei tirar o celular dele, afastando seus dedos da capinha. — Não liga. Pelo menos não *hoje*.

— Não — retrucou ele, e começou a discar. — Cai fora, Rachel, isso não tem nada a ver com você.

— Infelizmente *tem* — falei, ainda tentando tirar o celular de James. — Foi ele quem me meteu nisso. Ele é um homem egoísta e mimado, que pensou que podia ter as duas coisas e, quando foi pego, escolheu a saída mais covarde. Você não quer *falar* com ele, James.

— Quero, sim — rosnou ele. — Rachel, é sério, preciso que você suma da porra da minha frente enquanto cuido disso.

Pulei em cima do meu amigo e, assim como no dia da nossa briga na livraria, me senti uma ogra sobre aquele corpinho esguio. Não queria que James se humilhasse. Mas também não queria que estragasse tudo. Deenie ainda podia cancelar o cheque. Eu não podia perder minha reputação *e* os 2 mil euros.

— Escuta, na segunda-feira a gente pode descontar o cheque. É provável que o banco leve dois dias para compensar. Isso te dá até quarta-feira pra se acalmar e conversar com ele. Para encerrar o assunto ou sei lá o quê. Liga para ele no trabalho. Assim, ele não vai ser pego no flagra.

James foi para o quintal, ainda segurando o celular no ouvido.

— É provável que vocês ainda possam... não sei, continuar, acho? Se quisessem, mas por que iria querer? James. James. JAMES.

Ataquei mais uma vez. O celular voou da mão dele, bateu na parede do quintal e caiu no chão e abriu, a bateria deslizando pelas lajotas. Peguei-o.

— Rachel. Devolve.

— Não.

— Não estou brincando. Devolve.

Voltei para dentro de casa, mantendo os olhos arregalados e cautelosos, como um animal que se acha na lixeira.

— Rache, juro por Deus.

Imaginei um mundo em que tinha que passar por tudo que acabara de passar, mas ainda teria que esgotar minhas economias para pagar o aborto. Não só isso, como contar para os meus pais e pedir um dinheiro que eles não tinham para um procedimento a que se opunham moralmente. E, com esse pensamento terrível, entrei em casa e joguei o telefone de James no vaso sanitário.

Ele olhou para mim, depois para o vaso sanitário e depois outra vez para mim.

— Rachel, se eu não for embora agora mesmo, sinto que vou bater em você — disse ele, baixo.

Saí do caminho. James atravessou a porta e só voltou no dia seguinte.

Não dormi nada naquela noite. Eu me deitei na cama com o celular ao lado do travesseiro, desejando que qualquer pessoa no mundo me ligasse e dissesse que me amava. Foi o único momento em toda a gravidez em que considerei seriamente ficar com o bebê. Pensei: *Bom, pelo menos vai ser uma pessoa que não pode ir embora, pelo menos até completar dezoito anos*. Houve momentos naquela longa noite em que tive certeza absoluta de que ia pegar o dinheiro e fugir. Começar uma nova vida como mãe solteira com os 2 mil euros, nossas economias e os poucos centavos que restavam na minha conta corrente após o imposto de emergência.

Pensei em Carey. Pensei até em ligar para ele para fazer sexo por telefone. Qualquer coisa para me distrair um pouco. O que ele pensaria de tudo aquilo? Que eu tinha acabado de usar nosso bebê para tapear um casal e levar 2 mil pratas?

Nosso bebê.

Nosso bebê.

Esfreguei a barriga várias vezes, como tinha visto mulheres grávidas fazerem na televisão. Não havia nada para esfregar, na verdade, exceto a barriguinha de álcool que tinha desenvolvido ao longo do ano. Era sábado. Em dez dias, eu estaria no avião para Manchester, um voo às seis da manhã para uma consulta às duas da tarde.

Apesar de tudo o que havia lido sobre aborto, não havia muita informação sobre o procedimento em si. As pessoas geralmente citavam um aspirador de pó que sugava suas entranhas. As minhas entranhas.

James voltou. Passava das sete, e eu já tinha desistido de dormir. Eu me sentei no sofá com um cobertor, assistindo a *Frasier* mais uma vez na televisão.

— Oi.

— Oi.

James cheirava a cigarro e a como se alguém tivesse derramado uma bebida nele.

— Você saiu? Algum *rolê*?

— A ideia era ir até a casa do Fred a pé, aí percebi que não sabia o endereço dele.

— Ah.

James se sentou ao meu lado. Juntei os pés para abrir espaço. Ele massageou as órbitas dos olhos, as duas mãos espalmadas no rosto.

— Eu só... Foi tudo fingimento, não foi?

— Você e ele?

— Eu e ele.

— Não, acho que não. Não acho que tenha sido tudo fingimento.

— Era como se ele fosse um turista, não era?

Foi engraçado que ele tivesse escolhido a palavra "turista", porque fora a que eu usara na noite anterior. O dr. Byrne queria visitar nossa juventude, nossa pobreza, nossa vitalidade. Mas não queria morar lá.

Ele enxugou o rosto.

— Transei ontem à noite.

— Com quem?

Ele deu de ombros. Não porque não soubesse, mas porque não importava. Lágrimas escorriam pelo rosto, os grandes olhos molhados e verdes feito grama nova.

— Sinto muito pelo seu celular — falei.

— Tudo bem.

— Vou comprar um novo para você.

— Com que dinheiro? — disse ele, automaticamente. — Ah. Sim. *Aquele* dinheiro.

— Devia ter pedido mais e fincado o pé — falei, arrastando os dedos dos pés na perna dele.

James assentiu, engolindo a tristeza em grandes goles.

— Eu valho 5 mil, pelo menos.

— Você vale um milhão.

Ele sorriu, agradecido, embora fosse brega.

— Mas eles não tinham um milhão — terminei.

— Certo.

Ouvimos o despertar da rua Shandon. Havia uma loja de comida nigeriana na esquina que recebia entregas de carne de manhã cedo, e ouvimos o som da van dando ré, a porta de metal se abrindo, as caixas sendo passadas de uma pessoa para outra.

— Só não acho... não acho que eu seja uma daquelas pessoas que conseguem ser felizes nesse departamento — comentou ele.

— O quê? Qual departamento?

— Tipo — ele mexeu nas franjas da extremidade do cobertor —, sabe, pessoas como eu. Sou engraçado. Sei escrever piadas. Sempre consigo transar. Sempre consigo ganhar dinheiro. Sempre arranjo um emprego. É muito, sabe? — Ele trançou as franjas. — É bastante para uma pessoa. Acho que está tudo bem se nunca tiver, tipo, um amor romântico.

Eu era tão insegura na época. Nunca pensei que alguém pudesse ter uma insegurança na qual eu mesma não tivesse pensado. James tinha certeza de que era uma pessoa impossível de amar. Talvez por isso tenha resolvido aceitar as migalhas de amor do dr. Byrne.

— Só acho que você é alguém que quer uma vida fora do padrão, sabe? — comecei. — Tipo esse negócio da televisão. Tipo o agente. Não conheço ninguém que corra atrás das coisas como você. Acho que só quer uma vida grande e excepcional, e provavelmente vai ter um amor grande e excepcional a altura.

Ele beijou a rótula do meu joelho.

— Tudo o que consegui foi um grande e excepcional sacana.

24

Sempre que penso em outubro de 2010, lembro dele como um mês passado à espera. Mas houve movimentos e eras dentro dessa espera. Os primeiros dias da gravidez, o fim de semana em que esperamos pela primeira consulta, os dias posteriores em que pensamos sobre o aborto, tudo isso aconteceu em uma era. E os dias depois do jantar foram outra.

James foi meu grupo de apoio e meu pai durante a primeira era; na segunda, estávamos completamente à deriva. James sofrendo profundamente pelo dr. Byrne. Acho que presumiu que, como ele e o dr. Byrne já haviam se separado uma vez e voltado a ficar juntos, continuariam voltando e terminando para sempre. Agora estava se dando conta de que ele e o dr. Byrne nunca teriam um terceiro ato e nunca diriam o adeus final. O número de celular de James havia sido bloqueado. Ele usou meu celular. Meu número também tinha sido bloqueado. O cheque foi compensado, e agora tínhamos quase 3 mil pratas na conta poupança.

Fui trabalhar. Meu desempenho estava péssimo e notei que minha gerente estava prestes a me demitir. Seguia de forma robótica o roteiro que me tinha sido fornecido, e muitas vezes passava um dia inteiro de trabalho sem comprometer ninguém a aumentar o débito autorizado. Os piores dias eram aqueles em que tinha que arrecadar dinheiro para pessoas em outros países. “Já não temos problemas suficientes aqui?”, era a resposta mais frequente quando eu falava de crianças que caminhavam quilômetros para recolher água suja.

— Você parece ser uma garota inteligente e solidária — disse uma mulher. — Por que não vai trabalhar com algo que tenha mais a ver com nosso país? Por que não trabalha para os surdos?

Meus olhos começaram a transbordar, uma combinação de hormônios da gravidez com o fato de ser chamada de “solidária” depois de enganar e extorquir uma mulher com problemas reprodutivos que — a não ser por uma pequena exploração — sempre fora gentil comigo.

— Não somos esse tipo de organização — falei, as lágrimas pingando na mesa. — Tenho que fazer o que me pedem. É algo novo todo dia.

A mulher do outro lado da linha se acalmou um pouco, comovida pela minha falta de convicção.

— Ah, querida. É a recessão, não é?

— É.

— Você devia tentar conseguir um emprego melhor.

— Você sabe de algum?

— Não.

Minha gerente, que estava ao meu lado, tirou o fone das minhas mãos e encerrou a ligação. Então me levou até o escritório dela e me disse que, se eu não tomasse jeito, perderia o emprego.

James tinha começado a trabalhar seis dias por semana na livraria. Àquela altura, quase todo mundo já havia sido demitido. Nunca entendemos por que ele sempre permanecia, exceto por uma teoria, ainda não comprovada, de que Ben também estava no armário. Quando voltávamos para casa à noite, conversávamos sem nos comunicar de fato, péssimos receptáculos para a infelicidade um do outro, porque ambos estávamos transbordando com a própria miséria.

Percebo agora que foram apenas alguns dias, mas pareceu um ano.

Decidi não contar nada a Carey. Sabia que isso o deixaria arrasado e suspeitei que, apesar de nunca termos tocado no assunto, ele não tivesse coisas muito positivas a dizer a respeito do aborto. Havia algo antigo e católico nele, um resquício puro e desafiador da Roma Antiga que permanecera forte na família e era mantido vivo por morarem no Norte. Ele usava uma medalhinha. Conhecia os santos.

Eu não queria discutir a questão do aborto com Carey, e não queria sobrecarregá-lo com isso. Parecia que tinha arruinado sem querer a vida de muitas pessoas e não queria arruinar a dele também. Ele já estava passando por muita coisa.

E então ignorei as ligações. Dei respostas curtas às mensagens de texto. Resolvi que, depois do aborto e quando o nevoeiro se dissipasse, voltaria a ser a namorada à distância. Mas mesmo assim eu sabia que o relacionamento estava prestes a acabar. Carey poderia ficar na sua cidade natal por meses, talvez anos. Eu me dei conta, com uma dor lancinante no coração, de que talvez nunca mais o visse.

E então, na quinta-feira, eu encontrei o coágulo.

Estava no trabalho quando aconteceu. Saí da mesa e atravessei a sala para ligar para a clínica. Acabei sendo repassada para a enfermeira que havia falado comigo e com James. Contei o que havia encontrado.

— Você ficou com ele? — perguntou ela.

— Não, eu... — fiquei surpresa com a pergunta — ia tirar.

— O coágulo. Guardou o coágulo?

— Ah. Não. Dei descarga.

Ela resmungou, como se eu tivesse cortado as etiquetas de um vestido que estava tentando devolver.

— Qual era a aparência? Parecia um fígado?

— É. — Assenti, lembrando da substância escura e brilhante. — Isso, um fígado.

— Tudo bem. É melhor marcarmos uma consulta para você, então.

— Na clínica?

— Não, no hospital.

Ela estava falando depressa demais e isso me assustou. Continuei implorando para que diminuísse o ritmo e me explicasse melhor, mas já havia passado para a próxima fase do planejamento.

— Posso encaixar você para amanhã de manhã? Às dez?

— Tenho trabalho.

— Bom, é o que consigo fazer.

— Estou tendo um aborto espontâneo?

— Não consigo diagnosticar isso por telefone. Você precisa ir ao pronto-socorro, se não puder marcar uma consulta.

— É assim que seria? Se eu estivesse sofrendo um aborto espontâneo?

Ela levou um momento para responder.

— É. Seria assim. Você quer que eu marque a consulta ou vai ao pronto-socorro?

— Vou na consulta — falei, de forma débil, e desliguei o telefone.

Fiquei parada na beira da estrada. Estava vestindo um blazer por cima do jeans, uma roupa que minha mãe descreveu como "casual elegante", mas que me fazia parecer uma corretora de imóveis.

Tentei não ficar com raiva da enfermeira. As clínicas de saúde sexual da Irlanda nunca foram particularmente bem financiadas ou bem equipadas, e era provável que ela estivesse pensando no aborto que teria que cancelar e na outra garota que poderia arranjar para me substituir.

Havia um posto de gasolina perto da central de atendimentos. Comprei um pacote com os absorventes Kotex mais grossos que encontrei e voltei ao trabalho.

Gostaria de ter mais a dizer sobre os coágulos, ou a consulta no dia seguinte que confirmou o fim da minha gravidez, ou os dias de sangramento intenso que pareciam que iam durar para sempre, mas foram todos apenas uma sombra estranha e fria na minha memória. Anos atrás, perguntei a James o que tinha acontecido naquela época e como eu estava.

— Você estava muito distante. Eu fiquei com medo de que seu cérebro tivesse pifado para sempre — contou ele.

— Como assim?

— Como se tivesse passado manteiga em umas torradas e depois desistido de comer. Como se tivesse fechado os botões nas casas erradas. Toda tagarela e hiperativa em um minuto, e aí toda sombria e distante no próximo.

— Meu Deus.

— Mas para quem não estava prestando atenção, pareceria que você estava bem.

— Certo.

— Mas eu estava prestando atenção, então...

Parecia não haver um jeito certo de passar por aquilo. Estava consciente de que havia sido libertada e que deveria estar grata. Não teria que fazer uma viagem assustadora para a Inglaterra nem ir à falência no processo. Sabia que o saldo era positivo, levando tudo em consideração. Mas não conseguia afastar a sensação de que o bebê de Carey havia morrido dentro de mim porque eu era horrível e fazia coisas horríveis. Sangrei por tanto tempo que comecei a me considerar uma pessoa que fez um péssimo acordo com as fadas. Tinha conseguido meu ouro, e agora estava pagando por ele.

Então minha mãe ligou.

— Nós achamos que você deveria reconsiderar essa questão da formatura, Rachel — disse ela, com firmeza.

A sensação era de que estava me afogando e alguém estava perguntando sobre minha declaração de imposto de renda.

— Hã?

— É muito importante para o seu pai. O astral dele está muito baixo. Precisa de um dia de folga.

— É tarde demais, mãe. Tudo isso é organizado com meses de antecedência. Aluguel de assentos e beca ou algo assim.

— Não precisa se preocupar. Se conseguir resolver a questão da beca, consigo resolver o resto.

Eu não via como. Minha formatura seria na segunda-feira, naquela que antes era a data planejada para o meu aborto.

— Como assim "resolver a questão da beca", mãe? Como eu vou "resolver a questão da beca"? Não tenho nenhum contato no Gigante das Becas. Não tenho ideia de onde comprar becas. Tudo isso é feito através da faculdade.

— Você ficou muito rabugenta — comentou ela.

— Só estou tentando ser realista.

— Escuta, vou ligar para a faculdade. Vamos pegar o diploma, tirar algumas fotos, e depois ir almoçar em um bom restaurante. Vamos levar o James. Qual é o problema?

Eu já tinha tirado dois dias de folga, para a consulta e para o aborto, e sabia que estava pisando em ovos na central de atendimentos. Liguei para a minha gerente e pedi uma folga. Ela suspirou.

— Rachel, acho melhor você não voltar. Acho que não é o emprego certo para você.

— Ainda vou ser paga pelos dias em que fiquei doente?

— O quê? Não.

Desliguei o telefone.

Minha mãe conseguiu o que queria. Bom, a maior parte daquilo que queria.

Importunou o escritório da administração o dia inteiro para que eu pudesse comparecer à formatura. Inventou vários problemas para explicar por que eu não tinha confirmado presença nem reservado o aluguel da beca, insinuando bastante doença mental, falência e saúde geral precária. Foi incrível como acertou em cheio a minha situação, mesmo mentindo ostensivamente. Por fim, recebeu três ingressos para a cerimônia, mas foi informada de que não havia um diploma preparado para Rachel Murray e que eu teria de assistir à formatura de todos os outros. Minha mãe agradeceu e voltou a telefonar uma hora depois. Como poderíamos agilizar a questão do diploma? A mulher disse que não tinha nada a ver com os diplomas. Minha mãe pediu o número de telefone do pessoal dos diplomas.

Depois de oito horas de importunação, suborno e conversa fiada, minha mãe me ligou para dizer que, afinal, eu receberia meu canudo. Teria que me sentar junto aos convidados e só teria permissão para pegá-lo no palco depois de todos os outros formandos. Se não conseguisse comprar uma beca, teria que usar "roupa formal escura e folgada".

— Tenho um vestido preto — disse mamãe, triunfante, e começou a falar de fazer uma escova no meu cabelo.

Achei que era o pior de todos os mundos. Uma pessoa podia escolher comparecer à própria formatura ou não, mas aquele estado intermediário era humilhante. Mas era tarde demais para fazer algo a respeito. Minha mãe já tinha se esforçado demais, e tudo o que eu podia fazer era me deixar arrastar pela correnteza, exausta.

— Como você conseguiu? Como convenceu o pessoal do diploma? — perguntei.

— Ah, prometi uma limpeza de dentes grátis para todo mundo — respondeu ela.

Eu não estava em condições de reclamar da minha falsa formatura. Mesmo que metade das pessoas com quem minha mãe conversara não aceitasse a limpeza gratuita, ainda assim era uma despesa enorme com a qual ela não podia arcar.

Meus pais passaram na rua Shandon às onze da manhã seguinte, minha mãe com batom, meu pai de terno cinza. A formatura fora vendida para mim como algo que meu pai queria e de que precisava desesperadamente. Naquela manhã, porém, ficou óbvio que ele preferiria estar em casa. Estava muito taciturno, um humor que combinava com o da casa que eu dividia com James naquela época, e comecei a me perguntar se a depressão não estava começando a brotar das paredes.

Meu pai se sentou no sofá e pareceu afundar.

— Vou esperar aqui enquanto vocês fazem suas abluções — disse ele.

Desde que Chris tinha aparecido, meses antes, eu pensava na depressão do meu pai como uma coisa para a qual eu precisava arranjar um tempo. Não pensava nisso como algo que já estava acontecendo, pesando sobre os ombros dele, prendendo-o às cadeiras.

— Quer um chá, pai?

Ele olhava uma revista de um mês atrás com a Leona Lewis na capa.

— Tudo bem.

Fiquei sabendo — mais tarde, claro — que minha mãe insistiu em comemorar minha formatura porque o último investimento de meu pai — um complexo comercial em Killarney — tinha acabado de falir. Todo o dinheiro deles estava em propriedades e investimentos, e havia uma grande incerteza a respeito de como iriam se aposentar.

Levei o chá para o meu pai e ele falou:

— Você vai para o exterior, suponho.

— Quem te contou isso?

— Está todo mundo indo. Os mais jovens sempre vão.

Pensei nos 3 mil euros na nossa conta poupança e me perguntei se devia contar a ele sobre isso. Poderia ser um conforto saber que alguém tinha dinheiro.

— Só não invente de ficar prenha ou qualquer outra coisa estúpida.

Apesar de tudo, eu ri.

Minha mãe e eu subimos e coloquei o vestido preto de lã que ela levara de casa, assim como uma meia-calça preta grossa e brogues. Parecia que eu estava indo para um funeral. Ela me perguntou como estava o trabalho e eu respondi que tinha sido demitida de novo.

— Ah, não importa — disse ela, determinada a deixar todos animados. — De qualquer forma, não acho que seja bom para você ficar sentada o dia todo.

Sabíamos que achar um lugar para estacionar seria um pesadelo, então caminhamos até a faculdade, o que só aumentou aquele estranho clima fúnebre. Parecia que estávamos seguindo um carro funerário, e eu ainda estava me sentindo muito fraca por causa do aborto. Sentia como se tivesse oitenta anos.

Quando eu morava com James, era mais fácil me parabenizar pela minha autossuficiência e pelo fato de não ser um fardo para meus pais em dificuldades. Embora isso fosse, em parte, verdade, também não mudava o fato de que não tinha feito nada para ajudá-los. Minha mãe precisava de alguém com quem conversar, e meu pai, de alguém que o animasse. Meus irmãos provavelmente precisavam de algo, mas a vida deles estava muito distante da minha para que eu tivesse alguma ideia do que poderia ser.

Falei isso para a minha mãe, uma vez. Pedi desculpas por ser egocêntrica, por não ter feito mais perguntas. Foi anos mais tarde, quando ela estava doente, e, ainda que no fim das contas tenha melhorado, parecia que era o momento de dizer Grandes Verdades. A declaração a assustou.

— O que você *poderia* ter feito? — retrucou ela.

Respondi que poderia ter sido uma ouvinte melhor. Ela balançou a cabeça, e sua reação parecia ser: *O que* diabos *eu teria para conversar com você?*.

Fiquei ao lado dos meus pais na seção de convidados, com fileiras e mais fileiras de assentos vazios à frente, todos aguardando os formandos que haviam *confirmado presença* na cerimônia. Parecia que ficaríamos ali esperando eternamente, enquanto vários grupos de pais e parceiros conversavam de forma educada. Eu me sentia tonta, como se minhas mãos e pés estivessem presos ao meu corpo com uma corda muito frouxa.

— Fiz uma reserva no Isaacs. Você lembra que costumávamos ir lá quando você estava na escola? — comentou minha mãe.

Era o tipo de lugar chique e confiável, de preço médio, famoso pelos bolinhos de caranguejo, e ficava bem perto da minha escola secundária. Minha mãe costumava almoçar com as amigas lá, nos velhos tempos, e eu às vezes ia com ela.

Meu pai estava olhando para um casal algumas fileiras à frente.

— O que está rolando, pai?

— Fiz as facetas dele. Uns cinco anos atrás — disse ele.

— Ah.

Minha mãe sorriu, feliz por ele ter dito alguma coisa. A música começou e o corpo docente começou a entrar.

Eu nunca tinha estado em uma cerimônia de formatura e nunca mais fui desde então. Não me ocorreu que é um grande dia tanto para o corpo docente quanto para os alunos, e que os professores, na maioria das vezes, estão presentes.

Lá, coberto por vestes vermelhas e parecendo um bruxo, estava o dr. Fred Byrne.

Agarrei a lateral da cadeira e meus ossos começaram a vibrar. Todos na sala se levantaram. Fui a única que permaneceu sentada.

— Rachel, levante-se — incitou minha mãe.

Obedeci. Cerrei os dentes, uma linha reta indo dos meus molares até as orelhas. O dr. Byrne parecia perfeitamente relaxado, com um sorriso enorme ao ocupar seu lugar atrás do pódio, ao lado dos outros membros do corpo docente. Reconheci a dra. Sheehan, que me ensinara sobre filmes *noir* e pintura expressionista alemã.

Dois mil euros, e vocês nunca mais vão me ver ou ouvir falar nisso, nunca mais.

Será que eu estava quebrando minha promessa ao estar ali? Nunca tinha me ocorrido, até aquele momento, devolver o dinheiro. O dinheiro era especificamente para o aborto e, quando descobri que não precisava de um, o encarei como um dinheiro para me silenciar.

Dinheiro pelo que eu havia passado. Dinheiro pela mentira da qual havia participado sem querer. Ver o dr. Byrne ali me deu a sensação de ser uma fugitiva. Como se devesse ir até o caixa eletrônico e enfiar os 2 mil euros nas mãos dele.

Os formandos entraram com as becas pretas e paramentos verdes. A turma era muito grande para que eu reconhecesse todo mundo, mas conhecia rostos. Pessoas com quem havia feito seminários, de quem pegara canetas emprestadas, para quem passara anotações. Elas faziam parte da mesma ameba em movimento, e eu estava sentada com um vestido de lã preto com meus pais, no fundo do salão. De certa forma, era perfeito. Estava totalmente de acordo com minha carreira universitária. Eu me sentia solitária, gananciosa e como se a vida acontecesse em algum local não determinado.

O chefe do departamento nos deu as boas-vindas à cerimônia em irlandês, depois em inglês, e falou inglês durante o restante da cerimônia. Assisti a tudo como se olhasse para a paisagem em uma viagem de carro. Tudo em que conseguia pensar era o fato de estar no mesmo recinto que o dr. Byrne, de quem havia jurado me manter afastada pelo resto da vida.

Por fim, os formandos foram orientados a se virar e aplaudir as famílias e entes queridos por apoiá-los em sua formação. Eles se viraram e bateram palmas, com sorrisos largos, felizes por serem o centro das atenções, mas mesmo assim a desviarem em um ato de magnanimidade. Alguns dos meus colegas de classe me olharam, e identifiquei algumas expressões confusas, como se não conseguissem se lembrar de onde me conheciam.

A entrega dos diplomas começou. Durou uma hora, e notei o tédio se apoderando dos meus pais. Minha mãe parecia ter se dado conta de que aquela tinha sido uma má ideia. Sentimos que éramos alvo de caridade, rejeitados de um mundo que antes ocupávamos com tanta facilidade. Segurei as mãos de ambos. Foi um momento terrível, angustiante em todos os sentidos, mas também me senti muito próxima deles. Como se nós três estivéssemos no mesmo time, tanto como família quanto como indivíduos. Nunca mais me senti assim em relação aos meus pais, nem mesmo no dia do meu casamento.

Por fim, quando parecia que aquilo nunca mais iria acabar, quando os raios de sol que entravam pelas longas janelas haviam queimado todo mundo, quando o chefe de departamento estava ficando rouco de chamar tantos alunos, o nome de Rachel Murray ressoou. Eu me embaralhei toda para sair do assento, passando pelos pais confusos e sentados, e fui pegar meu diploma. Ao atravessar o corredor, não pude deixar de encontrar o olhar do dr. Byrne. O rosto dele estava tomado de pânico e confusão. Devia esperar, de alguma forma, me ver ali. Mas não daquele jeito: separada de todo mundo, e nem sequer usando a beca.

Se não houvesse nada de errado com minha carreira universitária, se eu realmente fosse só um aluna que não tivesse preenchido a papelada necessária para participar da graduação e tivesse dado um jeito de comparecer mesmo assim, tenho certeza de que todos os presentes teriam sentido isso. Todos teriam entendido ou presumido que era alguém que estivera doente, ou *in absentia*, ou que tinha algum outro motivo igualmente plausível e bom para ser tratada de forma diferente.

Mas existe um instinto dentro do corpo que metaboliza a atmosfera rapidamente. Todos sabiam que havia algo de errado, e que a cerimônia de formatura parecia um casamento forçado entre uma criança e um cadáver. Como um ritual horrível pelo qual todos tiveram que passar para garantir outra colheita segura.

Peguei o diploma e senti os olhos de cada membro do departamento. Quantos deles sabiam sobre Rachel Murray e aquele jantar terrível?

Mais tarde, meu pai quebrou o silêncio.

— Você era muito próxima de seus professores, Rachel?

— Não. Por quê?

— É só que, depois que você pegou o diploma, eles não conseguiam parar de olhar para você.

25

Chegamos ao Isaacs, confusos e em um clima estranho, e então recebi um telefonema de James. Ele deveria nos encontrar lá.

— Escuta, não vou conseguir ir. Ben não pode me dispensar.

— O quê?!

— Enviei um substituto.

— Um substituto? Quem? James, que brincadeira é essa?

— Só espera.

Um minuto depois, James Carey chegou, vestindo um paletó esporte azul-marinho e sorrindo como se fosse um apresentador de programa de entrevistas.

— Olá, minha gata — disse ele, as mãos na minha cintura. — Meu Deus, você está deslumbrante! Parabéns.

Meus pais, desesperados por qualquer entretenimento, se animaram de imediato.

— Rachel, quem é *esse*?

Eu não o via desde agosto e, nesse ínterim, carregara e abortara um filho dele. Fiquei sem palavras, nervosa e piscando com força.

— Olá — disse ele, estendendo a mão para o meu pai. — Meu nome é James.

— Outro James? — perguntou mamãe.

— Bom, a Rachel me chama de Carey, mas é a única. Eu não me atreveria a tentar substituir o outro James. Acho que não existe competição possível nesse ponto.

— Ah, como se a gente não soubesse disso — comentou a mamãe, já encantada. — É James isso, James aquilo, desde o Natal passado. Não ouvimos falar de outra coisa.

De repente, meus pais e Carey estavam me zoando. Meu caso de amor com James Devlin, que aparentemente os havia divertido, estava sendo exposto para que todos pudessem desfrutar.

— Mas ele é ótimo. Me disse onde você estava hoje. Liguei para ele quando Rachel me falou que não queria fazer nenhum alarde sobre a formatura. Aí vim lá de Derry — explicou Carey.

— De Derry? Hoje? — perguntou meu pai.

— Trem para Dublin ontem à noite, trem para Cork hoje de manhã.

— Ah, que fantástico!

Minha mãe ficou mesmo impressionada. Ela nunca gostara de Jonathan.

— Bom, ela se esforçou muito, não é? Vocês leram os ensaios dela?

Disseram que foi um almoço adorável. Não lembro se falei qualquer coisa, se comi ou se ao menos sorri. Tudo que sabia era que estava feliz por ele estar ali, mas não o suficiente para me sentir feliz no geral. A felicidade parecia algo muito distante e a que apenas os inocentes tinham direito.

Carey transformou o dia dos meus pais. Pareceu entender que precisavam de diversão, leveza e bolinhos de caranguejo. Falou com reverência da mãe doente, mas não se deteve no assunto. Tinha anedotas engraçadas sobre o pai e o restante da família. Disse que não se importava nem um pouco de voltar a Derry e que a cidade era muito parecida com Cork.

O almoço se prolongou até que o restaurante teve que fechar para o serviço de jantar. Meus pais me deram um beijo de despedida lá fora e meu pai me entregou um envelope.

— São só cinquenta. Não é muito, mas saiam para beber mais alguns canecões — disse ele.

Carey e eu descemos a rua e trocamos ideias sobre bares. Eu me inclinei e pousei a cabeça no ombro dele. Quanto mais longe estávamos dos meus pais, mais eu me aproximava dele, menos por amor e mais para ficar de pé.

— Ei, ei, ei, o que está acontecendo? Você já está trocando as pernas?

Agarrei-o com força, como se estivesse me acorrentando a uma grade. O tom dele mudou.

— Você está bem, Rache? Ai, meu Deus, eu acertei em vir, não acertei?

— Acertou — murmurei.

— Qual o problema, então? Por que você ficou tão estranha?

— Aconteceu tanta coisa, Carey. Tanta coisa que você nem sabe.

— Bom, vamos lá, não posso descobrir se você não me contar. Não pode ser assim tão ruim, não é?

Eu o levei ao pub e contei tudo que, sim, podia ser bem ruim. Como descobri que estava grávida depois que ele partiu para Derry. Como não queria sobrecarregá-lo com meus problemas enquanto ele já estava lidando com tantos. Como havia planejado interromper a gravidez, mas no final não precisei. Não mencionei os Harrington-Byrne. Era muito complicado, e parecia irrelevante.

Não era, claro. Era profundamente relevante. Só queria salvar um pouco da minha reputação, se possível.

— Eu não entendo. Por que você não disse nada disso para mim? O bebê, Rachel. Como você pôde não me contar? — disse ele por fim.

— Já tem tanta coisa acontecendo na sua vida — guinchei. — Com sua mãe e a família e tudo mais. Queria que você pensasse em mim como uma pessoa divertida.

Ele ficou horrorizado.

— Como assim "uma pessoa divertida"?

— Sabe, sempre que você ligava, a gente só flertava e falava merda, não era? Não queria empilhar outra coisa em cima de você. Não queria me tornar mais um problema. Mais uma dependente.

Falei tudo errado. Ele parecia mais ofendido do que nunca.

— Não cuido da minha mãe porque ela é um problema ou uma dependente. Cuido dela porque a amo.

Aquilo me confundiu.

— Eu sei.

— E eu também te amo. Quando você ama alguém, assina o pacote todo. Mesmo que a pessoa seja mal-humorada, estranha, esteja doente ou até *grávida*, Rachel. Não importa com o que você esteja lidando na vida. A gente ama a pessoa inteira.

Ele olhou para o caneco cheio de cerveja e suspirou.

— Acho que você nunca entendeu isso.

Carey já estava falando no passado, e entrei em pânico.

— Entendi! — falei, a voz subindo uma oitava. — Sempre tive medo de que você me deixasse de novo.

— Deixar você — retrucou ele. — Estou louco por você há meses. É você que anda ignorando minhas ligações. Meus convites. Meus... sentimentos.

— Você já me deixou uma vez — respondi, mais focada em vencer a discussão do que em ser adorável. — Em maio. Você se escafedeu sem nem avisar.

— Isso aconteceu uma vez.

— Mas durou *semanas*.

— Bom, nem achei que você se importasse tanto. — De repente, ele pareceu arrasado. — Você estava sempre correndo atrás do maldito James. E aparentemente nada mudou. A opinião dele é a única que você *realmente* valoriza, Rachel. Todo o resto é só enfeite de fachada.

Se ao menos Carey soubesse quantas horas, quantos dias eu passara me lamentando com James a respeito da falta de interesse dele por mim. Como dissequei os seus movimentos, as palavras, os gestos. Tentei lhe dizer algo do tipo: confiava em James para decodificar Carey porque Carey era insistentemente indecifrável.

— Simplesmente não acredito nisso, Rachel. Eu fui claro — disse ele, balançando a cabeça. — Fui claro sobre você o tempo todo. Mas você sempre quer que as coisas tenham uma determinada aparência, que você receba um certo número de mensagens, que tenha sua vidinha com James sempre perfeitinha. Eu vejo você, sabe? Vejo você me observando, anotando tudo como a Gestapo, pronta para reportar, só para poder desconstruir tudo. E fica *irritante*. Às vezes não tenho vontade de fornecer o material.

Eu passara tanto tempo construindo uma imagem de Carey como um homem indecifrável e ingovernável, que, aparentemente, tinha sido eu quem permanecera intangível e distante o tempo todo.

— Que idiotice — disse ele, olhando para o colo. — Você não me contou que ia ter meu filho. Tenho a sensação de que isso tudo é uma novela.

— Bem, eu *não* ia ter o bebê mesmo... — balbuciei.

Ele parecia mais ferido do que nunca.

— Você nem pensou em ter o bebê?

Eu não podia voltar àquele mundo, ao parquinho imaginário de viver em Derry com ele e ser mãe de um dos muitos anjinhos ruivos. Agora aquilo havia desaparecido e já não era mais uma fantasia, mas um universo morto, implodido.

— Não. Sou muito jovem, Carey, você sabe disso.

— Eu sei. — O rosto dele se contorceu. — Só pensei que você teria pelo menos levado isso em consideração? Só soube e já marcou um aborto na hora?

— É meu corpo — falei, sem forças. — Minha escolha.

— É, eu *sei* que a escolha é sua. Mas eu deveria ter desempenhado um papel como consultor, não é mesmo? Em certo sentido?

— Não importa o que eu queria, não é? Porque perdi o bebê... Ia perder de qualquer forma, não importa o que a gente conversasse ou deixasse de conversar.

Continuamos assim, nosso humor e postura mudando muito depressa e com frequência. Ele ia de ternura extrema à fúria comigo, e depois voltava a sentir pena por eu ter passado por tudo aquilo sozinha. Nós nos esgotamos. Eu me perguntei se ele se arrependera de ter ido até Cork.

Quando por fim saímos do pub, ele não me tocou.

— Estou tentando entender, Rache. Estou mesmo. Estou tentando assimilar tudo isso. Mas sinto que não te conheço. É uma coisa tão importante para se esconder de alguém que você ama. É a maior coisa que existe. E eu podia ter ajudado.

— Como? Como você podia ter ajudado?

— Com o dinheiro. Sei lá, consolando você. — Ele me conhecia bem o suficiente naquela fase para saber o que eu estava pensando. — Mas você tinha o James para fazer tudo isso.

— Bom, tinha mesmo.

Ele revirou os olhos.

— Você não pode me *culpar* por isso. Ele é meu melhor amigo.

— Sei que ele é seu melhor amigo. Não se trata do James.

— Parece que sim — falei.

Esperava acusar Carey de homofobia, inocentando-me da acusação de ser uma pessoa egoísta e estúpida.

— Você não entende como isso é condescendente... Alguém que você ama não te contar sobre a coisa mais importante que está acontecendo na vida dela porque não quer incomodar você? Porque ela acha que você não aguenta? — perguntou ele.

— Só queria deixar você fora disso. Porque eu te amo. Você sabe. Vivo dizendo.

— Isso não é um ato de amor, Rache. É um ato de... não sei, ambivalência. É um ato de distanciamento.

— Sua mãe estava doente.

— Não importa se minha família inteira for jogada dentro de um vulcão, Rachel, *eu quero saber se vou ter um filho com alguém, porra.*

Há um mundo paralelo em que eu disse as coisas certas para Carey naquele dia. Fiz as demonstrações certas de afeto, mostrei mais sinais de arrependimento, chorei e lamentei o aborto da maneira que ele queria. Talvez nesse mundo eu tenha pegado o trem para Dublin com ele e depois para Derry. Mas não tinha forças e nem caráter para isso. Minha mente ainda estava na cerimônia de formatura, no dr. Byrne e as vestes vermelhas dele. Com os olhos de centenas de pessoas grudados em mim, pessoas que sabiam que havia algo de errado comigo, mas não entendiam direito o quê.

Eu era bastante alegre por natureza. Emocionalmente confiável, como um bom cavalo. Se fosse uma garota mais melancólica, talvez tivesse conseguido reconhecer que estava lidando com um trauma, uma palavra que ainda parece destinada a outras pessoas. Mas eu estava muito longe de mim mesma, e não importava que o homem que eu amava estivesse tentando me trazer de volta. Ele chegara tarde demais, e não foi o suficiente.

Carey voltou para casa comigo. Ele se sentou na minha cama e comecei a beijá-lo, sentindo o rosto e o peito dele com as mãos. Não podíamos transar. Ainda estava usando os absorventes grossos que o médico me deu. Estava desesperada para chegar à parte de Carey a que só eu tinha acesso, o lugarzinho bobo e apaixonado e pegajoso que transcendia a vida real. Tentei convencê-lo de que meu desespero era tesão legítimo, e por cerca de três minutos ele tentou acreditar em mim.

Escondi o rosto na virilha dele, empenhando-me num boquete excessivamente emocional, que ambos sabíamos ser um ato de penitência. Olhei para ele de relance e vi que o rosto estava inclinado para a janela. As maçãs do rosto estavam iluminadas pela lâmpada da rua, e os olhos pareciam uma tigela de vidro vazia.

Ele partiu para Dublin na manhã seguinte. Não voltei a vê-lo.

De alguma forma, a vida continuou.

Consegui trabalho num bar, o que não era tão a minha cara como a livraria, mas me agradava muito mais do que a central de atendimento. Um pub na rua Washington me aceitou. Ficava perto do restaurante com o conceito de minipratinhos que já havia fechado. Era fácil, e às vezes divertido, embora não me sentisse mais fácil nem divertida.

Estava rígida e fora do ritmo. James também não estava totalmente presente. Nossa relação havia mudado, ajustando-se à quantidade de pesos que agora sustentava. Ainda assistíamos à televisão, jantávamos e verificávamos quando o outro estava chegando em casa. Mas houve uma mudança que só dava para ver de dentro. Nossas conversas seguiam as mesmas direções — "Por que Glenn Close não ganha um Oscar?", "Por que não colocam batatas fritas nos sanduíches do Subway?" —, mas o fluxo, o som e o eco eram diferentes. Tinha a sensação de que estávamos fazendo imitações das nossas próprias conversas. Simplesmente não estávamos curtindo a companhia um do outro da mesma forma.

Por trás de tudo isso havia raiva, acho. No íntimo, ambos suspeitávamos que o outro tinha arruinado nossa vida. Eu passava dias com raiva porque o caso do dr. Byrne com James havia acabado com minhas chances de conseguir um bom emprego, bem como com todo o meu senso de identidade. Não conseguia parar de pensar no que Carey havia dito: que foi minha codependência de James que o fizera se distanciar.

Suspeito que James estava pensando em como minha gravidez e a subsequente extorsão dos Harrington-Byrne haviam cortado para sempre seu vínculo com o amor. Eu era maldosa com James, provocava-o com o fato de ele não ter ido para a faculdade ou fazia piadinhas "lúdicas" sobre suas qualidades mais femininas. Coisas das quais teríamos rido antes eram diferentes agora que aquele novo limite estava presente. Ele ficava irritado com a minha bagunça e começava um discurso paternalista sobre como eu era inútil, não sabia passar um aspirador de pó, encher o ferro de passar roupa com água nem nada, na verdade.

Então os sentimentos se alternavam e mudavam a direção do fluxo. Eu me sentia culpada pelo meu papel na tristeza de James e de repente o enchia de carinho e guloseimas do pub. Ele fazia o mesmo: me chamava de linda, apontava para celebridades das revistas que ainda comprava de forma compulsiva e dizia "Você se parece um pouco com ela, não acha?".

Nunca conseguimos coincidir esses momentos. James nunca estava disposto a ser amado quando eu queria amá-lo, e vice-versa. Começamos a passar mais tempo com outras pessoas. James tinha um grupo de três outros rapazes gays, e eles iam ao Chambers Bar nas noites em que eu estava trabalhando. Com o fim da faculdade, ficou mais fácil para mim encontrar as amigas do ensino médio. As pessoas estavam voltando para Cork depois de terminarem seus cursos em outros lugares, com exceção dos alunos da Trinity, de quem nos ressentíamos e que nunca voltaram. Brincávamos de adultos, tomando café e comendo sanduíches durante o dia. Todos se sentiam igualmente desesperançados em relação ao futuro, e lamentávamos juntos nossos diplomas inúteis.

Minha melhor amiga da escola era uma garota chamada Gemma Dwyer. Ela estava fazendo o primeiro estágio como professora em Cork, então quase sempre ficava livre à tarde. Caímos em uma rotina agradável, embora um pouco monótona, de nos encontrarmos em uma cafeteria na rua French Church por volta das quatro da tarde, onde eu comia um sanduíche grande antes de começar meu turno às seis. Ela me contava longas histórias que faziam os alunos parecerem as crianças do filme *Railway Children*, e a faziam parecer uma deusa benevolente que lhes ensinava a bondade e a compaixão.

Uma tarde, Gemma se inclinou na minha direção.

— Rachel, tem duas mulheres atrás de você que não param de olhar para gente.

Eu me virei. Duas mulheres na casa dos quarenta estavam com as cabeças muito próximas e não escondiam o fato de que estavam discutindo sobre nós.

— Ai, meu Deus.

— O que a gente deve fazer? — perguntou Gem.

— Não sei. Ignorar elas.

— Ainda estão olhando.

— Certo, e daí?

— Isso é grosseiro.

— As pessoas são grosseiras!

Quando nos levantamos para sair, Gemma marchou até elas enquanto eu vestia o casaco.

— Com licença, a gente se conhece? — perguntou ela.

— Não, acho que não — respondeu uma delas.

— Bom, você ficou olhando para mim e para minha amiga durante toda a refeição. Achei que tivessem algo a dizer.

Uma das mulheres parecia envergonhada, mas a outra encontrou meu olhar.

— Você é Rachel Murray — falou ela.

— É. Olá? — respondi.

— Meu marido trabalha com a Aideen Harrington.

O tom dela era como uma lâmpada fria numa sala de interrogatório. A mulher não estava no jantar, o que era o mais assustador. Simplesmente me conhecia, do mesmo modo que as pessoas se conheciam em Cork. Ela me conhecia pela reputação. Ela me conhecia de vista.

Senti um buraco no estômago. Esperei alguns segundos até que o sangue voltasse ao meu rosto e depois saí.

— O que foi isso? Quem era aquela? — perguntou Gemma.

Só me despedi e caminhei depressa para o meu turno no bar com a cabeça baixa.

Depois disso, notei cada vez mais as reações de estranhos a mim. Eu me sentia nua, despojada de uma concha, uma coisinha macia e rosa-bebê. É difícil, quando se trabalha atrás de um balcão de bar, saber quem está olhando para a gente e quem está olhando para as bebidas enfileiradas às nossas costas. O contato visual intenso geralmente é só alguém tentando focar a tequila que estamos levando. Mas, para mim, dava no mesmo: tanto as pessoas focadas nos tipos de tequila quanto as pessoas que sabiam quem era Rachel Murray e o que ela havia feito.

Uma noite, uma garota bêbada se aproximou e me disse que a gente frequentara a mesma aula de literatura estadunidense.

— Legal. Você tem uma boa memória. Aquela turma era enorme — comentei.

— É — disse ela, depois abaixou a cabeça, conspiratória. Senti o cheiro forte e sintético de vodca com Red Bull no hálito dela. — Sabe, sempre me perguntei se o pau dele era tão grande quanto ele. — Ela riu e me deu um beijo na bochecha. — Você é uma lenda, garota — concluiu, e meu estômago afundou quando notei uma mesa com as amigas dela, observando a gente de longe como se tivessem criado a frase de abertura do roteiro.

Esse tipo de interação não acontecia todo dia, nem mesmo toda semana. Mas eu me comportava como se fosse acontecer a qualquer momento. Estava sempre ciente de que, dali a poucos minutos, seria vítima da próxima abordagem relacionada ao dr. Byrne, então me mantinha rígida. Não queria ser pega fazendo algo que me consolidasse ainda mais na consciência de Cork como Aquela Garota.

Círculos vermelhos redondos, do tamanho de moedas, apareceram na parte superior dos meus seios e braços.

— Ai, meu Deus — disse James, sufocando uma risada. — Você *tem mesmo* micose?

Micose e sarna. A primeira coisa sobre a qual conversamos, e tínhamos acabado de completar o aniversário do nosso primeiro bate-papo.

Eu não tinha micose. Tinha algo que o médico da família chamava de psoríase emergente. Perguntaram se eu tinha algum novo estresse na minha vida.

— Ah, não sei — menti. — A economia?

Nossas poupanças eram mais importantes do que nunca. Nunca mais saí, porque trabalhava à noite, e nunca mais gastei durante o dia, porque ou estava dormindo ou me preparando para voltar ao trabalho. James também estava sendo cuidadoso, e nós dois guardávamos cinquenta libras por semana.

— Precisamos dar o fora — falei para James.

— Precisamos dar o fora — confirmou ele.

Uma pesquisa no Google, dezembro de 2021:

dr. Fred Byrne UCC cork
dr. Fred Byrne UCC cork doente
dr. Fred Byrne UCC cork doente coma
Aideen Harrington
Aideen Harrington marido doente coma
Deenie Harrington marido doente coma

E por fim:

Alistair Harrington filha marido doente coma

Pesquisei todos eles, como telegramas enviados para o éter. Por incrível que pareça, Alistair Harrington se mostrou frutífero. Uma breve entrevista no *Evening Echo* fora publicada no início de outubro.

Poeta de Cork recebe retrospectiva
na Galeria de Arte Crawford

Meus olhos percorrem a página, assimilando frases sem sentido como "o retorno ao lar que o poeta laureado de Cork merece", até finalmente pararem numa citação de Deenie.

> Falando em nome do patrimônio do pai, Aideen Byrne disse que está "emocionada" com o fato de o evento finalmente acontecer, já que seu trabalho de arquivo foi adiado várias vezes devido a doenças familiares.
>
> "Houve um grande interesse renovado no trabalho de papai ao longo dos anos. A poesia voltou a ser algo grandioso, e penso que o público mais jovem está começando a perceber quanto o trabalho dele ainda é ressonante."
>
> *Alistair Harrington: Cinzas ao fogo*, na Galeria de Arte Crawford, de 10 de outubro a 15 de dezembro. Valor do ingresso: 8 euros.

Meu primeiro pensamento é: devia reservar o voo agora mesmo, enfrentar as multidões de Natal em Stansted e surpreender meus pais com a visita da filha em estágio avançado de gravidez. Ficar de pé na Galeria Crawford, as nádegas contraídas, tentando não deixar escapar o ventinho nervoso da barrigona enquanto olho as cartas e fotos que uma vez toquei na cozinha ensolarada dos Harrington-Byrne.

Ou dos Byrne.

Ela está usando só o sobrenome Byrne agora. Por que, Deenie, escolheu ficar só com o sobrenome do seu marido, se antes se sentia tão confortável com o sobrenome Harrington? Depois de tudo que ele fez comigo e com o James, depois de tudo que deve ter continuado a fazer quando evaporei completamente da sua vida. Volto à pergunta que me fiz centenas, senão milhares, de vezes ao longo dos anos: como ela fez o casamento funcionar? Quanto engoliu e perdoou? Quanto ele mudou e prometeu?

Sou boa em algumas coisas, mas sou ótima em ser casada. Como aprendi naquele ano na rua Shandon, não exista nada melhor para a minha personalidade e o meu humor do que poder ver a mesma pessoa no mesmo horário todos os dias. Eu me sinto bem com a superexposição, com piadas elaboradas, com a mitologia privada.

Sou uma grande defensora do casamento, mas ainda assim não entendo como Deenie manteve o dela.

Eu devia ir, penso, dando uma olhada nos sites de pesquisas de voos, *para provar a mim mesma que tudo isso aconteceu.* Que existia uma pessoa chamada Rachel Murray, e que ela existia no verão de 2010, com uma vida repleta de sexo e livros, cercada pelos homens por quem estava apaixonada.

E então o bebê dá um chute que parece um terremoto por dentro.

26

A distância entre James e eu, que era desagradável, mas orgânica, começou a se transformar em outra coisa.

Acordei numa manhã de novembro excepcionalmente cedo. Estava com o pescoço torto e o nariz entupido, e comecei a me perguntar por que diabos morava naquela casa. As formigas no verão, o frio gélido no inverno. Nada de divertido acontecera na rua Shandon desde o êxodo de Carey e do dr. Byrne. Bebíamos, mas não com alegria; comíamos besteiras, mas nunca com uma sensação de pecado compartilhado, sempre porque era a coisa mais quente e rápida a ser enfiada no nosso corpo. Estávamos arrasados. De vez em quando, dizíamos um ao outro que havíamos "realmente virado a página", que já tínhamos "superado" a tristeza. Não era verdade. Não tínhamos virado página alguma.

Naquele dia de novembro, desci as escadas para pegar um copo d'água. Eram dez horas da manhã, mas parecia que estava amanhecendo. Saí do trabalho às três e fiquei acordada, ligada, até bem depois das quatro. James estava acordado, usando o notebook e falando ao celular.

Quando me viu no topo da escada, desligou como se eu tivesse acabado de flagrar ele se masturbando.

— Quem era?

— Hum?

— No celular. Quem era?

— Ninguém. O que você está fazendo acordada?

— Água.

— Ah.

— Está frio.

— Eu sei.

— Posso pegar um aquecedor?

— No meu quarto. Pega um moletom também, se quiser.

Eu me aconcheguei na cama e caí no sono. Teria me esquecido disso, se a mesma coisa não tivesse voltado a acontecer uma semana depois. Outra ligação desligada, outro sorriso e uma oferta de roupas, comida ou um passeio de carro até o McDonald's. Sempre pegava James no meio de alguma coisa, mas não sabia que coisa era essa.

Comecei a suspeitar que estava dormindo com o dr. Byrne de novo. Não parecia haver outra explicação. Será que eles andavam trocando e-mails? Que Fred Byrne não havia aprendido a lição da primeira vez? As ausências de James de casa se tornaram mais longas, sua fala, mais cautelosa, e sua linguagem corporal, mais retraída. Deveríamos emigrar juntos em janeiro, dali a apenas seis semanas. Será que era mesmo o momento de voltar com o homem que nos traíra de forma tão impensada?

Não queria perguntar sobre isso. Se perguntasse, ele me contaria e, como eu nunca conseguia dizer não nem ficar brava com James, acabaria me envolvendo no mundo deles outra vez. Já era uma fugitiva na minha própria cidade. De jeito nenhum ia voltar a ser cúmplice da traição do dr. Byrne contra Deenie.

— Você está bem? — perguntou James, um dia.

Estávamos montando uma árvore de Natal falsa, presente da mãe dele. Posicionando os galhos num poste verde, as folhas de plástico arranhando nosso rosto.

— Estou. Você está? — falei.

— Você anda meio... — ele examinou um dos galhos — espinhosa.

— Boa. Isso também vai para o roteiro?

— Huh?

— Galhos. Espinhosa.

— Ah. Certo. Ha. Não.

James parecia indisposto.

Pensei em como me sentiria se estivesse proibida de ver Carey, embora ele morasse a poucos metros de mim. Senti uma pontada de solidão, o pensamento desesperador de que ele estava por aí no mundo, vivendo sua vida, sem sequer ter a decência de estar morto, pondo um fim gentil ao nosso relacionamento.

Ele tinha me mandado mensagem apenas uma vez desde que voltara a Derry, dizendo que precisava pensar sobre a gente. Não voltei a ter notícias dele. Dei sinal de vida, perguntei sobre a saúde da mãe dele, mas não obtive resposta.

Fingi desembaraçar as luzinhas pisca-pisca.

— Você quer ir lá em casa no Boxing Day? — perguntou ele.

— Aqui chamamos de Dia de Santo Estêvão — corrigi. Ele ainda era tão inglês às vezes. — Onde? Fermoy?

— É. A mamãe vai dar uma festa.

— Você vai me buscar?

— Claro.

— Claro.

Demos alguns passos para trás, surpresos ao notar como o cômodo inteiro ficara lindo. Sempre me ensinaram que árvores de plástico eram cafonas, que cachorros grandes eram melhores do que cachorros pequenos, que waffles de batata eram normais. Muitas das minhas crenças sobre o mundo haviam sido premeditadas com base no fato de termos tido dinheiro no passado. Agora sabia que uma árvore de verdade por quarenta euros é um desperdício, especialmente porque só pode ser usada uma vez. Que cachorros pequenos se dão melhor em casas pequenas. Que waffles de batata são um revestimento útil para o estômago quando não se tem muito mais.

Ali, na nossa sala de estar, com as luzinhas pisca-pisca refletindo no arbusto verde ceroso, percebi que não havia nada de errado com uma árvore de plástico.

— A gente devia limpar a casa. Deixar o visual um pouco mais natalino — falei.

Varremos o chão, passamos o aspirador de pó entre as almofadas do sofá e recolhemos velas dos quartos. Havia alguns potes vazios na reciclagem e colocamos velas pequenas neles. James passou em uma loja para comprar uma garrafa de quentão, um pouco de rum com especiarias e uma caixa com minirrocamboles de Natal da Cadbury.

Misturamos o quentão e o rum no fogão, embaçando a janela da porta da varanda dos fundos. James estava tão lindo, tão diferente de um ano antes. Era como se tivesse encontrado seu rosto, crescido de maneira a combinar com o formato do nariz, achado tons de cinza para os olhos verdes.

Despejou a mistura de vinho na nossa melhor caneca e me deu. Nossas canecas eram organizadas da seguinte maneira: caneca grande dos *Flintstones*, caneca cinza comum, caneca pequena com um mapa da Espanha, caneca linda de cavalo com um pequeno vazamento e, por fim, uma caneca na qual uma vez existiu um ovo de Páscoa KitKat e que queimava os dedos quando a segurávamos por muito tempo. Carey sempre bebia da caneca com o mapa da Espanha. O dr. Byrne ficava com a do cavalo. Eu e James nos revezávamos entre a dos *Flintstones* e a cinza.

— Agora odeio a da Espanha — comentei, soprando a mistura. — Me deixa triste.

— Odeio a do cavalo.

Ele disse isso com tanta convicção que comecei a duvidar da minha teoria de que ele estava saindo com o dr. Byrne de novo. Bebemos em silêncio por um momento.

— Vamos jogar as canecas do telhado.

Havia um bastão no quarto de James que parecia existir para ele poder contar às pessoas com quem dormia que jogara *hurling* no ensino médio. Saímos pela janela, e ele me entregou o bastão e a panela de quentão.

— Vou arremessar. Você rebate — anunciou ele.

O bastão atingiu a caneca do mapa em cheio, partindo-a ao meio, de modo que Gibraltar ficou de um lado da rua e San Sebastián do outro.

— Porra! — gritei, o alívio me percorrendo. — Isso aí! Porra!

— Certo, quero tentar — disse ele.

Joguei a caneca do cavalo no ar e ele atingiu a base dela, quebrando-a sobre nossas cabeças. Cobri o rosto com a manga enquanto os pedacinhos caíam.

— Que sensação boa. *Merda* — disse ele.

— Me sinto tão poderosa agora. Queria que a gente tivesse mais coisas pra destruir.

— Não temos. Temos só um número limitado de canecas.

— Odeio aquela do KitKat. Será que pego?

— Tem certeza de que quer fazer isso? Aí a gente vai ter só duas canecas. Nada de convidados — falou ele.

— Tenho. Nada de convidados e nada de babacas.

Ele jogou e eu rebati, errando por pouco a caneca, que bateu na calçada e se espatifou.

— Hum. Um pouco anticlimático — comentei.

— Porque a caneca do KitKat não representava nada — disse ele, sagaz. — A caneca do KitKat estava simplesmente cuidando da própria vida.

— Coitadinha.

Bebemos no telhado até ficar muito frio e, quando voltamos para dentro, as velas estavam pela metade e toda a cozinha cheirava a especiarias. Parecia o convés inferior de um navio antigo, rústico e aconchegante, e nossa única segurança contra o mar.

— Acho que já os exorcizamos — ele disse. — É isso. Eles se foram.

Eu o abracei e adormecemos debaixo do cobertor no andar de baixo. Acordei algumas horas depois, com um novo pensamento assustador se desenrolando como uma cobra.

Se não era o dr. Byrne que ele estava escondendo de mim, então o que era?

Fiquei feliz por termos passado aquela noite no telhado, porque nos vimos pouco durante o resto de dezembro. Trabalhei todas as noites até a véspera de Natal, a época das festas cada vez mais caótica à medida que nos aproximávamos do Ano-Novo. "Fairytale of New York" tocava o tempo inteiro, e fiquei surpresa ao notar que, apesar de ser um clichê, as pessoas ainda se deixavam comover.

— Estou cheio de 2010, porra — diziam as pessoas no bar. — Porra, chega logo, 2011. Morte a esse ano de merda.

Fiquei aliviada por voltar para casa por alguns dias. Chris ficava fora a maior parte do tempo. Kev, com apenas dezesseis anos, passava o dia comigo. Assistimos juntos às reprises de *Buffy* no canal Syfy e comíamos queijo da geladeira, encontrando um ritmo que não existia antes. Uma pessoa estava começando a emergir, ou talvez já estivesse emergindo havia muito tempo. Ele era engraçado, percebi. Fala mansa, mas seca.

— O que seu amigo James vai fazer no Natal?

— Está em casa, em Fermoy.

— Ele é gay, não é?

— Você sabe que é.

Kev ficou quieto. Continuamos assistindo a *Buffy*. James Marsters estava gritando raivoso sobre "a assassina" e o que faria com ela, o cabelo descolorido penteado para trás.

— *Você* é gay? — perguntei.

— Não sei — respondeu ele, por fim.

— Bom, se for — comecei, sentindo-me uma grande irmã —, sabe que isso é muito massa, certo? Você não precisa esconder.

— Sei — respondeu ele. E parecia de fato saber. — Ainda estou avaliando tudo isso.

Não tocamos mais no assunto. Tive a sensação de que ele não queria discutir isso com a irmã mais velha, e não o culpava. Tinha me distanciado da vida dele por muito tempo. Mas fiquei aliviada por ele conseguir falar disso. Por não ter mentido ou se fechado. Ele não levaria uma vida dupla como o dr. Byrne, nem teria que mentir como James achou que precisava fazer. Talvez realmente estivesse ficando mais fácil.

— Vou para a cama — falei, e não pude deixar de beijá-lo na têmpora.

James me buscou no Dia de Santo Estêvão, no carro da mãe. O código de vestimenta, ele disse, era semiformal. Usei um vestido preto de lantejoulas com decote profundo que comprei de segunda mão, mas era originalmente da French Connection.

— Meu Deus — disse ele, buzinando em admiração. — Rachel Murray, essas pernas sobem e vão até o seu cu!

— Não é onde as pernas sempre terminam?

— É uma figura de linguagem. Entre.

No caminho para Fermoy, ele não parou de falar de seus presentes de Natal (uma pilha de livros sobre roteiro, loção pós-barba Comme des Garçons, um moletom Hollister que ele planejava devolver), dos presentes das irmãs e do plano da mãe de adotar um cachorro. Não sabia se tinham sido os dias passados em casa que o deixaram tenso, mas ele parecia nervoso.

Quando chegamos, Nicola estava distribuindo taças de champanhe com morangos no fundo. A ilha da cozinha estava repleta de canapés luxuosos da Marks & Spencer, e eu a contornei alegremente, mergulhando torradas crocantes de camarão em molho agridoce. As pessoas encheram a casa, e eu gostei de interpretar o papel da Jovem Encantadora que ouve com atenção e ri com facilidade.

Fiquei surpresa quando encontrei Sabrina fumando lá fora com uma das irmãs de James. Sabrina, que se mudara para Nova York naquele verão, e que James certa vez pensara que fosse eu.

— Oi! — falei, após tomar alguns drinques, abraçando-a. — Nossa, que bom ver você de novo. Veio passar o Natal em casa?

— Rachel! — Ela me abraçou de volta. — Sim, sim, cheguei dia 23. Como você está?

Eu me perguntei como era possível que James tivesse pensado um dia que Sabrina e eu éramos parecidas. Ela era menor do que eu, para começo de conversa. Seu cabelo loiro era bem curto, enquanto o meu era longo e de um loiro-acinzentado. Sabrina tinha um rostinho alongado, com queixo pontudo e olhos penetrantes. Meu rosto era mais cheio. "Como uma pintura clássica", comentara James uma vez, gentilmente.

A segunda coisa que me surpreendeu foi o fato de Sabrina estar presente. Tínhamos saído juntos poucas vezes, quando ela trabalhava com a gente, mas andávamos com todo mundo que tinha mais ou menos a nossa idade. Nosso consenso geral era que Sabrina era legal, embora meio certinha. Na verdade, eu mal pensara nela desde que emigrara. Por que raios ela fora a Fermoy, no meio do nada, quando o Dia de Santo Estêvão era a melhor noite do ano na cidade?

— Está gostando de Nova York? — perguntei, porque o que de fato queria perguntar era *Por que você está aqui?*.

— Ah, sabe como é. Congelante. Mas bom. Os estadunidenses são muito amigáveis, sinto que tem algo rolando toda noite.

— Sempre ouvi dizer que os nova-iorquinos eram mal-educados.

— A gente ouve isso, mas só são mal-educados se comparados a outros estadunidenses, acho. Eles são amigáveis em comparação aos europeus.

— As pessoas dizem que os irlandeses são simpáticos. Não acho que somos. Acho que somos simplesmente barulhentos.

— Verdade!

Trocamos conversa fiada e depois de um tempo tive a estranha sensação de que havia algo de errado com a dinâmica. Sempre tínhamos sido amigas, e ainda éramos, mas tive a impressão de que éramos tipo a esposa atual e a anterior, disputando território. Vi os olhos dela se movimentando e senti vontade de provar meu lugar na vida de James, dizendo que já tinha estado naquela casa inúmeras vezes.

— Nicola cria gatos naquele galpão. Nicola é a mãe dele — falei.

— Eu sei. Eu a conheci quando cheguei.

— Ela faz ótimos sanduíches — comentei, com entusiasmo demais, reafirmando minha longevidade na casa dos Devlin. — Me fez um de presunto uma vez.

Embora minhas reações fossem estranhas, sabia que meus instintos estavam corretos. Alguma coisa estava acontecendo, com Sabrina, aqui nessa festa.

James saiu para o jardim com outra bandeja de bebidas. Ele sorriu amplamente, mostrando todos os dentes. Um sorriso que eu sabia que significava *porra* e não *oba*.

— Ei, vocês duas! — disse ele, com alegria.

— Ei! — respondemos em uníssono.

Aí eu disse:

— Você não contou que a Sabrina estava vindo!

— Pois é — respondeu ele e, depois uma pausa: — Rachel, quer me ajudar com as bebidas lá dentro? Os aposentados estão consumindo o xerez muito rápido, e minha mãe me encarregou de manter as bebidas reabastecidas.

— Tudo bem.

Havia uma despensa perto da cozinha, e segui James até lá.

— O que é que tá acontecendo?

— Vou me mudar para Nova York — disse ele.

Seu rosto estava tão sério que eu ri.

— Você não vai se mudar para Nova York. Isso não é sério. Não pode ser sério — retruquei.

— Pode ser, e é, sério.

Eu me agachei e segurei a barriga. Incapaz de acreditar que, em um ano em que tudo mudara, as coisas de alguma forma conseguiriam mudar mais uma vez.

— Sinto muito.

— É por causa disso que você anda estranho, não é?

— É.

— Preciso ir para casa. Vou chamar um táxi.

— Você não pode chamar um táxi.

— Posso.

— Você não vai conseguir um e, mesmo que conseguisse, ia custar cinquenta pratas pra voltar pra Douglas.

— Bom, não posso ficar aqui — falei, já chorando.

— Qual é? — disse ele, segurando minha mão. — Vem comigo.

Meu rosto estava coberto de lágrimas e eu não queria ver ninguém.

— Não — retruquei, ficando para trás.

— Vem. Vamos dar um passeio.

Ele me conduziu até a porta, com as mãos em punhos, os dois com a cabeça baixa como um casal à beira do divórcio. Andamos pela entrada da casa e atravessamos um campo. Logo estávamos cercados por nada além de grama e estrelas.

— Vai — disse ele.

— Vai o quê?

— Vai, grita comigo. Ninguém vai ouvir você aqui.

— Eu não quero — falei, querendo muito gritar com ele. — Só quero saber por que você participou dessa porra de *ficção* de Londres se vai se mudar pra Nova York com a Sabrina, logo ela? Você ao menos *gosta* dela? Vocês ao menos são *amigos*?

O campo cheirava a animais e a umidade, e me senti engolida por toda aquela vastidão.

— Não achei que fosse dar certo — respondeu James. — Olha, gastei muito tempo procurando os agentes de Londres e as produtoras, e todos ficam dizendo que eu devia virar comediante, fazer festivais de comédia, entrar no teatro e, não sei, tudo isso parece bom, mas não para *mim*. Comecei a procurar outras coisas, e aí encontrei um estágio.

— Um estágio? — zombei. — Você está se mudando para os Estados Unidos para um estágio?

— É um bom estágio. Um dos programas do *Late Night*, aqueles que são gravados em Nova York, faz programas de estágio para pessoas de grupos sub-representados que tentam entrar na comédia. Você começa como assistente de redação e eles têm toda uma infraestrutura para te ajudar a evoluir.

Nunca tinha ouvido ele usar a palavra "infraestrutura". Imaginei-o em entrevistas por telefone com uma pessoa elegante da televisão que devia existir e que ainda assim nunca fora mencionada para mim. Eu, que devia saber tudo a respeito dele.

— E esse é você, não é? Você é de um grupo sub-representado?

— Sou um homem gay. E da classe trabalhadora. Então sim...

Eu nunca tinha pensado sobre os fatos documentais da nossa existência antes. Fiquei surpresa com quanto aquilo me deixou inquieta. Não queria mais nenhum lembrete de que eu e James éramos duas pessoas diferentes.

— Mas aí? Quando você se inscreveu para isso?

— Junho.

— Junho!

— Nunca pensei que ia dar em alguma coisa! Foi tipo um exercício de escrita. E aí eles me ligaram, e eu fiz uma entrevista. Eles disseram que eu tinha passado para a segunda fase, depois para a terceira fase, e ligaram no mês passado para avisar que eu tinha conseguido.

— Por que você não me contou?

— Ah, Rache, você estava passando por tanta coisa. Carey e... sabe? E não pensei nem em um milhão de anos que ia conseguir isso.

— Não acredito que você mentiu para mim durante todo esse tempo, James. Faz meses que a gente vem economizando e falando de Londres. E você já estava participando dessa merda de concurso para morar em Nova York.

De alguma forma, chamar aquilo de concurso fez com que eu me sentisse melhor.

— Eu literalmente preenchi um formulário em junho. Preenchi um formulário para morar em Paris em fevereiro, mas também nunca mencionei isso, porque nunca deu em nada. Só, não sei, você se candidata para as coisas, não é?

— Eu não! Eu não me *candidato* para as coisas do nada! — exclamei.

Ele chutou um torrão de terra.

— Bom, não, Rachel, porque você não precisa, não é?

— O que *isso* quer dizer, porra?

— Você *sabe* o que quer dizer. — Ele estava cansado de engolir o orgulho. — Quer dizer que seu pai é dentista e seu avô era banqueiro e você tem diploma universitário. As regras do jogo mudam *de acordo com a pessoa*, Rache.

Hoje, eu teria aceitado essa resposta tranquilamente. Li muitos artigos sobre privilégios da classe média e até escrevi alguns. Mas isso aconteceu em 2010, e eu tinha muita disposição interna para lutar.

— Você está *chapado*, James? Olha ao redor — gritei. Fiz um gesto na direção do casarão atrás de nós, dos campos de fazenda que o padrasto dele possuía. Era ele quem podia conseguir um dinheiro emergencial com a mãe. Era ele quem podia pegar o carro da família emprestado. — Você está em uma situação melhor que a da minha família, e sabe disso.

Era para ser uma discussão sobre Londres e Nova York. Sobre segredos e mentiras. Por que estávamos falando de classe social e de qual avô era banqueiro?

— Querida, fiquei passando de uma casa de merda para outra casa de merda até os nove anos. Mudei demais de escola para aprender divisão direito. *Mal* consegui um diploma de conclusão, não tenho chance de ir para universidade e não tenho contador. Estou fodido, a menos que queira conseguir um emprego num chiqueiro. Estou no varejo para sempre. *Talvez* consiga um trabalho onde só tenha que usar o telefone e possa crescer até virar gerente. Mas você pode fazer qualquer coisa, Rache. Pode tentar qualquer carreira. Do jeito certo de fazer as coisas. *É por isso* que não precisa entrar em concursos.

Revirei os olhos. Era tudo melodrama para mim, tudo tática para desviar a atenção do verdadeiro ponto, que era o fato de James ter mentido para mim.

— Você acha que estou falando merda — disse ele, as narinas dilatadas. — Mas você vai ver, amiga. Essas pequenas graças que você recebeu da sua família, da universidade, significam alguma coisa. Ouvir "Homero" e saber que não estão falando dos *Simpsons*. Saber de que parte do animal vem o patê. Tudo conta. Tudo isso significa alguma coisa.

Não sei se as palavras de James foram uma previsão ou um feitiço, mas ele estava certo. De fato, significava e continuaria a significar alguma coisa. Depois que me mudei para Londres, descobri que meu sotaque, minhas boas maneiras e minha vaga capacidade de fazer referência a Trollope ajudaram a construir uma imagem para meus colegas ingleses que se tornou mais do que a soma de suas partes. "Você tem uma daquelas vozes irlandesas bonitas", disse alguém uma vez. "Suave."

Eles achavam que eu tinha origem boêmia ou talvez fosse uma prima distante da aristocracia. Todos achavam que havia estudado em Trinity, que conhecia muitos poetas pessoalmente e me pediam dicas sobre cavalos de corrida. Certa vez fui convidada para ir a Ascot e me perguntaram se eu podia apresentar o grupo a algum jóquei. Achei tudo hilário, claro, e contei a James, mas raramente corrigia alguém. A diferença entre a verdade e a realidade era tão insignificante. Na prática, qual é a diferença entre classe média-alta e média-média?

— Só não consigo acreditar que você vai me deixar. Depois de tudo — falei.

James me abraçou e me apertou com força, ali, no meio do campo do padrasto.

— Também não quero deixar você — disse ele, começando a chorar. — Rache, estou com tanto medo.

Ficamos abraçados assim por muito tempo. Tentei imaginá-lo andando pelas grandes avenidas de Nova York, o corpo esquelético e a cabeça um pouco grande demais balançando enquanto tomava café, almoçava e buscava a roupa na lavanderia. Pensei em um mundo onde só o via algumas vezes por ano. E me perguntei o que faria a seguir.

Voltamos para a festa, os braços em volta da cintura um do outro, e lhe disse quanto estava orgulhosa dele e que Michael e Alice continuariam morando juntos, mesmo que não morássemos mais. Que Michael e Alice iriam arrebatar o Emmy um dia, e estaríamos no tapete vermelho, recebendo as estátuas em nome deles.

A casa estava iluminada, a festa ainda a todo vapor. É tão difícil saber que música tocar na festa do Dia do Santo Estêvão, a música de Natal já parece tão cansativa, então alguém havia colocado Elton John. Elton, que é o Natal sem ser o Natal. Eu disse isso a James, que riu.

Ele parou no portão.

— Vou ter que consultar nossa conta poupança. Vou somar apenas os depósitos que fiz e retirar esse valor — disse ele.

A poupança estava quase completando 4 mil. Os 2 mil que os Harrington-Byrne haviam me pagado para desaparecer era dinheiro meu, suponho. James nunca teria sonhado em reivindicá-lo. Era minha gravidez, meu suposto aborto. Meu quinhão.

Quando comecei a escrever tudo isso, disse que eu e James só tivemos uma briga, oficialmente falando. Aquela no O'Connor, onde o empurrei contra a parede. E em que ele quase precisou de pontos. Houve mais duas, na noite em que contei a ele sobre a chantagem do dr. Byrne e na noite em que ele me contou sobre Nova York. Dito isso, porém, nunca me lembro da Noite de Santo Estêvão de 2010 como uma briga.

Lembro como a noite em que decidimos dividir o dinheiro e dar no pé.

27

Cheguei a Londres em 15 de janeiro de 2011, um dia em que o elevador da estação de metrô Elephant & Castle não estava funcionando.

Arrastei a maior mala do meu pai por cento e vinte e quatro degraus, sem fôlego e torcendo fervorosamente por um cavalheirismo que não aconteceu. Quando emergi no ar gelado, descobri que meu novo bairro era uma rua comercial próxima a uma estrada movimentada e barulhenta. Havia petiscos e roupas nas prateleiras e ossos de galinha no chão. Tudo cheirava a pipoca, roupas de poliéster e fumaça de carro.

Estava indo morar com estranhos. Havia outras opções disponíveis, claro. Assim como James havia achado Sabrina, seu único contato em Nova York, eu poderia ter dado uma olhada na minha lista de amigos do Facebook e procurado pessoas que tivessem se mudado para Londres e talvez soubessem de um quarto vago. Mas, quanto mais pensava no assunto, mais imaginava minha cidade natal como uma sombra rastejante. Garotas ainda me abordavam no bar, fazendo perguntas estranhas e lançando olhares para as amigas. Eu estava com muito medo de ir a qualquer lugar onde achava que os Harrington-Byrne poderiam estar, e isso incluía livrarias, locais de música ao vivo e o Mercado Inglês.

Tudo isso foi de fato assim tão ruim? É difícil dizer. Eu era o centro do meu mundo, então parecia natural supor que todo mundo em Cork sabia quem eu era e estava falando de mim. Mas será que estava imaginando tudo isso?

Quer os olhares estranhos fossem reais ou não, eram reais para mim, e afetaram todas as escolhas que fiz depois. Nunca procurei ninguém da minha cidade natal: nem antes de me mudar, nem depois.

Eu estava, pela primeira vez na vida, completamente sozinha.

Tinha feito uma entrevista por Skype para um apartamento compartilhado na Old Kent Road. O senhorio era estranho. Insistiu em fazer um mapa astral antes de eu me mudar, para verificar minha harmonia com a casa, e perguntou minha data exata de nascimento, assim como o horário. Fiquei muito encantada, claro. Era exatamente o tipo de coisa que aconteceria com uma jovem heroína ao se mudar sozinha para Londres. Além disso, eu queria ter histórias para contar para James. Não suportava a ideia de ele estar criando um monte de histórias e eu não ter nenhuma.

O apartamento era no décimo primeiro andar e não tinha elevador, então arrastei a mala mais uma vez. Cheguei, bati à porta e encontrei meu novo senhorio de regata arrastão e cueca boxer.

— Sol em Touro! — exclamou ele, à guisa de saudação. — Lua em Escorpião! Olá!

— Olá.

— Luxuriosa e impetuosa — continuou ele. — Apaixonada. Espero que você não estrague meu sono, trazendo garotos para casa toda hora.

O nome dele era Justin. Não era gay, como esse tipo de linguajar pode sugerir, mas um pervertido.

Meu quarto tinha o formato de uma moeda antiga de cinquenta centavos. Possuía um *futon* aberto e um guarda-roupa pesado sem gavetas. Durante três meses, pendurei o que dava para pendurar e deixei todas as minhas calcinhas e meias na mala.

Na primeira manhã no apartamento, Justin me seguiu o tempo todo, como um cachorro com transtorno de ansiedade. Falou da sua rotina de exercícios, do seu trabalho vendendo eletrônicos no aeroporto, dos seus vinte anos como dançarino em Berlim, do sonho de voltar a dançar nas Olimpíadas de Londres — que fariam seleções, e em breve —, e do seu amor pelo espiritualismo e pelo ocultismo. Falou do meu mapa astral, discorrendo longamente sobre o alinhamento dos planetas e terminando com uma imitação de Austin Powers: "Isso deixa você com tesão, querida?".

Nunca havia conhecido alguém tão estranho e, ao mesmo tempo, tão sem graça. Mesmo agora, sinto que não estou conseguindo capturar a essência dele com palavras. Sempre achei que adorava pessoas excêntricas, mas talvez agora as detestasse.

Fui tomar banho, e ele me seguiu até a porta do banheiro, depois se sentou do lado de fora e continuou a conversar enquanto eu me lavava.

— Justin! — gritei, debaixo do jato fraco de água morna. — Você pode *cair fora*, por favor?

Ele deu o fora. Quando saí, ele não estava mais lá, mas havia deixado um pequeno embrulho de tortilha com presunto e alface em um prato no chão. Havia um *post-it* colado nele, colado diretamente na tortilha. Dizia: *Para você*.

Peguei o prato e o comi no meu *futon*, ainda pingando, e comecei a chorar. Era exatamente o tipo de coisa que James teria feito — uma versão, pelo menos —, e agora era um esquisitão que o fazia.

Mas, mesmo através das lágrimas, sentia algo acontecendo dentro de mim. Eu tinha dito a um estranho para dar o fora, e estava falando sério. Havia traçado um limite para alguém. Nunca tinha feito aquilo antes.

A Inglaterra não passou impune pela recessão, mas Londres, sim. Ou melhor, sua reação fora manter o mesmo número de empregos e pagar menos para todo mundo. Isso pode ter sido um alívio para alguns, mas foi um problema matemático para mim. Não entendia como um cargo de assistente que pagava 18 mil libras por ano podia exigir um diploma de ensino superior e mais de um ano de experiência.

Um enigma maior era meu currículo. Fizera um estágio sólido de cinco meses com Deenie Harrington. Lançara um livro no mundo com ela. Estava nos agradecimentos. Mas e se ligassem para ela?

— É só colocar "referências disponíveis mediante solicitação" — disse James, quando conversamos pelo Skype.

— Mas o que acontece se solicitarem as referências? Qual o nome eu vou passar para eles?

— O meu. Vou fingir ser ela.

— Não vai funcionar.

— Aguenta aí — disse ele, então levou o notebook para o corredor do prédio. — Desculpa. A Sab está tomando o sétimo banho do dia e dá para ouvir ela cantando.

— Bem?

— *Não.*

Para minha alegria, James e Sabrina não estavam se dando bem como colegas de casa. Ele a achava certinha demais e crítica e, apesar de ela ter lhe vendido as delícias da cena social de Nova York, preferia passar todas as noites fazendo projetos de artesanato.

— Fico olhando ela tricotar — disse ele, surtando. — Tenho vinte e três anos e moro na melhor cidade do mundo e fico olhando aquela piranha idiota assistir televisão e tricotar.

No trabalho, até então ninguém sabia o nome de James. As pessoas se interessaram brevemente por ele no primeiro dia, quando tentaram localizar o lugar de nascimento de suas avós, simplesmente repetindo "Louth?" e "Não, Longford?", mas ninguém havia conversado com ele desde então. O sotaque de James, com forte pronúncia de Cork e fragmentos de Manchester, não era muito difícil de entender, mas era incomum e difícil de localizar, então as pessoas não conseguiam se concentrar no que ele tinha a dizer.

— Hoje alguém disse que é uma "coisa boa" eu não querer estar na frente das câmeras. O que caralhos isso significa?

— Pelo menos você tem um emprego de verdade.

Eu não tinha um emprego de verdade. Também não tinha número de Segurança Social, por isso trabalhava num pub que me pagava em dinheiro até que eu pudesse trabalhar legalmente no Reino Unido. Consegui o emprego andando por todas as ruas do centro de Londres e entregando meu currículo em bares, fazendo o possível para exagerar meu sotaque ao máximo.

— Você consegue fazer a espuma? — perguntou um gerente de bar.

— Como?

— Aquele trevo na espuma? Na Guinness?

— Sim.

Não consegui fazer o trevo na espuma da Guinness. Quando o pedido para fazer um trevo acabou surgindo, fiquei triste e disse que esse barril de Guinness tinha "feito uma travessia ruim" da Irlanda e que o trevo não se fixaria. Por incrível que pareça, eles pareceram acreditar em mim.

Eu passava por muitos pontos de referência no caminho para o trabalho. Atravessava a Tower Bridge de ônibus, como uma criança num desenho animado sobre Londres, e via a Torre e a Catedral de São Paulo. Isso ajudava. Uma paisagem não custa nada, então sempre ajuda. Mas, com cada vez mais frequência, eu me perguntava o que exatamente estava fazendo ali. Londres não era meu sonho. Era o sonho de James. Nunca havia desejado sair de Cork tanto assim, até que morar em Cork começou a parecer um ataque de pânico prestes a acontecer.

James e eu havíamos falado de eu me mudar para Nova York, mas o processo de tirar o visto era muito complicado, então ele sugeriu que ficasse na Irlanda e continuasse com a solicitação. Era óbvio para mim que essa era a opção mais patética. A única coisa digna a fazer era me mudar para Londres e me virar sozinha. Já havia perdido muita dignidade em 2010. Precisava recuperar um pouco.

Meu número de Segurança Social acabou sendo emitido e encontrei um trabalho temporário num escritório. Ainda não tinha amigos. Ninguém fala com temporários. Justin estava sempre lá quando eu chegava em casa, falando sem parar.

A primavera chegou. Eu ainda não tinha ninguém com quem sair nos finais de semana, então fazia longas caminhadas por Londres, sem gastar nada, de vez em quando me presenteando com um pão recheado com carne de porco de duas libras em uma padaria de Chinatown. Meu dinheiro estava acabando. Um dia, eu estava me sentindo tão exausta da solidão e da preocupação, que me sentei no meio de Chinatown, ao lado de uma mesa repleta de panfletos sobre os protestos pró-democracia. Esperava que as pessoas pensassem que eu estava ali em solidariedade, uma garota branca que, de alguma forma, "entendia". Uma mulher me pediu uma doação e, quando eu disse que não tinha, ela me pediu educadamente para ir embora.

No mesmo dia, encontrei uma livraria. Há muitas livrarias perto da rua Charing Cross. Mas aquela era diferente, porque era a minha.

Era enorme e movimentada, mas silenciosa, e tinha uma pequena cafeteria no canto, com bancos de bar para tomar um café expresso.

Vendia livros de primeira mão, de segunda mão e edições raras. Dava para comprar discos lá, mas só se fossem de jazz, e havia um homem que dirigia a seção com um entusiasmo surpreendente. Depois de circular por uma hora, só olhando sem comprar nada, ocupei uma das banquetas de café perto da janela, com a percepção emocionante de que havia encontrado o primeiro lugar em Londres de que gostava. Decidi que conseguiria um emprego lá.

Demorou um mês. Um mês para que aceitassem que precisavam de alguém para ajudar a cobrir o fim de semana, o que eu fiz sem dispensar o trabalho temporário, e mais três meses para que o cara do café desse o fora, então assumi o trabalho dele também. Logo depois fui transferida para a ficção. Era jovem e estava desesperada por contatos, e tratava todo mundo com quem trabalhava como celebridades. Eu os estudava como se fossem meu mestrado. Sofia, que comia um sanduíche de salmão defumado do Pret todos os dias, mesmo quando não estava na livraria, e cujo pai trabalhava com o prefeito de Londres. Que na época era, claro, Boris Johnson, e que, na época, achávamos hilário. Philippa, que bebia Lilt e tinha uma ligação distante com a princesa Anne, pelo lado dos Tindall. Byron, que tocava jazz e organizava uma noite em Shoreditch todas as sextas-feiras, da qual eu agora participava. Ele já passava dos quarenta anos, mas adorava uma festa e ficava feliz em me apresentar a pessoas com as quais eu mais tarde faria amizade e/ou dormiria. Radhika, que cuidava das edições raras e obtivera duas notas máximas em Oxford, onde também tinha, em suas próprias palavras, "contraído" anorexia. Ela disse que já havia superado isso. Aconselhou que eu nunca invejasse ninguém de Oxford-Cambridge, porque todos eram ou valentões egoístas ou covardões que tinham medo de si mesmos.

Eu me tornei a garota que detestava ir para casa, que sempre convidava todos para um drinque depois do trabalho, que aceitava todos os convites, que os perseguia. Algumas semanas depois, Radhika admitiu para mim que nunca haviam socializado como grupo antes de eu aparecer. Suponho que não precisavam. Todos eram da Inglaterra. Tinham redes de contatos, antigos colegas de escola, hobbies.

Mas todos se sentiam solitários, à sua maneira. Londres devorava todo mundo. Minha solidão se tornou uma força galvanizadora. Ela fazia com que as pessoas continuassem na rua, mais um drinque, outro bar, do Soho ao bar G-A-Y, depois os horríveis cassinos em Leicester Square. O fato de ser irlandesa ajudou. Estava todo mundo impelido a acreditar que eu era divertida.

Era estranho, porque as pessoas que hoje considero minhas melhores amigas em Londres me viam, na época, como uma amiga satélite. Mas aquelas garotas da livraria eram tudo para mim. Havia algo de arrebatador no fato de estar de volta ao mundo das mulheres, e não de colegiais ou estudantes, mas de mulheres. Elas eram elegantes e exóticas, e tinham um conhecimento britânico de feminilidade que parecia secreto e estranho. Um dia, passei pela Rigby & Peller com Sofia, e ela me disse que eles eram os fornecedores oficiais de roupas íntimas da rainha. Achei que isso era algo que só ela poderia saber, mas então descobri que a rainha tinha um monte de fornecedores. Sofia riu enquanto me explicava, passou o braço no meu e falou que ninguém nunca havia se interessado tanto pelo que ela tinha a dizer. Ela era só uma garota elegante comum, e há muitas delas em Londres. Eu provavelmente não deveria gostar dela, por motivos políticos, mas a distância entre nós me fez amá-la ainda mais.

Ela me convidou para sua festa de véspera de Natal em Earl's Court, e, quando eu disse que iria para casa no Natal e não poderia, Sofia me abraçou.

— Não, você não pode ir. Você tem que vir. Cancela, pode ser? — pediu ela, gemendo.

Eu ri no cabelo dela e disse que não podia, e que meu melhor amigo também ia voltar para casa e eu precisava vê-lo. Ela me soltou e concordou, embora ainda estivesse chateada.

Quando fiz as malas para Cork naquele Natal, olhei em volta e percebi que tinha uma vida.

28

James estava em Nova York e agora era membro permanente da equipe do programa noturno que lhe proporcionara o estágio. Quase não escrevia, mas postava suas piadas no Twitter e tinha começado a ganhar seguidores. Entrei para ver o que ele andava falando. Comecei a tuitar em nome da livraria. Depois resenhei livros para o blog da livraria. Era uma loja bastante famosa, meio londrina, e por isso me pediam para enviar resenhas de livros para aquele tipo de revista de estilo de vida que tem muitas e muitas páginas e sai quatro vezes por ano. Uma irlandesa escreveu um livro que fez sucesso e o *Times* perguntou se eu gostaria de entrevistá-la. Oportunidades como essa surgiam de vez em quando, nunca com muita regularidade, mas mesmo assim desenvolvi um currículo. Tentei criar um site, já que os anúncios diziam que era algo fácil de fazer, mas não era, e chorei três vezes enquanto tentava colocá-lo no ar.

Comecei a frequentar o apartamento de Sofia em Earl's Court. Pertencia aos pais dela. Ela me contou isso de modo tímido, com medo de que eu a detestasse por isso, mas estava feliz demais por ter uma amiga. Se meus pais tivessem propriedades em Londres, eu também moraria nelas, então qual era o sentido de ser babaca sem nenhum motivo? Ela ficou encantada e me convidou para morar com ela.

Ela era pequena e delicada, o que me fazia sentir estranha, então cortei todo o cabelo e descolori. Decidi ser uma garota alta, imponente e sexy. Eu me lembrei do que Carey dissera sobre eu ter um corpo de Mulher-Maravilha. Não nos falamos novamente depois que me mudei para Londres. Muita coisa tinha acontecido. Mas a maneira como ele me via deixou uma marca em mim. Mudou a forma como eu me via.

O que não significava que não fosse insegura. Havia tantas mulheres bonitas em Londres, e as dietas eram inúteis. Se eu não comesse carboidratos três vezes ao dia, não conseguia terminar uma frase, e ponto-final. Mas os homens nunca foram um problema. Namorei muito e fiz bastante sexo, porém meu longo encantamento pela monogamia foi quebrado. Eu me vestia como jamais teria coragem de me vestir na Irlanda: estampas grandes, cores berrantes, acessórios malucos. "Seu estilo tem senso de humor, não é?", comentou um editor certa vez.

Um jornal da minha terrinha me deixou escrever uma coluna de moda por cinquenta euros por semana, principalmente tirando sarro das tendências, que ainda hoje escrevo. Eles reajustaram o pagamento de acordo com a inflação; agora ganho setenta e cinco euros por semana. Mas me divirto, e às vezes uma marca me manda um cachecol, então...

Saí da livraria dois anos depois de começar a trabalhar lá, quando a única pessoa do meu grupo que restou foi Byron. Eu ficara encarregada da seção de ficção, mas tinha muitas responsabilidades, os novos contratados eram mais jovens do que eu e parecia que era hora de seguir em frente. Virei redatora de uma revista chamada *The Chelsea Buyer*, dirigida por uma mulher que comia cavala defumada direto do pacote e cujo escritório ficava no porão de sua casa em Notting Hill. James teve uma piada sua contada na televisão pela primeira vez. Era sobre o terno bege de Obama. Assisti no YouTube na manhã seguinte. Chorei e deixei uma mensagem de voz no celular para dizer que estava orgulhosa.

Foi o primeiro ano em que tive dinheiro para visitá-lo em Nova York. James me levou a uma festa em um armazém em algum bairro onde ele era pobre demais para morar, depois me mostrou as coisas legais que conhecia em Nova York. Alugamos bicicletas e pedalamos pela ponte do Brooklyn. Perguntei se ele fazia isso com todos que o visitavam, e ele respondeu que sim. Sabia que ele estava cansado e teria preferido ficar no sofá, mas James passara tanto tempo reclamando da Sabrina que sentiu que precisava provar que era divertido.

— Você já sentiu falta de Cork? — perguntou ele, na minha última noite. — E de conhecer as pessoas?

— Eu conheço pessoas.

— Estou falando de conhecer as pessoas de verdade.

Eu pensava neles o tempo todo. Quando via homens grandes com mulheres de cabelos escuros, quando encontrava antologias de segunda mão de poetas irlandeses, quando alguém me perguntava sobre a universidade. Nunca contei a ninguém sobre os Harrington-Byrne. No início, porque a ferida estava muito aberta, depois porque a história era muito complicada e, por fim, porque a história era tão irlandesa que eu me sentia envergonhada. Não havia como contar sem parafraseá-la como um romance de Maeve Binchy. Jovem brilhante. Cidadezinha insular. Uma vida quase arruinada pela gravidez, mas não completamente. Era muito humilhante. Depois que me estabeleci na Inglaterra, passei a não gostar tanto assim da Irlanda. Estava com raiva por ter extorquido meus amigos pelo aborto que quase fiz e furiosa pelo fato de meu país ter me colocado naquela posição. Ficava esperando notícias deles. Era fácil entrar em contato comigo. Eu tinha um site.

Comecei a cobrir histórias irlandesas de aborto para a imprensa inglesa, fiz algumas coberturas de férias para o *Guardian*, consegui um emprego em outra revista, com um escritório de verdade. Não estava ganhando muito mais do que ganhava na livraria, mas também não estava gastando. Sempre havia algum evento em que se podia beber de graça. Uma história sobre uma mulher irlandesa que havia morrido depois de tomar pílulas abortivas ilegais chegou às redações inglesas.

— Por que ela simplesmente não pegou um voo para cá? — perguntou alguém.

— Porque custa dinheiro — respondi.

— Quanto?

Fingi, tentando dar a impressão de estava fazendo um cálculo mental, e não prestes a dizer um número que vivia na minha cabeça havia seis anos.

— Escreva sobre isso — disse meu editor. — "O verdadeiro custo de um aborto irlandês"... Hotéis, trens, tudo.

Repassei cada etapa, as mesmas que já havia vivido com James anos antes, seguindo cuidadosamente minhas pegadas. Eu me perguntava se era a hora certa de falar do assunto. Havia tantas pessoas acrescentando suas vozes ao debate a favor do aborto, mas todas eram mulheres melhores. Mulheres casadas com anomalias fetais fatais. Esse tipo de coisa. Mesmo aquelas que eram mais parecidas comigo, as garotas adolescentes e com vinte e poucos anos que simplesmente não seguiam o cronograma de controle de natalidade com atenção, pelo menos as histórias eram todas semelhantes. O arco tradicional do aborto: ir para o aeroporto sozinha, passar pelos manifestantes na clínica, sentir-se vulnerável e constrangida no albergue e depois pegar o avião de volta. Era ruim, mas era familiar, como um conto de fadas em sua forma mais crua e transcrito do original dinamarquês.

Além disso, minha história não era uma história de aborto. Minha história era uma história de aborto espontâneo, mas eu também não tinha lugar entre as mulheres que sofriam abortos espontâneos, pois todas pareciam querer os bebês.

Escrever o artigo "O verdadeiro custo" me deu uma dor de cabeça tão forte que tive que perguntar ao meu chefe se podia ir para casa. Outra pessoa terminou no meu lugar.

Um mês antes do referendo sobre o aborto na Irlanda, em 2018, meu pulso começou a ficar travado enquanto digitava. Ainda fazia parte da equipe de um jornal, mas trabalhava como freelancer à noite. Todos os jornais do Reino Unido queriam publicar um artigo perturbador sobre uma mulher a quem foram enviados os restos mortais fetais em um pote de compota, e era meu trabalho entrevistá-la. Primeiro meu pulso paralisou, depois meus dedos ficaram temporariamente emperrados numa posição de garra. Um dia, enquanto lavava o cabelo, descobri que não conseguia fazer espuma com os dedos e tive que espalhar o xampu com a palma da mão.

Comprei uma órtese na farmácia, com tiras de velcro que envolviam os nós dos dedos. Migalhas de comida e fiapos grudavam nela.

Meu editor me viu tentando vestir o casaco um dia, a mão do velcro grudando no forro interno.

— Rachel, pelo amor de Deus, vá num fisioterapeuta — disse ele.

Tinha quase certeza de que minha lesão vinha de digitar no balcão da cozinha, na mesa de centro e na minha cama. Marquei uma consulta com um fisioterapeuta só depois que meu editor confirmou que pagariam por isso. Levei a mim e minha mão de velcro para Pimlico e me sentei numa enfermaria com um modelo de fibra de vidro da coluna vertebral humana.

— Rachel Murray?

Ergui o olhar, ainda segurando a mão enorme.

E ali, oito anos depois de ele me deixar na rua Shandon, estava James Carey.

James Carey, com trinta e cinco anos e rugas na testa.

James Carey, com a constituição de terrier e igualmente comum, de alguma forma mais largo e quadrado do que eu jamais vira, o cabelo ruivo mais curto, mas todo ele, todo Carey.

James Carey, que uma vez dissera que eu não entendia o sentido de amar as pessoas, pois, quando você as ama, as ama por completo.

James Carey, o primeiro parceiro sexual com quem tive um orgasmo legítimo. Lá estava ele, segurando uma prancheta que dizia que eu estava com problemas no pulso, não tinha histórico de coágulos sanguíneos e não era alérgica a penicilina.

— Carey — falei.

Foi como se a palavra tivesse aberto um portal e ele estivesse tentando decidir se deveria ou não atravessar. Lembrei que era a única a chamá-lo assim. Ele atravessou o portal.

— Rachel. Seu *cabelo* — disse ele.

Ainda era curto, um pouco mais longo que um corte repicado, e loiro-acinzentado.

— Eu cortei — expliquei.

— Quando?

— Hum... — Pensei nisso com cuidado. — Em 2013?

Ele largou a prancheta e começou a rir. Ri também, por constrangimento. Não tinha certeza do que estávamos rindo, se do meu cabelo ou do ano de 2013.

— Bom, então me dê um abraço, sua vaquinha.

Ele cheirava como uma pessoa que toma banho todos os dias e como um homem que passa perfume, e tanto a limpeza quanto o cheiro eram tão estranhos para mim que me perguntei se aquele era de fato o James Carey que partira meu coração. Mas o abraço continuou, e meu nariz captou aquela tênue rusticidade que vivia sob o corpo limpo. Fiquei me perguntando se estava fazendo o mesmo, se era por isso que o abraço durava seis segundos a mais que o abraço de velhos amigos. Eu me perguntei se ele poderia encontrar a Rachel debaixo da paciente que acabara de entrar no seu consultório.

Quando nos separamos, não conseguíamos parar de rir um do outro.

— Que porra é essa? — balbuciei. — Por que você está fingindo ser meu fisioterapeuta?

— Porque eu *sou* a porra do seu fisioterapeuta.

— Desculpa. A última vez que vi James Carey, ele trabalhava numa barraca de pães.

Quase mordi a língua. *Não*, pensei. A última vez que vira James Carey, ele estava olhando pela janela da rua Shandon, imaginando se ainda restava alguma coisa da garota a quem achava que amava.

— Nem sabia que você era interessado por esse tipo de... — apontei para o modelo da coluna vertebral humana — coisa.

— Eu sei, eu sei. Mas era isso ou a prisão, não era?

— Na verdade, imaginei algo mais glamoroso e sórdido, como se você fosse acabar bebendo até morrer debaixo de uma ponte.

— Eu era mesmo tão imprestável naquela época?

— Isso vindo do cara que roubava grãos de sal no Paul Street Shopping Centre.

— Meu Deus, Rache, enquanto fazia isso, eu sabia: um dia essa garota vai colocar isso num livro.

Sorri, dominada pela felicidade de voltar a vê-lo.

— Carey — falei —, o que você está fazendo aqui?

— Bem, de acordo com esse gráfico, preciso ver uma mulher com LER.

— O que é isso?

— Lesão por Esforços Repetitivos. Da digitação, creio eu? Você virou escritora agora ou algo assim? Trabalhando com livros, como queria?

— Jornalista. Na verdade, estou fazendo hora extra no momento, cobrindo a Revogação.

Ele assentiu.

— Minhas irmãs estão fazendo muito por isso no nosso país. Conseguir isso no Norte, sabe como é.

— As mulheres do Norte tendem a ser ignoradas nesse debate — observei, dando a impressão de que estava numa palestra para mulheres nos meios de comunicação social.

— Sim, e tudo o que dizem a elas é o quanto são ignoradas.

Nós dois rimos de novo, surpresos por podermos parecer tão adultos um com o outro.

— Desculpa, mas *por que* a gente está falando disso? — perguntei.

— Eu sei!

— Olha — disse ele —, preciso dar uma olhada na porra do seu pulso. Saio às seis. A gente podia tomar alguma coisa depois?

Eram quatro horas. Podia esperar duas horas por James Carey? Ainda era aquela Rachel Murray?

— Na verdade, preciso voltar ao trabalho, mas posso encontrar você nesse fim de semana? Para colocar a conversa em dia?

Ele pareceu decepcionado.

— Sim. Sim, sim. No fim de semana. Olha, vou dar o número do meu celular e a gente combina direito. Vamos dar uma olhada no pulso, certo? — Ele apontou para minha horrível luva de velcro. — Tira essa coisa.

Eu me perguntei se ele era casado, ou se tinha filhos, ou uma namorada. Era um homem na casa dos trinta, e os homens na casa dos trinta nunca estão solteiros, a menos que tenham algum problema. Tinha ouvido isso de muitas fontes confiáveis.

Ele se sentou na cadeira à minha frente e segurou meu pulso. O círculo quente dos dedos dele feito uma pulseira.

— Agora me diga onde está a tensão — pediu ele.

Fui me atrapalhando com minhas várias moléstias. Os dedos congelados, a dor no pulso, o polegar rígido.

— Você trabalha demais — disse ele, e era difícil concluir se a opinião vinha de um fisioterapeuta ou de James Carey.

— Deixe o pulso mole — pediu ele, e obedeci, os dedos apontando para baixo como um gesto homofóbico. Ele colocou a mão espalmada na minha frente, a palma dele encostando nos nós dos meus dedos. — Agora empurre minha mão.

Empurrei a mão em direção à dele, os dedos roçando as linhas da palma.

— Mais forte, continue. Com toda a força.

Corei e me perguntei se devia pedir outro fisioterapeuta. Aquilo era muito estranho. Como se fosse um sonho do qual eu iria acordar e contar para James.

— Mais forte, continue, você não está tentando.

Meu pulso estava ficando cansado.

— *Estou, sim.*

Ele pegou a outra mão e passou o polegar pelo meu braço, pressionando com força e massageando levemente.

— Aqui — disse ele, por fim, triunfante. Descansou o polegar num ponto abaixo do cotovelo. — Este músculo aqui. Está inflamado.

Ele enfiou o polegar mais fundo, rolando sobre o músculo que havia encontrado. Senti uma estranha liberação, como algo sendo quebrado, sovado e depois inundando o resto do meu corpo. Senti o sangue circular do braço para o ombro, e então para o peito. Não consegui olhar para Carey, então encarei o modelo da coluna vertebral humana. Pensei violentamente, *Me beija, me come nesse seu consultório esquisito.*

— Você vai precisar fazer exercícios para fortalecer os músculos dessa região. E, se for possível, trabalhar com transcrições de áudio, isso pode ajudar. Descanse a mão o máximo que puder.

— Então nada de punhetas por drogas — comentei, e imediatamente tive vontade de me atirar de uma ponte.

Era um comentário digno da época em que o ouvira pela última vez. Uma piada de *South Park*, num período que *South Park* meio que importava.

Ele riu, desta vez por perplexidade, e não por causa da coincidência cósmica que nos uniu novamente.

Estraguei tudo, pensei. *Estraguei tudo, mais uma vez.* Ele me mostrou os exercícios e eu contei os minutos até poder sair dali e ligar para o James.

Mas quando me levantei para ir embora, Carey, o fisioterapeuta, desapareceu.

— Vai, Murray, cadê seu número de celular?

Carey sugeriu um encontro em South Bank no sábado ao meio-dia, o que me indicava que ele não morava em Londres havia muito tempo. Eu o encontrei na banca de livros em frente ao cinema BFI, onde ele estava lendo a autobiografia da Cher. A primeira coisa que ele me disse foi:

— Você sabia que ela teve um caso com Warren Beatty quando era adolescente?

— Ele não teve um caso com todo mundo?

— Eu sei, mas mesmo assim.

— Você vai comprar?

— Não, vamos logo.

Minha consulta de fisioterapia foi na quarta-feira. Era bastante tempo para pensar em James Carey. Tivera outros namorados depois dele, e seria fácil dizer que nunca significaram tanto para mim quanto Carey, mas é claro que significaram. Significaram um monte de coisas, mas naquele momento já não conseguia lembrar que coisas eram essas. Naquele sábado, parecia que minha vida romântica estivera suspensa num descanso de tela fazia anos. Estava andando ao lado de Carey, *o* Carey, e meu coração se expandia e era esmagado ao mesmo tempo.

— Não consegui acreditar quando você entrou no consultório — disse ele. Mãos nos bolsos, olhos no chão. — Rachel. Foi como... Não sei, algum tipo de sonho lúcido.

— Você deve ter ouvido que eu estava em Londres. Fui eu quem ficou surpresa. Você é quem disse que nunca ia morar na Inglaterra.

— Eu nunca disse isso.

— Ah, você disse, sim. Que ia cantar "Come Out, Ye Black and Tans" no metrô. Você disse isso.

— Não me lembro de ter dito isso.

— Mas você *disse* — enfatizei, com uma veemência um pouco exagerada. — Você *disse*.

— Bom, você é a jornalista.

— E você é fisioterapeuta?

Ainda estava perplexa com esse fato.

— Você é fisioterapeuta, ponto-final, sr. Carey. Não "Você é fisioterapeuta", ponto de interrogação. Sei que a pontuação é tudo para vocês.

— Desculpe. Mas... Desde quando?

— Você pensou que eu ainda estava preso em Derry, não é?

— Não — falei. Ele ergueu as sobrancelhas. — Mais ou menos.

— Claro. Olha só, não culpo você.

Estávamos subindo a South Bank nessa hora, onde havia um grupo de pessoas se reunindo em torno de um homem que imitava sons de percussão em um microfone. Tivemos que nos esforçar para ouvir um ao outro.

— Quando você começou o curso? Deve ter demorado um pouco...

A mãe dele morrera um ano depois da última vez que nos vimos. Quando isso aconteceu, ele foi morar com o pai. O pai, que geralmente estava "enfermo", mas não especialmente doente, precisava de muita atenção para se manter flexível. Carey tinha ido para a terapia com ele e praticava os movimentos com ele em casa. Descobriu que os sintomas de lúpus incomodavam menos com o resultado da fisioterapia, e começou um curso na Universidade de Ulster, para onde tinha que ir vários dias por semana. Em três anos, estava formado. Em quatro, estava trabalhando em Derry. Em cinco, começou a estudar acupuntura. E, em seis, o pai faleceu, após complicações decorrentes de um derrame.

— Sinto muito, Care. É muita coisa — falei.

— Quer saber? Quando a gente pensa assim, tudo parece horrível. Mas não foi tão ruim, Rachel. É sério. A gente era bem feliz morando juntos e nunca ficava um em cima do outro. A gente se divertiu bastante juntos. E Derry é lindo. E eu tinha as garotas para ajudar, e minhas sobrinhas e sobrinhos são brilhantes. Além disso, eu tinha muitos amigos antigos por perto. Saí com uma garota legal por alguns anos. Uma nova profissão. Foi muito...

— Estável? — terminei, prendendo a respiração ao ouvir sobre a "garota legal" e me perguntando onde ela estava agora.

— Estável. É — concordou ele.

Era um dia frio de primavera, e eu estava vestida para parecer atraente. Minissaia com estampa de leopardo, blusa preta justa com gola alta, jaqueta de couro. Estava congelando perto do rio. Ele notou.

— Vamos entrar aqui? — perguntou, apontando para o Giraffe.

Eu ri.

— No *Giraffe*?

— O quê? Não é bom?

— Não. — Eu ri de novo. — Não sei. Nunca fui em um. É só... Não sei, é uma rede de restaurantes.

Mas o fato de o restaurante Giraffe pertencer a uma rede não era uma razão boa o suficiente para não entrar, como teria ocorrido se eu estivesse com meus amigos.

— Não acredito — comentei, pegando o cardápio. — Estou sentada dentro do Giraffe de South Bank com James Carey.

— Por que não?

— Porque é um lugar que você vai com seu primo distante, que chegou da terrinha pra uma visita, não com seu ex-namorado que virou fisioterapeuta.

Tínhamos chegado no meio de um brunch com bebidas ilimitadas e estávamos cercados por mulheres nas primeiras horas de uma despedida de solteira ou de uma festa de trigésimo aniversário, cheias de Bloody Marys e mimosas.

— Bom, se você não pode vencê-las, junte-se a elas. O que você acha, Rachel? — disse ele.

— Você não me vê há oito anos e quer que eu o acompanhe num brunch com bebidas ilimitadas?

— Você vai ficar narrando tudo o que a gente fizer hoje? — perguntou ele, mas com jeitinho.

— Não.

— Sempre tomando notas.

— Tipo a Gestapo? — respondi, uma frase que rodava na minha cabeça havia mais ou menos oito anos.

Ele sorriu, e eu não sabia se lembrava de já ter dito isso ou não.

— Tipo a Gestapo, é.

Conversamos, comemos e bebemos prosecco diluído com suco de laranja. Carey morava em Londres fazia oito meses. Não sabia se queria ficar. Achava muito hostil. E pretensioso.

— Não, não é — falei, com impetuosidade. — Londres é ótima. É fabulosa.

— Sim, mas isso vindo de você. É muito londrina para comer no Armadillo.

— O que é Armadillo?

— Não é aqui?

— É o Giraffe!

Contei o que James andava fazendo e fiquei surpresa por Carey precisar de explicações. Presumi que todos sabiam o que James estava fazendo. Àquela altura, ele era produtor-sênior do programa em que começara a estagiar, leal até o fim, embora recebesse ofertas de outros lugares. O período entre temporadas foi longo o suficiente para que ele fosse a Los Angeles e trabalhasse em roteiros, incluindo várias grandes comédias das quais vocês definitivamente já ouviram falar. Ele costuma ser um dos cinco escritores por trás de um grande filme de uma mulher engraçada e tem tantos seguidores no Instagram que às vezes faz anúncios de profilaxia pré-exposição.

— Meu Deus — disse Carey, recostando-se na cadeira de plástico. — Bom, era óbvio que ele ia ser famoso, não é?

— Você sempre achou isso? — perguntei, já formulando essa informação na minha cabeça como se fosse uma mensagem para James. — Acho que ele sempre foi muito engraçado. E dedicado.

— E ele faz as pessoas comerem na mão dele com muita facilidade — concluiu Carey.

James, que teve inúmeros amantes na última década, nunca se encantou com ninguém de forma permanente. De anos em anos, faz uma tentativa meio xoxa de ter um relacionamento, mas geralmente se cansa da pessoa com muita rapidez. Tem um grande grupo de amigos em Nova York e é tão dedicado a cada um deles quanto a mim. Está sempre me ligando de um carro alugado, com o qual invariavelmente está indo para o interior do estado para um casamento, um funeral ou uma orgia de milionários.

— Como assim?

— Bom, você.

— Eu estava "comendo na mão dele"?

— Estava.

— É uma maneira engraçada de enxergar as coisas — falei, altinha por causa das bebidas açucaradas. — Eu não diria que estava "comendo na mão dele". Só que ele era meu melhor amigo. É.

Agora eu tinha certeza de que Carey estava pensando na nossa última ida a um pub, no dia da minha formatura.

Ele olhou o cardápio.

— Talvez eu tome uma cerveja agora, para dar uma parada com essas bebidas doces.

Falamos da minha vida em Londres e do que ela me trouxera, mas o comentário que ele fizera sobre James me deixou com um gosto amargo na boca.

Como James havia se tornado bastante rico e famoso, às vezes eu me convencia de que me deixara de lado, e que eu era a parasitinha carente, o tipo de pessoa triste que é levada a festas como um prêmio de consolação e não porque pertence àquele lugar. Eu via James nas redes sociais, vestindo terno em uma festa da *GQ* e conversando com Jenny Slate, e pensava, *Ah, acabou.* Ficava de luto pela nossa amizade, em particular, e decidia que não iria ficar ressentida. Até que ele me telefonava e perguntava se eu achava que Ben, da livraria, tinha sido esquisito o tempo todo, e eu percebia quanto estava louca.

Certa vez, confessei a um amigo de James, um garoto gay lindo chamado Phil, que muitas vezes tinha a sensação de que não era boa o suficiente para o meu próprio melhor amigo.

— Ah, nenhum de nós se acha — ele disse, alegre. — No fundo, James pensa que deveria estar com um professor de Harvard ou algo assim, não é?

Isso me surpreendeu. Achei que significasse que Phil sabia sobre o dr. Byrne, mas não sabia. Phil tinha acabado de testemunhar a sombra de Byrne: a sensação errante de James de que um namorado deveria ser uma pessoa importante que lhe dava preleções sobre livros.

Passamos muito tempo no Giraffe, até que ficamos inquietos e voltamos para a rua. Ainda não havíamos conversado sobre a única coisa que realmente interessava: a hipótese de nós dois ainda estarmos solteiros.

— Ainda não queria ir para casa. Você quer? — perguntou Carey.

— Não.

Ele pôs o braço em volta do meu ombro. Eu estava usando sapatos de salto baixo naquele dia, então não estava muito mais alta que ele. Carey nunca se importara com esse tipo de coisa, mas talvez tivesse mudado e se tornado um homem que se importava.

— Puta que pariu. Não acredito que você está aqui — disse ele.

— Sempre estive aqui! Estou aqui faz anos — falei, rindo.

— Você acha que estou muito diferente? — perguntou ele, e parecia quase ansioso com isso.

Levei a questão a sério.

— Não sei. Sim. Acho que sim. Ou talvez eu esteja diferente. Não sei, agora tenho menos medo de você.

— *Medo* de mim? Quando foi que você teve medo de mim?

— Sempre tive medo de que você estivesse pronto para vazar.

Ele me empurrou e eu cambaleei, batendo na grade de proteção do rio.

— Ei! O que é que foi isso?

— Nunca fugi. Eu estava nessa a longo prazo, Murray. Estava obcecado por você.

— Care, você literalmente desapareceu.

— Aquela foi a primeira vez. Nunca a segunda vez. Se você considerar todo o nosso relacionamento, Rachel Murray, vai descobrir que, arredondando *as coisas*, fui eu quem sempre correu atrás.

Balancei a cabeça.

— Você não pode simplesmente fingir que a primeira vez não aconteceu. Aquilo me destruiu.

— Como eu ia saber? Era tudo "eu e James, eu e James, eu e James". Você não parecia tão entusiasmada em relação a ter um namorado. Já tinha um James. Foi a primeira coisa que você me disse.

Eu já tinha ouvido aquilo antes, ou uma versão daquilo, mas nunca estive em posição de acreditar.

— É assim mesmo que você se sentia? — perguntei.

— Eu não minto. Não para você.

Muitas vezes, eu passava semanas sem pensar em James Carey, mas nunca meses. Ele estava sempre em algum lugar nos bastidores, um "e se" empilhado em cima de tantos outros "e se". E se eu nunca tivesse engravidado; e se eu nunca tivesse perdido o bebê; e se os Harrington-Byrne não tivessem me escorraçado de Cork com seu dinheiro e sua teia de fofocas, tanto reais quanto imaginárias.

Caminhamos pela Praça do Parlamento e Carey deu a sua opinião sobre cada uma das estátuas. As opiniões eram bastante negativas, tendo em vista que muitos dos retratados nas obras tinham um historial terrível na Irlanda.

— Henry John Temple. Ele despejou um monte de irlandeses das terras deles, sabia, Rachel. No período da fome — contou ele.

— Sério? — perguntei, olhando para a estátua. — Que grande filho da puta.

— Um homem horrível. Ei, posso beijar você?

— Você está perguntando?

— Não sei, você pode ter um namorado ou algo assim. Fiquei morrendo de medo de perguntar isso o dia todo, mas você não tocou no assunto.

— Bom, não tenho.

— Você não disse se eu posso beijar você.

— Você acha que isso ia deixar Henry John Temple indignado? — perguntei, olhando para a estátua.

— Ah, ele ficaria furioso.

— Bom, nesse caso...

Ele colocou as mãos nos meus quadris. De repente, ficou tímido. Por um segundo, nos sentimos como dois adolescentes que haviam sido encurralados pelos amigos no baile da escola. Trocamos um olhar de "bom, olhe só para nós!", então ele inclinou a cabeça, muito de leve, para me beijar.

E o beijo foi como... como?

Foi como encontrar seu par de botas favorito embaixo da cama. Foi como encontrá-las no último dia do seu contrato de aluguel, com as caixas já na van, depois de presumir que deviam ter sido deixadas na casa de um ex-namorado ou simplesmente desaparecido por puro descuido. *Ah, essas. Ah. Ah. Eu amo essas.*

Quando enfim parei de beijá-lo, coloquei os braços em volta da cintura dele e deitei a cabeça no seu ombro. Meu nariz afundou para encontrar o cheiro antigo, minhas mãos no jeans áspero da jaqueta. Eu sentia tanta falta dele, e nem percebera.

— Carey. Carey, Carey, Carey — falei.

— Querida, acho que você já está um pouco velha pra me chamar pelo sobrenome — comentou ele.

E agora todo mundo que amo se chama James.

Abril de 2022

Não chamamos o bebê de James, embora James Devlin achasse que esse era o único nome que fazia sentido.

— Eu só acho que deveria haver um continuum interminável de James cuidando de você. Uma irmandade. Uma coalizão — disse ele.

— Não.

— Uma matilha de James. Um bando de James. Um agrupamento de James.

No final das contas, escolhemos Shay, abreviação de Séamus, que era o nome do pai de James Carey. Assim que contei a James Devlin, recebi a seguinte captura de tela da Wikipedia.

> Séamus (pronúncia irlandesa: [ˈʃeːmˠəsˠ]) é um nome irlandês masculino, de origem latina. É o equivalente irlandês do nome James. O nome James é a variante inglesa do Novo Testamento para o nome hebraico Jacó.

Tudo bem, respondi a mensagem. Você venceu.

A irmandade de James dá as boas-vindas a mais um membro, respondeu ele.

Ensaiei mentalmente contar a ele sobre o dr. Byrne centenas de vezes e, apesar de muitas revisões de como faria isso — com muitas escolhas de palavras cuidadosas e sensíveis —, ainda não contei. Contei a Carey, o que marca uma estranha e importante estreia em nossa história: a primeira vez que contei a ele algo que não contei a James. O conselho dele é que eu espere. Espere até descobrir mais, espere até que James venha me visitar no verão. Não é o tipo de coisa que se quer descobrir por telefone, diz ele, e concordo, principalmente porque isso me livra do problema.

E, no entanto, escrevi tudo. Disseram para mim que escrever à noite inflama minha síndrome do túnel do carpo, mas ignorei o conselho, porque é permitido ignorar o fisioterapeuta quando se é casada com ele. Escrevi primeiro para James e depois para Deenie, com algum tipo de impressão na minha mente de que daria o material escrito a um ou a ambos. Nunca farei isso, claro... Conseguem imaginar? Seu marido está em coma e alguém lhe dá uma confissão de trezentas páginas?

Eu me pergunto por que fiz isso. E então olho para James Carey, um homem muito amado de quase quarenta anos, e me pergunto: *Você é capaz de cometer esse mesmo tipo de traição? E se for... será que mereço?*. Tenho quase a mesma idade que Deenie Harrington-Byrne tinha quando nos conhecemos, a idade que sempre terá na minha cabeça. A vida adulta impossível que ela e o dr. Byrne ocupavam, a sofisticação fácil que ainda me parece estranha, mas que certamente deve ser observada pelas mulheres mais jovens no escritório em que trabalho. Será que sou a Deenie delas? Sou a Deenie de alguém?

Olho para o meu bebê e tenho certeza de que ele é feito de veludo. Parece que se esqueceu de como dormir e, inevitavelmente, somos nós dois sozinhos à noite. Ele se agarra aos meus cachos, às joias ou à alça do meu sutiã.

— Ssssshay — digo, tanto seu nome quanto um pedido de silêncio. — Ssssshay, Shay, Shay.

Penso muito, na verdade, se Shay é parecido com o bebê que eu teria tido em 2010, se meu cérebro ou meu corpo estivessem à altura da tarefa de mantê-lo.

Lembro, com uma clareza que me escapou por anos, exatamente como foi aquela época. Quando o início da minha primeira gravidez de Carey passou por mim em coágulos, e tive a sensação de ser um animal que precisava ir a algum lugar para morrer. A dor se espalhando da minha barriga para as costas, chegando a cada reentrância da coluna, batendo na base do pescoço. Os dias na cama, o descartar dos lençóis porque estavam sujos, o dinheiro retirado do caução da casa por causa da grande quantidade de sangue que se infiltrou pelo colchão, manchando os estrados. James Devlin, entrando e saindo com waffles de batata, frango empanado, torradas com feijão. James, com seu próprio coração partido, cuidando de mim.

A gente se esquece da dor do parto. Mas também se esquece de outros tipos de dor.

Shay vai visitar Cork pela primeira vez. As irmãs de Derry estão tão acostumadas com bebês que quem se importa, certo? Mas para a minha mãe e o meu pai, e para Chris e Kev, isso é novo. Os garotos ficaram em Cork e se formaram bem a tempo de o dinheiro retornar, ambos têm empregos na área da tecnologia. Kev é um bissexual carrancudo e nunca se assumiu para meus pais. Também não escondeu. Todo mundo parece entender sem que seja dito e, para ser justa com meus pais, acho que se encolheriam se tivessem que discutir a vida sexual dos filhos.

Enviei uma coluna sobre como vestir um bebê para conhecer os avós — é preciso resistir à tentação de colocar um chapéu estranho na criança, ou isso vai dar a impressão de que a gente está tentando compensar alguma coisa? — e seguimos para o nosso voo carregados de plástico.

Papai nos encontra no aeroporto e chora quando vê Shay, dizendo: "Ai, meu Deus, olhe pra ele, olhe para o pequenino, forte como um touro, meu Deus, Rachel, quem diria?". Ele nos informa que a mamãe fez um grande banquete em casa e que foi à Dunnes, à parte chique da Dunnes, porque hoje em dia não se compram coisas ótimas na Dunnes?

Eles conseguiram manter a clínica, no fim das contas. Têm uma grande linha de botox, preenchimento facial, alinhadores dentários da Invisalign e retentores de clareamento dental de sucesso, que eu realmente deveria considerar usar.

— Use na hora de dormir por duas semanas, Rachel. Você não vai acreditar na diferença — diz meu pai.

Há de fato um grande banquete em casa. Mamãe chora ao ver Shay. Kev e Chris também estão emocionados. Por alguma razão, ainda podem chamar meu marido de Carey, enquanto eu só devo chamá-lo de James. Ele levou isso a sério desde o início.

— A gente não tem como fazer isso a menos que seja um relacionamento completamente novo. Precisamos voltar a nos conhecer, Rachel. Somos pessoas diferentes agora — explicou ele.

— Não sou diferente. Acho que você também não.

— Você está muito diferente, não se iluda. Só vai ficar decepcionada.

— De que jeito eu estou diferente?

Ele apontou para minhas almofadas, neste momento espalhadas pelo chão.

— A Rachel Murray que conheci não tinha almofadas.

— Não vou ficar decepcionada.

Aquele olhar preocupado mais uma vez.

— Esse não é um passeio pela estrada da memória, Rache. Não para mim, pelo menos.

— Eu sei.

— Você *sabe*?

— James é muito inseguro. Carey era um indivíduo muito tranquilo, sabe.

— Você está tão glamorosa agora, sabe, nunca vou conseguir acompanhar.

— Para! — exclamei, então me aconcheguei nos lençóis. — Vai, continua.

Não conseguia entender por que ele estava solteiro. Ao mesmo tempo, eu entendia perfeitamente por que estava solteiro. Ainda não tinha noção do tempo. Ainda era imundo, no fundo, embora estivesse melhor nisso de manter uma fachada. Ainda era ruim em prestar atenção em qualquer coisa que achasse remotamente entediante. Saía de repente de festas ou conversas, às vezes até de conversas que eu ainda estava tendo com ele. "Por que você foi embora?", eu perguntava, e ele: "Ah, parecia que você já tinha uma opinião formada".

Ele ainda tem convicções profundas sobre o que é o amor e como ele funciona.

Fomos morar juntos muito rápido, em uma casa alugada, em Chalk Farm. Éramos melhores como amantes que moravam juntos do que como namorados. Éramos pessoas que comiam feijão com torrada, que fumavam dois baseados em um sábado à noite, que vigiavam enquanto a outra pessoa dava uma grande mijada durante um passeio pelo campo. Foi instantaneamente reconfortante, mesmo que ele ainda pudesse ser irritante. Certa noite, Carey não voltou para casa depois do trabalho e o celular dele estava desligado. Era o tipo de noite de verão que deveria ser passada bebendo vinho no jardim de um pub, e ele estava estragando tudo. Eu transbordava de ansiedade ao imaginar que ele tinha perdido o interesse e que estava agora mesmo zombando da minha fidelidade. Caminhei miseravelmente até o pub, pronta para afogar a tristeza em uma garrafa de vinho australiano, e encontrei Carey sentado na rua ao lado de uma caixa de livros gratuitos com uma lata aberta de Bulmers. Eram quase nove horas da noite.

— Que porra você está fazendo aqui? — perguntei.

— Lendo? — disse ele, apenas, erguendo os olhos de um livro sobre polvos.

— É só levar os livros para casa, sabia? Eles são gratuitos. Fiquei preocupada!

— Já tem muito livro em casa. — Ele ergueu um saco plástico preto cheio de latas de uma lojinha de esquina. — Quer uma?

Então nos sentamos na calçada, bebendo cidra e olhando os livros da caixa até ficar escuro demais para ler. Carey podia ser distraído e pouco confiável, mas não guardava segredos. Não do jeito que eu fazia.

Contei a ele a história completa: o exílio de Cork, todo o caso com os Harrington-Byrne, o dinheiro do aborto que guardamos para emigrar. Moramos juntos por seis meses até eu reunir coragem para falar disso. Não porque pensava que ele fosse me deixar, mas porque não queria que odiasse James.

— Meu Deus — disse ele, maravilhado, como se eu estivesse descrevendo o final de um programa de televisão que ele desistira de assistir. E então: — Eu gostaria de saber na época.

— Eu nunca deixei você saber de nada.

— Não — disse ele, puxando-me para perto. — Não, você nunca deixou.

Estamos na Irlanda há uma semana. Saímos de casa com o carrinho de bebê e esbarramos em todo tipo de gente. Pessoas que se mudaram e voltaram, pessoas que insistem que o país tem as melhores escolas primárias e afirmam que não submeteriam os filhos às escolas da Inglaterra. Muito menos com aquela prova horrível da escola primária e secundária, que é um assunto bastante comum entre os irlandeses, por incrível que pareça.

É a minha primeira viagem para casa em que não me preocupei em encontrar os Harrington-Byrne. Ele está doente. É possível até que esteja morto. Deenie não estará vagando pelas ruas de Cork. É a esposa de uma pessoa doente. Esse tipo de gente faz coisas diferentes.

Dois dias antes de partirmos para Londres, recebo um e-mail.

Querida Rachel,
Espero que não se importe que eu entre em contato. Sei que já faz muito tempo, e que a última vez que nos vimos não foi em termos muito agradáveis. Também sei que isso é um eufemismo.

Você já deve saber que Fred não tem estado bem no último ano. Tem sido um período angustiante para nós dois e, embora eu tenha estado extremamente ocupada cuidando dele, houve muito tempo — tempo demais, decididamente — para reflexão.

Não quero preocupar ou incomodar você, mas gostaria muito de uma oportunidade para conversarmos. Li na sua coluna (muito engraçada) desta semana que você está planejando uma viagem para casa — talvez queira se encontrar comigo, então?

Parabéns pela carreira, que aparentemente vem sendo empolgante. Li muitos dos seus artigos durante o referendo. Fico orgulhosa por ter conhecido você.

Espero que você esteja bem,
Deenie Byrne

Quando extorqui os Harrington-Byrne, fiz isso com a convicção de que era a única saída. O dr. Byrne havia traído a mim e a James de modo terrível, e eu precisava do dinheiro para o aborto. Mas depois já não precisava do dinheiro para o aborto. Só precisava do dinheiro, ponto-final.

Foi essa desonestidade fundamental que me levara a acreditar que merecia os olhares estranhos na rua, as garotas que se aproximavam de mim nos bares, o incidente na minha formatura. Que merecia o ódio dos Harrington-Byrne. Assim, me arrastei para fora do país de cabeça baixa. Evitei pessoas de Cork e, por segurança, de toda a região de Munster. Durante anos, não tive nenhum amigo irlandês, e acreditei que esse era um castigo apropriado pela forma como agi quando era uma garota de vinte e um anos em 2010. E agora sou editora de um jornal sobre os irlandeses em Londres, e Deenie Byrne quer falar comigo.

Quando decido que vou, sim, me encontrar com Deenie, meu marido está jogando golfe com meus irmãos, e meus pais, no trabalho. Não tenho escolha a não ser levar Shay comigo.

Não sei como tem sido a jornada de fertilidade de Deenie Byrne desde a última vez que a encontrei, mas algo em seu e-mail diz que ela ainda não tem filhos. Ela disse que estava "refletindo" muito, algo que, suponho, qualquer pessoa possa fazer a qualquer momento, mas que parece improvável caso tenha uma ninhada de crianças com menos de dez anos.

Quando a vejo sentada a uma mesa, com um manuscrito largado à sua frente, volto a estar sem emprego em 2010, e furiosa com ela por não me pagar mais do que cinquenta euros por semana.

Ela está na casa dos quarenta e tem o mesmo aspecto de antes. As raízes um pouco grisalhas, os olhos vitorianos com algumas linhas, mas ainda assim Deenie. Pequena e resistente feito um diamante. Ainda estou corpulenta por causa da gravidez, e as palavras estudante gordinha e apaixonada me voltam à mente.

— Oi — digo, virando o carrinho com cuidado ao lado da mesa.

— Rachel — diz ela, levantando-se. — Ai, meu Deus, você está tão adulta.

— Obrigada.

Ela se sobressalta com Shay, e posso ver o medo e a confusão cruzarem o lindo rosto. Embora ela saiba que tenho um filho, por cerca de três segundos também volta a 2010. Fiquei com o bebê que pertence a ela, e aqui está ele. Ela pisca com força. E então volta ao presente.

— E quem é *esse* rapazinho?

— Esse é o Shay.

— Quantos...?

— Dez semanas!

— Ah, meu Deus. Ele é tão comprido.

— Eu sei, eu sei, ele é o mais comprido da turma dele.

Eu me sento, enquanto Deenie conversa de maneira delicada com meu filho, que está dormindo.

— Parabéns, Rachel. Ele é lindo.

— Obrigada. Fiquei triste ao ouvir sobre Fred.

Da última vez que vi essa mulher, ela estava me entregando um cheque de 2 mil euros e eu prometi que ela nunca mais teria que me ver.

— É — diz ela, já acostumada à empatia. — Tem sido difícil. Quer um café?

— Só quero uma água com gás ou algo assim.

— Vou pegar para você.

Ela vai e volta rapidamente com minha água.

— Há anos que não me permito pesquisar você no Google, mas então vi seu artigo no *Irish Times*, durante o referendo. Entrevistando os profissionais de aborto ingleses sobre as mulheres irlandesas — conta ela.

Assinto.

— Essa foi difícil.

Ela assente também.

— Foi muito bem-feito. Estou tão feliz que tenha dado tudo certo para você.

Quero ser paciente com Deenie Byrne, mas não vou comparar LinkedIns com ela.

— Teria sido mais fácil se eu pudesse ter usado minha experiência editorial — digo, de forma categórica.

Então me sinto mal. Afinal, Deenie pensou que eu estava tendo um caso com o marido dela. E quem sabe o quanto essa experiência teria sido útil? Teria o nome Deenie significado alguma coisa para uma editora inglesa, quando tão poucas coisas irlandesas significam alguma coisa para os ingleses?

Ela assente mais uma vez, os olhos se movendo depressa para o manuscrito.

— Você fez... — começa ela, e então para. — Você cobriu todas as questões do aborto por causa da sua... experiência?

— O quê? Ah. Não. Era só... sabe? Era importante.

— Claro.

— E sou uma jornalista irlandesa na Inglaterra. Só existem algumas pautas fixas que eles de fato querem que você cubra.

— A pauta do aborto?

— A pauta do aborto, do abuso sexual infantil e o ocasional "Dez razões pelas quais as mulheres irlandesas estão na moda agora". Essas são as pautas principais.

Ela ri.

— Como ele está? — pergunto.

— Hum, bom, ele está acordado.

— Ah, uau!

— É. Desde janeiro.

— E como ele...?

— Ele está muito diferente. — Deenie diz isso como uma mãe explicando seu filho tímido para um novo professor. — Você não o reconheceria, acho que não.

— Sinto muito, eu não sei bem o que aconteceu.

— Claro. É, ah, é uma coisa muito rara. Estávamos nadando.

— *Nadando?*

— Estivemos na Carolina do Sul no ano passado. Para o nosso aniversário de casamento. Quinze anos. Fizemos um passeio pelos estados do Sul. E estávamos em um lindo riacho, em um grande parque nacional. Mais tarde voltamos para o hotel e ele começou a vomitar, daí pensamos que era uma insolação.

— Ai, meu Deus.

— Eu sei.

Estava claro que ela tinha contado essa história muitas vezes. As próximas frases saíram com muita pressa.

— E, bem, há um tipo de ameba que vive na água, na verdade em qualquer água, a Carolina do Sul não tem nada de especial, e essa ameba entra na corrente sanguínea pelos ouvidos e pelo nariz e pode levar a uma infecção cerebral. Foi o que aconteceu com ele. Fred foi hospitalizado e ficamos presos na Carolina do Sul por semanas. Achamos que ele ia morrer, e ficar doente nos Estados Unidos é como se hospedar no Ritz Carlton e pedir tudo no serviço de quarto todas as noites em termos de dinheiro, mas ele não morreu. De alguma forma, conseguimos trazê-lo de volta à Irlanda, e tinha momentos em que ele ficava acordado, mas depois voltava a ficar inconsciente. Aí piorava, e depois melhorava, e aí piorava. E agora está acordado.

Em todas as muitas punições que sonhei para os Harrington-Byrne ao longo dos anos, nunca teria permitido que isso entrasse nem mesmo em minhas fantasias mais sombrias. Era cruel demais, incomum demais.

— Deenie, sinto muitíssimo — falei.

Sentindo a agonia no ambiente, Shay acorda e começa a resmungar. Espero um minuto e torço para que esteja apenas grunhindo, procurando uma maneira mais confortável de dormir. Mas ele não quer dormir. Quer ficar comigo. Ele se torna mais barulhento, e eu o tiro do carrinho.

— Ai, ele é tão pequenino — comenta Deenie.

— Não. — Rio, feliz por ele estar diminuindo a tensão. — Ele é muito comprido, lembra?

As mãozinhas dele começam a se fechar em punhos e percebo que quer comer.

Será que posso mesmo mostrar meu peito na frente da Deenie Byrne?

— Desculpe — digo, lutando com minha blusa e meu sutiã de maternidade irritante. — Você se importa se eu...?

— Não, por favor, Rachel. Pode ficar à vontade.

Sempre disse que não seria uma daquelas mães que colocam um paninho na cabeça do filho enquanto ele mama. Sempre achei meio puritano e estranho. *Todos nós sabemos o que está acontecendo lá embaixo!* Agora me odiava por não ser uma mãe que usa um paninho. Deenie Harrington podia ver meu enorme mamilo roxo.

Os lábios dele grudaram em mim. É embaraçosamente barulhento e posso sentir o rosto ficando vermelho.

— Você é tão natural. Que mãe terra — diz ela.

Nunca ninguém diz "mãe terra" para mulheres pequenas.

— Você deve estar se perguntando por que eu queria falar com você.

— Um pouco.

Ela se permite contato visual total com Shay e com meu seio.

— Tenho pensado muito sobre você.

— Também pensei muito em você.

— Aquilo nunca aconteceu, não é, Rachel?

Meus braços congelam. Shay sente que estou enrijecendo e move os braços e as pernas em protesto.

— O que você quer dizer?

— Você nunca dormiu com ele, não é?

— Por que você está perguntando isso?

Estou, mais uma vez, em uma situação impossível com Deenie Byrne. Como admitir agora, sem contar tudo a ela? Será que ela já sabia sobre James Devlin?

— Eu o traí. Anos depois, eu o traí. Com um homem que trabalhava comigo. Na verdade, você o conheceu, eu acho. Cabelo cor de areia?

— Sim, eu me lembro. Aquele jantar.

Ela dá uma risada vazia.

— É, aquele jantar horrível. Mas Fred soube de imediato porque o jeito como eu falava de Dominic mudou. Estava bem ali, na textura ou algo assim, como se cada frase tivesse novos relevos e sulcos. Ele me disse, um mês depois, "Deenie, você está dormindo com ele, não está?", e eu desabei por completo e confirmei.

— Uau. Certo. Então vocês ficaram mais ou menos quites.

— Mais ou menos — diz ela. — Fred não era um psicopata. Não é. A maneira como ele falava de você, Rachel, quando estávamos sozinhos em casa. Todos aqueles meses em que você andava por lá. Ele obviamente gostava muito de você, mas não era daquele jeito que alguém falava sobre a amante, mesmo uma amante secreta.

— Como?

— O que o entregou foi o *tanto* que ele gostava de você. Estava sempre dizendo "Rachel é uma ótima garota", "Rachel vai longe", "Rachel devia ter uma chance", "Rachel escolhe os homens errados". Tudo isso era muito íntegro. Se estivesse dormindo com você, ele nunca falaria assim comigo, não é?

— Não. Acho que não — digo.

Então eu me sinto como alguém que está no corredor da morte há anos e experimenta o estranho alívio de finalmente ter o nome chamado.

— Fizemos terapia. Trabalhamos no nosso casamento. No final, acho que nos tornamos melhores por causa disso. Ele era tão bom com minha mãe, Rachel. Você não acreditaria. — A voz dela ficou um pouco trêmula, emocionada com o marido em seu antigo papel de cuidador, e não de paciente. — Mas depois de todos esses anos sendo abertos e falando de nossos medos, nem uma vez consegui esclarecer o lance com Rachel.

— O lance com Rachel? Foi assim que você chamou? — pergunto.

— Foi assim que chamei. — Ela dá de ombros. — Tem sido tipo o meu Triângulo das Bermudas, Rachel. Sei que ele desapareceu lá dentro por um tempo, mas não sei como, nem o porquê, nem o que significava para ele.

Assinto mais uma vez.

— E agora não posso perguntar. Muitas dessas memórias simplesmente desapareceram. Tanta linguagem. Talvez eu nunca saiba. Odeio estar perguntando a você, mas estou perguntando.

— Perguntando o quê?

Deenie passa o dedo pela circunferência do pires de café.

— Você dormiu com meu marido e foi amante dele?

Não tenho intenção de mentir para Deenie, mas não tenho forças para desconstruir essa realidade alternativa que aceitei para proteger o fato do dr. Byrne ser queer e também o anonimato do meu amigo.

— Não, nunca dormi com ele.

— Mas você estava grávida.

— Sim. Estava.

— De... Quem era o rapaz? Aquele que eu acusei você de inventar?

— Carey — digo. Então me lembro das regras, de não o chamar mais assim. — James Carey. É meu marido agora.

Ela olha para Shay.

— E ele...?

— Sim. Ele é o pai de Shay.

— Vocês ficaram juntos? Todo esse tempo? Depois...?

— Não, nos reconectamos faz alguns anos. É uma longa história. Mas nunca estive grávida do filho de Fred. Estava só... Fiquei encurralada e ele queria que você acreditasse que a gente estava dormindo juntos, então decidi aproveitar a oportunidade.

O corpo dela balança para a frente, como se estivesse tentando assentir, mas só conseguisse se curvar. Um mundo inteiro, despedaçado de uma só vez. Graças a Deus, o telefone dela toca. As letras DOM aparecem na tela. Deenie franze a testa e silencia a chamada.

— Dom. É o...?

— É. Dominic. Aquele que você conheceu — diz ela.

— Então ele ainda...?

— Sim. Meio que estamos. Estamos juntos.

Quero manter uma fachada de zero julgamento. Afinal, o marido mentiroso e traidor estava em coma há algum tempo e não voltaria a ser quem fora. Eu não tinha nem ideia das coisas com as quais ela estava lidando.

— Ele me ama, sabe? Também me amava naquela época. Ele foi casado antes, mas não é mais. Nós voltamos a nos encontrar, parecido com o que aconteceu com você e o seu Carey.

— E o dr. Byrne?

Não tinha o direito de fazer a pergunta, mas já tínhamos passado por muitas coisas juntas. Eu precisava saber.

— Bom, ainda somos casados. E sou a cuidadora dele, oficialmente. Mas Dominic e eu moramos juntos agora.

Não consigo resistir a cavar mais fundo.

— Filhos? — digo, sem muito tato.

— Ele tem dois. — Ela sorri. — Um menino e uma menina. São adoráveis.

Ela parece, por um momento, feliz de verdade. O alívio inunda minhas entranhas, porque Deenie deve ser uma boa madrasta. E meu Deus, como seria terrível se ela não tivesse nada.

— Preciso saber, Rachel. — Ela espera que eu forneça informações voluntariamente.— Rachel, por favor.

O lance com Rachel. A ideia de ser uma figura na vida deles, da mesma forma que eles eram fantasmas na minha.

— Os recibos. Tinham o endereço da sua casa — diz ela.

— Sim. Mas não era eu — respondo de maneira vaga. — Era... era outra pessoa.

Aquela curvatura lenta e oscilante mais uma vez. Qualquer que fosse a cor que Deenie tinha no rosto branco, havia desaparecido.

— Quem?

Volto doze anos no tempo, e mais uma vez estou sentada no sofá da rua Shandon, chorando por meu coração partido. Meu antigo professor aceita de bom grado minha raiva por ter ousado me cobrar por trabalhos atrasados quando estava usando minha casa para fazer sexo. James se encosta na parede da sala de estar, dizendo de modo severo ao dr. Byrne para ser mais gentil comigo. *Por que ninguém me ama assim?*, pensara eu. *Por que eles estão conseguindo fazer esse relacionamento dar certo, e eu não?*

Mas aquilo não era fazer um relacionamento dar certo. O que veio depois foi. Seja lá o que Deenie e o dr. Byrne tenham feito, dito ou prometido no longo casamento que se seguiu a mim e a James. Uma história da qual nunca vou ficar sabendo.

Coloquei Shay de volta no carrinho. Mexi nas alças, nos prendedores, no chapeuzinho.

— Não posso dizer isso a você — digo. Abro o zíper da bolsa, tiro caneta e papel. — Não é minha história.

Anoto o nome e o endereço de e-mail dele. Eu também sei como fazer as coisas funcionarem.

Digo a mesma frase que venho dizendo há anos, cada vez com mais orgulho. Rasgo o pedaço de papel do meu bloco de notas e o dobro em um quadrado.

— Meu melhor amigo se chama James Devlin — digo, deslizando o pedaço de papel para ela. — E ele é um roteirista que mora em Nova York.

Agradecimentos

Este livro foi escrito durante o momento mais frio e triste da quarentena de 2021 e enquanto tentava cumprir o prazo final de outro livro. Dizem que você nunca deve abandonar um projeto incompleto em favor de um novo. Bem, às vezes é preciso. Este é um exemplo.

Ryan Farrell não é James Devlin, mas eles têm algumas coisas em comum: obrigado por me deixar escrever sobre essas coisas.

Obrigada a Natasha Hodgson por sua escrita incrível no roteiro de *Discos*. Você é a artista a que James aspira ser.

Obrigada a Ella Risbridger, que leu todos os rascunhos deste livro, mesmo quando ainda estava com o título *Frogger*. Realmente não sei como terminaria isto aqui sem você.

Obrigada a Dolly Alderton, que me ensinou que os menores momentos podem ser cinematográficos.

Obrigada aos únicos dois grupos de WhatsApp que respondo: The Tub e Monica's Ass.

Obrigada a Sarah Savitt, por me deixar escrever este livro em vez do outro que prometi escrever, mas não escrevi. Obrigada, Bryony Woods e Andrew Mills por representarem esta história como se fosse sua primogênita. Obrigada a Clare Gordon por ser a parteira de última hora deste livro. Obrigada a Jenny Jackson por enxergar seu potencial.

Obrigada, como sempre, a toda a equipe da Virago. Obrigada também ao Page Boy, cujas observações inteligentes sempre me ajudaram a ver meu próprio trabalho com mais clareza e, por vezes, resultaram em algumas alterações de última hora.

Obrigada à minha família por estar sempre presente. Obrigada a todos que fizeram valer a pena aqueles anos em Cork: todos que trabalharam na HMV, todos que visitaram nossa casinha ridícula, todos que trabalharam no Brog, todos de quem roubei uma bebida.

Obrigada a Gavin Day, por sempre reservar um tempo para me contar o que tem dentro da cabeça de uma baleia.

Os agradecimentos são a parte do livro em que você deve lembrar de tudo o que aconteceu durante a criação da história. Um fato triste deste aqui é que ele gira em torno do acesso — ou da falta dele — aos cuidados de saúde reprodutiva. Com isso em mente, por favor, considere doar seu tempo ou dinheiro à Planned Parenthood, BPAS ou qualquer instituição de caridade que ajude essa causa.

Fontes LYON, RECENT GROTESK, SCANDIA e COURIER
Papel PÓLEN NATURAL 70 G/M²
Impressão SANTA MARTA